ポンチョに夜明けの風はらませて

早見和真

集英社文庫

目次

ポンチョに夜明けの風はらませて

1. 高校デビューの風はらませて

人生で大切なのは〝伏線〟と〝回収〟だ。僕にそう教えてくれたのは、赤いドレスを着たナゾの女だ。

海を見渡せる断崖絶壁。

オレンジ色に染まる空。

優雅に舞う無数のトビ。

やつれた男に近づいて、赤いドレスの女は悲しげなため息をこぼす。

「今まで黙っていてごめんなさい。でも、あなたの出生には秘密がある。あなたをこんなに苦しめるなんて夢にも思ってなかったから。今まで言えなくてごめんなさい」

実は男の父親がまだ生きていること。男に外国人の血が流れていること。男に莫大《ばくだい》な遺産が残されていること。男には遂げなければならない使命があること……。彼が思い悩み、人まで殺《あや》めた事実などなかったかのように、女の口調はひどくセリフ的だ。

「イヤな女。こんな奴《やつ》いるかよ」

隣の声に僕はふと現実に引き戻された。隅に置かれたテレビを睨《にら》むように見つめ、ジンが小さく舌打ちする。

「っていうか、こいつは誰なんだよ。わりと後半まで出てこなかったよな？　なんでいきなり現れて、こんな重大なこと発表してんだよ。ちゃんと伏線を張ってくれよ。いきなり回収されても知らないよ」

たかがドラマにそこまで憤《いきどお》るべきかはさておき、その横顔が凛々《りり》しいのは間違いない。

頭もいいし、背も高い。ジンが着れば見たことのないイルカのワンポイントシャツだってきちんと下北沢《しもきたざわ》っぽくなる。僕にジンのポテンシャルがあれば百人斬《ぎ》りも夢じゃなかった。でも、ジンも僕たちと同じく正しく童貞《どうてい》だ。

忘れもしない。今から三年前。中三の冬。僕の初恋の女の子からまさかの告白を受けたジンは、「だって翔子《しょうこ》ちゃんは又八《またはち》の好きな人だからさ。ありえないよ」とにべもなく断って、こんな言葉をつけ足した。

「今は又八たちと遊んでいる方が楽しいんだ。俺からその時間を奪わないで」

ジンはそのセリフをことのほか気に入り、高校に入ってからもたびたび使っていたという。たとえ僕が好きな子じゃなかったとしてもだ。

その結果、ジンが誰かに告白されるたびに、僕が女子から気持ち悪がられるという理不尽なスパイラルに陥《おちい》った。

あまりに不遇だった中学時代。その恨みをはらすべく誓った〝高校デビュー〟の願いは、あとは卒業式を残すだけという今に至っても成就していない。僕はいまだ童貞だ。ジンのせいとは言わないけれど、釈然としない気持ちは拭《ぬぐ》えない。

まさか、まさかと思ってはいたが、男は「ありがとう」という言葉を残し、最後は自ら海に身を投じた。ドレスの女の叫び声はその期に至っても無機質で、見ている僕たちをどこまでもしらけさせた。

冷めきった空気を置き去りにしたまま、壮大なエンディング曲が流れ始めた頃、油の染みついた壁掛け時計は二十三時を指していた。新宿《しんじゅく》・夏目《なつめ》坂にある昭和六年創業の〈天ぷら・八兵衛《はちべえ》〉には、もう僕たちしか残っていない。

「みんなお腹すかない？ ボク、何か作ろうか？」

優に百キロを超える体重を誇りながら、わりと機敏で、足も速い。〈八兵衛〉の五代目店主となることが内定しているジャンボが尋ねてくる。

「全然すかない」

僕が目も見ずに即答すれば、「さっき山ほど食ったばっかじゃねぇか」と、一人だけ高校から輪に加わってきたねずみも小声で言う。

ジンが僕たちの顔を順に見渡し、冷たい息を吐き出した。

「っていうか、俺たちは何を悠長にドラマなんて見てるんだよ、卒業式までもう二週間しかないんだぞ。マジでどうするんだよ。絶対バンドなんてできないって」

十畳ほどの小上がりに緊張した空気が立ち込める。〝高校デビュー〟のラストチャンス。卒業式をジャックしてライブをする——。僕が思いつきで提案し、みんながイヤイヤながらも賛同した日から一年半以上が過ぎた。

それぞれバイトをがんばって、必死に得たお金で楽器を買って、楽器店の店主からなんとなく基本だけ教わった。

以来、僕たちはすっかり気が抜けた。とくに僕とねずみはひどかった。「目覚ましが」「盲腸が」「UFOが」「雷に」と思いつくまま言い訳しては、練習することから逃げてきた。ジンが怒るのもムリはない。

「まぁ、でもなんとかなるだろ。最悪、楽器だけ持ってCD流しときゃいいんだよ」

なんの気なしに僕が言うと、ねずみも鼻で笑って同意する。

「流行《はや》りのアイドルスタイルだな」

「お前らさ……」と漏《も》らしたジンを手で制し、僕は先回りして口を開いた。

「わかってる。わかってるよ、ジン。だから最悪の場合って言ってるじゃん。あと二週間もあるんだ。なんとかなるよ」

「なんとかなんてならないよ。なんで一年半もなんともならなかったくせに、二週間くらいでどうにかなると思ってるんだよ」

ジンが声を荒らげると、「そうだよね。今からでも練習しなくちゃダメだよね」と、ジャンボがスティックを振るマネをする。「デブはドラムかキャッチャーって決まってるんだよ」と、僕が真っ先に割り当てたパートだ。ちなみにボーカルがジンで、ギターが僕、ベースがねずみという塩梅《あんばい》だ。

ジンは眉間《みけん》にしわを寄せた。ジャンボに向けるジンの視線はいつだって優しい。

「だから、ジャンボ。そうじゃないんだ。もうバンドは間に合わない。違う何かを考えよう」

「ええ、せっかくだからバンドやろうぜ。卒業式乗っ取るのとかカッコイイじゃん」

夢を捨てられない僕が言うと、ジンは目をつり上げた。僕に向けるジンの眼差《まなざ》しはいつだって厳しいのだ。

ジャンボが助太刀するように口をはさむ。

「ダメかな、ジンくん。ボクもバンドをやってみたいよ。こんな経験、もう二度とないだろうし。今からでも一生懸命練習したら、できないかな」

ねずみもつられるように首をすくめる。

「俺はどっちでもいいぞ」

全員の視線が、再びジンに吸い寄せられた。ジンは一転、なぜか申し訳なさそうに頭《こうべ》を垂れる。

「べつにお前らがやりたいっていうならいいんだけどさ。ただ俺、これからちょっと忙しくなりそうなんだ。練習する時間があまりない。それでもいいかな」

再び緊張した空気が立ち込める。ジャンボはすぐに言葉の意を察したようだ。僕も異変に気がついた。

つき合いの長い僕ら二人とは違い、ねずみは果敢に挑んでいった。

「え、なんで？　ジンってこれから忙しいんだっけ？　こんな時期に？　なんで？　何かあるの？」

四人の中で進路が決まっていないのはジンだけだ。ねずみはそのことを知らされていないのだろう。

この四月から、僕は青山《あおやま》にある美容系の専門学校に行くことが決まっている。ジャンボは父の跡を継ぐべく〈八兵衛〉での修業をすでに開始し、要領のいいねずみは学校中で一番早く推薦を勝ち取ってきて、神奈川《かながわ》県の聞いたことのない私立大に通うことが決定している。

僕たちが通う都立夏目高校は毎年高い進学率を誇っている。僕の知る限り、大学に行かないことを早々に表明したのは僕とジャンボの二人だけだ。そしてジンはこの中で唯一の受験組だ。「なんでよりによってお前らだけ……」と嘆《なげ》きたくなる気持ちはよくわかる。

不穏な空気をようやく悟り、ねずみは「えっ」と、口もとに手をやった。

「マジで？　早稲田《わせだ》落ちちゃったってこと？」

「ああ、落ちちゃった」と、ジンは卑下《ひげ》するように鼻で笑う。

「全部？　三学部とも？　マジかよ。それじゃあの親父さん、怒り狂ってるんじゃないのか？」

いつものこととはいえ、ねずみは空気が読めなすぎる。ジャンボがあわてて話題を変えた。

「忙しくなるってことは、これからどこか受けるってこと？　そこから先はボクたちもまだ聞かされてないよ」

ジンは柔らかく微笑《ほほえ》んだ。

「そうしようと思ってる。一応、願書は出しといた」

「どこ？」

「おばあちゃんちのある倉敷《くらしき》の山陽《さんよう》大ってとこ。未来創造学部と、ヒューマン創設学部。受験する俺だって知らなかったんだもん。どうせ言っても知らないだろうけど」

ねずみの笑い声が静寂《せいじゃく》を許さない。

「何それ！　ヒューマン創設とか、未来創造とか、ハンパねぇな！」

ジンは一緒になって腹を抱えたが、笑うのは二人だけだ。僕とジャンボはどちらからともなく顔を見合わせる。

ねずみが「あの」と言ったジンの父親は、都内の有名私立高で物理の教諭を務めている。大学で研究職に就《つ》けなかったことを今でも悔やんでいるとかで、物心ついたときからジンに学者になることを強要し続けていたという。

ずっと従順にやってきたジンがその父親に反旗《はんき》を翻《ひるがえ》したのは、わりと最近のことだった。ある朝、目を腫《は》らして登校してきたジンを見たとき、そして「旧帝大しか受けられないらしい」と嘆いていた志望校が「とりあえず近いから早稲田」に変わったとき、僕は家で何かがあったのだと悟った。

「今から願書出せるとこってさすがに少なくてさ。とりあえず貯金もあったし、受けるだけ受けてみようと思って。倉敷、いい街だし」

もう一つ、僕には気にかかることがあった。「やりたいことが決まっているお前らがうらやましい」と、それがジンの口グセだ。ジンが受けるという「ヒューマン創設学部」と「未来創造学部」に、それなりの意味はありそうだ。

「というわけで、いろいろ時間を取られちゃうかもしれないんだ。ごめんな。ホントに卒業式でバンドをやるっていうなら、ちゃんと練習はしとくから」

ジンは大げさに肩で息を吐《つ》いた。昔から芝居がかったところのある男だ。こういうときのジンは頼りなく、すごくダサくて、愛嬌《あいきょう》がある。

張りつめた空気を察したわけではないだろうけれど、〈八兵衛〉の四代目店主であるジャンボの父が、山盛りの天ぷらをお盆に載せてやって来た。

「テメーら、若いくせに何を深刻そうに話してんだよ。さては革命の相談だな。だったら腹減ったろ？　ビールも減ってねぇじゃねぇか。のめよ、グイッと行け」

そう矢継ぎ早に言い放ち、ビールを一人一人に注《つ》いでいく。

「うるせぇ、オヤジ。高校生に酒のませてんじゃねぇよ」

僕が突っかかると、ジャンボの父も応戦するように身を乗り出した。

「なんだ、クソガキ。高校生が酒ものまねぇなんて、そっちの方がよっぽど健全じゃねぇだろうが」

「時代が違うんだよ」

「青春に時代もクソもあるかよ」

「青春とかの問題じゃねぇよ。あんたらが必死に作り上げたこの社会の問題だ。ルール、ルールってうるせぇな」

「なんだ、お前は。やっぱり革命の相談してたんじゃねぇか。お前、ホントに可愛げがなくなっちゃったよな。昔はあんなにくりくりしてたのに。今じゃカワイイのは名前だけか」

ジャンボの父親は一人で高らかに笑い、「この北川《きたがわ》又八が」と、意味もなく僕のフルネームを口にした。

昔から大嫌いな名前だった。当然、ジャンボの父親はそのことを知った上で突いてくる。「うるせぇ、ハゲ」と悪態をつきながらも、その額に目を向けただけで僕は噴《ふ》き出しそうになる。ジンも釣られるように目尻を下げた。

物心つく前に父親が蒸発した僕と、関係性がうまく結べないジンにとって、ジャンボの父は昔から理想のオヤジであり続けてくれた。

たれ目で、顔は優しいジャンボにそっくりで、もちろん腹もひどく出ている。すきっ歯で、笑うたびに息が漏れて、たまにそこから天ぷらに向けてツバも飛ぶ。それでもジャンボの父親はいつだって最高にイケている。

「めちゃくちゃクールなハゲだよな！」と、いつかジンと大いに盛り上がった。ショーン・コネリー、ジュード・ロウと並ぶ〈世界三大ハゲの一人〉というのが、いつか僕たちが下した評価だ。

店の壁には好きな映画のポスターに混ざって、たくさんの有名人のサイン色紙が貼《は》られている。「田舎くさいからやめろよ」と何度言っても、外すつもりはないようだ。中には『八兵衛さんゑ　美味なり！　星三つ！　漱石《そうせき》』と、あきらかに時代考証のままっていない色紙もあったりして、胡散臭《うさんくさ》いことこの上ない。

「なんだよ、オヤジ。今日はいつになくご機嫌だな」

ジャンボの父を中心に笑いが弾《はじ》けていた。水を向けると、ジャンボの父親は自慢げに胸を張った。

「又八のくせによく気づいたな。実は今日新しい車が納入されたんだよ」

「マジかよ！　なんの車？」

「ふふふ。驚くな。貯金を始めて苦節七年。その間に生産中止という憂《う》き目に遭《あ》ってしまったんだがな。中古とはいえ走行距離一万キロ以下という奇跡、セルシオだ」

「ダセェ！　そんな金があるなら外車いけよ、外車」

「そっちの方がダセェよ！　お前には矜持《きょうじ》ってもんがわかっちゃねぇんだ。これだから免許も持たないガキはダメなんだよ」

「ハハハ。ハゲてるくせによく言った。実は先月取ったんだよね。苦節半年、長かったぜ」

「ホントかよ？　免許？　お前んち貧乏じゃねぇか」

「大人のくせにイヤなこと言うなよ！　ずっとバイトしてたんだよ」

「おいおい、マジかよ。絶対セルシオは触らせねぇからな。クソガキが」

ジャンボの父は真顔で言ったが、僕はニヤニヤを抑えられなかった。昔からこの父親だけは僕を対等に扱ってくれた。僕の性格、しゃべり口調、物事を見る目なんかは、ジャンボの父譲りのものが多いはずだ。

夜が更けるにつれ、僕たちは再び卒業式の話で盛り上がった。

「そうか、お前ら卒業式で革命を起こすことに決めたのか。だったらあれ歌えよ。ほら、サイモンのやつ。ガーファンクルの」

ジャンボの父親は大発見のように目を輝かせる。バンドをやると決めたときも、「お前ら、だったら『卒業《そつぎょう》』観《み》ろよ。話はそれからだ」と言ったことを忘れているのだろう。僕たちの胃袋を充《み》たし続けてきてくれた人の言葉だ。「観ろ」と言われて「観ない」なんていう不義理はあり得ない。

一瞬の間のあと、仲間たちの顔に苦い笑みが広がった。「なぁ、オヤジ――」と、僕がみんなの思いを代弁した。

「ベロベロじゃねぇか」

友人たちの笑い声が〈八兵衛〉の古いふすまを震わせた。

新しい車がよっぽどうれしいのだろう。「おい、又八。送ってってやるぞ」と言ってきかないジャンボの父親を、「だからベロベロじゃねぇか」となだめ、酔い覚ましも兼ねてのんびりと家まで歩いた。

〈八兵衛〉から十分。物心がついたときから住んでいる新宿区内の巨大団地は、かつては「不良の原産地」などと呼ばれていた。あまりに劣悪な環境に友人たちは滅多に遊びにきてくれず、僕自身も呼びたいとは思わなかった。

F号棟四階の自宅は電気が消えている。少し迷ってから、僕はそのまま大久保《おおくぼ》方面に歩を進める。

中学時代のクラスメイトによく言われたことがある。

「又八がヤンキーにならないのが不思議だよ」

団地の状況に、家庭環境。決して悪気はなさそうにしながら、クラスメイトは口々に言い放った。

彼らの言いたいことの半分は理解できたが、半分は認められなかった。僕にはジャンボがいたし、ジンがいた。「みんなで同じ高校に行こう」と言ってくれるアメがいて、「そうしたいならつべこべ言わずに勉強しろ」と煽《あお》ってくれるムチがいた。〈八兵衛〉という逃げ場もあった。「かわいそうな母子家庭の子」＝「不良」といった、誰かが作ったルールみたいなものを押しつけられるのもごめんだった。それに……。

少しずつ増えていくネオンを見つめながら、僕は唇を軽く嚙《か》んだ。貧乏を憎んだことは数知れないけれど、母を恨んだことは一度もない。

まばゆいピンクの看板が目に入る。〈ザ・ゴールデンアイランド〉と、名前だけ立派なスナックの前で、僕は息をひそめた。中から『ロンリー・チャップリン』が漏れてくる。客がいるのかと思ったけれど、鈴木雅之《すずきまさゆき》のパートも母がマネして歌っていたので戸を開けた。

案の定、母はワイングラス片手に一人で熱唱していた。ここのところはずっとそうだ。〈ザ・ゴールデン――〉が聞いて呆《あき》れる。

「ああ、又八。来たの？　お腹減ってる？　天ぷらならあるよ」と、母はわざわざマイクを通じて尋ねてきた。

「なんでまた天ぷらなんだよ。っていうか、何一人で歌ってんだよ。さびしくないの？」

「さびしいわよ。さびしいに決まってるじゃない。さびしいから一人で『ロンリー・チャップリン』歌ってるんじゃない」

「知らねぇよ、面倒くせぇな。女の矜持ってやつか」

僕は冷蔵庫からポカリスエットを取って、カウンターチェアに腰かけた。かつてはあんなに大きく見えた店内が、今じゃ息が詰まりそうなほど狭苦しい。照明は安っぽく点滅し、ソファもテーブルもガタがきている。それでもあんなに憎かったこの店が愛《いと》おしく思えるから不思議だ。この店だけが今の北川家の、母の生命線だ。

「どうしたの？　こんな遅くに。めずらしいね」

母はうすくアイラインを引いた目をパチクリさせる。特有のケバさはないような気がするけれど、だからこその妖艶《ようえん》さも絶望的に足りていない。一部の常連に支えてきてもらった店だったが、そうした客に限ってなぜか痛風《つうふう》になるのだと、いつか母は嘆いていた。

「べつに。ちょっと酔い覚ましたくてさ」

「あ、またパパのことでイジメられたんでしょ?」

「ざけんな。小学生じゃあるまいし」

「そう? なら、安心だけど。又八は昔からパパのことでなんかあると、泣きながらここに来てたからね」

「だから、ふざけんなって。だいたいいつまで〝パパ〟とか言ってんだよ。みっともないからやめろよな」

母は上目遣いで見つめてくる。どれだけ心の内を探られようとも、僕に泣きながら店に来た記憶はほとんどない。

ただそのうちの一つは、たしかに父絡みでイヤな目にあったときだった。まだ小学生の頃に「おまたの八っちゃん!」と、名前をバカにされた日のことだ。

その夜も他に客はいなかった。大泣きして、レンジで温め直されたかき揚げ丼を一心不乱に口に運びながら、僕ははじめて母に尋ねた。傷つけることになるのではと、ずっとタブーと思っていた質問だ。

「ねぇ、又八って名前は何なの？　僕のお父さんってどこにいるの？」

そのときの母の「ついに来た！」という顔はいまでも忘れられない。それでもギリギリのところで平静を保って、母は台本を読むようにまくし立てた。

「あなたのパパは革命家みたいな人よ。今も瀬戸内海《せとないかい》のどこかで戦ってるわ。又八という名前は、あなたのお父さんが憧《あこが》れた剣豪から取ったもの。いつか『宮本武蔵《みやもとむさし》』という小説を読みなさい。絶対に目指すべき生き様がそこにはあるから」

サッカーの国際大会のような文句を怪しく思いつつ、僕は「ママも読んだの？」と質問した。母は「もちろんよ。あれが男の理想の姿ね」と力強くうなずいた。

僕がはじめて〝本家・又八〟に触れたのは、中学生に上がった頃。『宮本武蔵』を原作としたマンガの中だった。

目指すまでもなく〝又八〟は僕の生き写しのようだった。自堕落で、自分もやればできると信じていて、でも信じているだけで一向に何もしないで、目先の快楽にすぐ溺《おぼ》れて、逃げ続けて……。典型的なダメ男。そこに「男の理想」など描かれていない。母は本など読んでいない。

いったいどんなつもりでこんな名前をつけたのか。いよいよ僕は混乱した。はじめて父に会いたいと思ったし、僕が不良になっていたかもしれない最初で最後の瞬間だった。

名前のことで気が鬱《ふさ》ぎ、ふて腐れ続けていたある日、開店前の〈ザ・ゴールデン――〉で、母は諦《あきら》めたように息を吐いた。

「いい、又八。あなたがどうしても自分の正体が知りたくなったら、それを知る方法はちゃんとある。あなたのルーツを知りたいのなら、それはある場所に隠されている」

「そんなもん、どこにあるんだよ」

「何？　知りたいの？　今？」

「そ、そりゃ、そんなこと言われたら誰だって知りたくなるだろ」

母は僕の目をジッと見つめ、しばらくすると口もとに笑みを浮かべた。そして、ことなげに言い放った。

「押し入れの天袋よ」

それが「銀行の貸金庫」とかだったら、僕は翌日にでも〝ルーツ〟を探りにいったに違いない。

でも「押し入れの天袋」にはあまりにもロマンがない。夢がないし、お宝の匂《にお》いがまるでしない。絶対にろくなものが入っていない。

どうせまた傷つくだけだと思い、僕はそれ以上深く尋ねようとしなかった。ただ父に対する憎悪が膨《ふく》らんだだけだ。

父をずっと恨んでいた。友だちは暗すぎると笑うけれど、孤独に震え、無残に死んでいこうとする父に「あの世で一人で悔い改めろ」と吐き捨てるのが、僕の一番の夢である。

三月に入っても寒い日が続いていた。ジンのクラスメイトの元カノの今カレというハードなコネクションを駆使し、格安で借りられたスタジオで、僕たちは毎日バンド練習に明け暮れた。

おそろしくたどたどしくも、なんとか映画『卒業』のテーマソング『サウンド・オブ・サイレンス』をフルで演奏することができたのは、ジンが岡山《おかやま》へ発つ前日。三月も十日が過ぎたというのに耳がちぎれそうな極寒の夜だった。

「未来が創造できるといいよな。ヒューマンが創設でもいいけど」

僕はそうイヤミを言って、友人と固く握手を交わす。

「帰ってくるのはいつだっけ?」というジャンボの質問に、ジンは「十三日の夜。卒業式の前日だな」と、申し訳なさそうに口にした。

「そう。絶対にちゃんと帰ってきてね。ジンくんがボーカルをしてくれなきゃ。ボクたちはまだ何も成し遂げられていないんだ。最後のチャンスだよ。今回こそは必ずみんなでやり遂げようね」

ジャンボの口調はいつになく切実だった。たしかにいつも何かを成そうとしては、何一つ成したことのない面々だ。

部活に所属していたのはチビのくせにバレー部で、しかも幽霊部員のねずみだけ。僕は免許と母に渡す生活費のために、ジンは父に頼れない受験費を捻出《ねんしゅつ》するためにバイトに明け暮れ、ジャンボも流されるまま〈八兵衛〉で修業を始めていた。

このままじゃ青春時代が台無しになると、僕の発案で箱根《はこね》へナンパの旅に繰り出したことがある。しかしそのときは週間天気予報を覆す豪雨に見舞われ、女子はおろか、箱根中から人が消えた。ならばとエントリーした「高校生《こうこうせい》クイズ」も「鳥人間《とりにんげん》コンテスト」も、結局エントリーしただけで終わってしまった。

この三年で彼女ができたのはジャンボだけだ。柔らかい雰囲気が女心をくすぐるのか、意外にもジャンボはよくモテた。

二年生のときにつき合い始めたのは、同じ夏目高校の一年生。すごくかわいい女の子にいつものように告白されては、ジャンボも一度は「自信がない」といつものように断った。

でも、いつもと違うことが一つだけあった。その子のアタックが異様にしつこかったということだ。

「どうしよう。なんかぐいぐい来るんだよ」

目に涙をためてそんなイヤミを言ったジャンボが、数日後、驚いたことにその女の子とつき合い始めた。

さらに驚いたのは、一週間も経《た》たないうちにジャンボがフラれたことだった。「なんでだよ！」と、思わずいきり立った僕に、友人は「なんかボクのじゃダメなんだって」と、人目もはばからずに泣きじゃくった。

ジンでも、ねずみでもなく、他ならぬジャンボに降り注いだ災難だ。誰より心の優しい友を傷つける者は何人《なんぴと》たりとも許さないと、翌朝、僕は校門の前で後輩を待ち伏せした。何か言ってやらずにはいられなかった。

三人の仲間に囲まれ、後輩は向こうから楽しそうに歩いてきた。それまでの会話の笑みを引きずっていた彼女の顔から、僕を確認した瞬間、色が消えた。

後輩ははたと立ち止まり、そのままうつむいた。そろいもそろってかわいい周りの友だちが、お前に見せる可愛げはないと睨んでくる。

その友人たちを制して、後輩は覚悟を決めたように僕に近寄った。そして開口一番、言ったのだ。

「本当にごめんなさい。でもあんなに大きいの、私にはムリでした」

いつの間にか多くのギャラリーが僕たちを囲んでいた。必死に唇を噛みしめていたが、後輩はついに泣き始めた。「なんだよ、又八。またフラれたのか」というクラスメイトのヤジを聞き流しながら、僕は何を感じればいいかよくわからなかった。

胸の中でたくさんの感情が芽生えた。それらをすべて押しのけて、ジャンボの口にした「ボクのじゃダメ」というセリフがよみがえった。ジャンボの言葉はいつだって大切な部分が抜けている。

後輩はハッキリと繰り返した。

「あんなすごいの、私、壊れちゃいますよ」

とりあえずこの女の子は、親友のニックネームの由来を知っている。身体《からだ》のサイズなんかじゃない。僕たちしか知らないはずの〈ジャンボ〉の意味を把握《はあく》している。

そう確信した瞬間、僕は頭を下げていた。

「なんか、ごめん。うちのが迷惑かけて、ホントごめん」

何事にも「公正」に、そして「平和」に。愛にあふれる両親からそんな願いを託された親友、森田公平《もりたこうへい》が誰かれかまわず「ジャンボ」と呼ばれるようになったのは、この出来事がきっかけだった。


ジンが岡山へ発った翌日、三月十二日の夕刻。学校でバンド練習を終えたあと、僕とジャンボは携帯を家に忘れたというねずみと別れ、〈八兵衛〉に向かった。「これからお前の母ちゃんのとこに行くのによ」とジャンボ父は盛大に不満を垂れたが、ありもので手早く料理してくれた。

大盛りの野菜天丼を頰張《ほおば》りながら、店の隅に置かれたテレビになんとなく目を向けた。季節外れの寒波を伝えるニュースが流れている。大時化《おおしけ》の海に、横殴りの雪。漁港で強風にさらされるアナウンサーはなぜか無性に楽しそうだ。

「そういえば、ジンくんから昼にメール来てたよね」

ジャンボはほっぺたに米粒をつけ、ポケットからスマートフォンを取り出した。

『とりあえず初日終えました。すごく寒いです。今にも雪が降りそうです（笑）』

何が（笑）なのかよくわからない文章に添付された、分厚い雲が覆う空の写真。僕にも送られてきたものだ。

「大丈夫かな。ホントに雪が降って帰れないなんてことはないよね？」

「さすがに平気だろ。倉敷ってのは沖縄《おきなわ》の方だろ？」

「まぁ、東京《とうきょう》から見たら沖縄の方かもしれないけどさ。さすがにそれは地理オンチがすぎるよ、又八くん」

ジャンボは苦笑しながら、今度は地図のアプリを立ち上げた。「ほら、ここだよ」と、指し示された街を見て、僕はツバを飲み込んだ。小さい頃から何度となく地図上で目にしていた場所のそばだった。

いろいろな思いを巡らせながら、僕は〈瀬戸内海〉の文字を眺めた。そのとき二人のメール着信音が同時に鳴った。

送られてきた文章を読んで、ジャンボは太い眉をひそめた。その他人事《ひとごと》のような内容に、僕も「おいおい」とこぼしていた。

『なんか本当に雪降ってきた。しかもこれからが本降りみたい。飛行機も電車も止まりそうだとこっちは大混乱です（苦笑）。明日の試験後、万が一帰れない場合は、ねずみにボーカルを任せます』

僕たちは渋い顔を見合わせる。例によって（苦笑）の意味がわからず、首をかしげているところに、ジャンボの父が姿を見せた。

「俺はもう出るぞ。お前ら、ちゃんと皿洗っとけよな」

僕はジャンボの父親に顔を向けた。すると背後の壁の色紙が目に入った。瀬戸内《せとうち》地方の地図と同様、小さい頃から見続けてきたものがある。

『八兵衛さんゑ　息子が腹を空かしたときは、ツケで頼む　この国の未来のために』

唯一署名のない古ぼけたサイン色紙。誰も口にはしないし、僕から尋ねたこともない。でも、これが父の記したものだという確信が昔からある。

ジャンボのスマホの地図に目を戻しながら、「なぁ、オヤジ――」と、僕は声をかけた。

「俺のクソ親父がいる島って、たしか瀬戸内海にあるんだよな？　なんてとこ？　この中にあるの？」

僕の父とジャンボの父親も学生時代からの友人だったそうだ。その相手に、僕から父の話題を切り出したのははじめてだった。

沈黙を切り裂いたのは、ジャンボの「え……？」という声だった。ジャンボの父も老眼鏡をかけ、怪訝《けげん》そうに僕の差し向けたモニターを覗《のぞ》き込んだが、すぐにいつもの軽薄な笑みを浮かべた。そして「思春期抜けるのが遅《おせ》ぇんだよ」と、それっぽいセリフを口にする。

「ザ・ゴールデンアイランド――」

ジャンボの父親は言い切った。一瞬の緊張のあと、すぐに空気が緩んでいく。唐突にスナックの名を出され、憤慨《ふんがい》する僕を無視し、ジャンボの父は飄々《ひょうひょう》と続けた。

「お前のオフクロさん、ホントにあいつのことが好きだったんだろうな。わざわざ店の名前にするんだもん。ザ・ゴールデンアイランド。黄金の島。お前の親父は石の採掘で有名な瀬戸内海の〝黄金島《こがねしま》〟ってところにいる。少なくとも、年賀状が届いていた三年前まではそこにいた」

僕はすぐに地図に視線を戻した。広島《ひろしま》、本島《ほんじま》、直島《なおしま》、豊島《てしま》……。ごちゃごちゃと密集する群島の中に、すぐにその名は見つかった。

距離感はイマイチつかめなかったけれど、とりあえず〈倉敷〉と〈黄金島〉は小さなモニターに一緒に収まっている。くだらないと思いつつも、運命めいた思いがあとから、あとから湧《わ》いてくる。

「おい、酒のむんだろ？　車は置いていけよな」

そうジャンボの父に言ったときには、僕の腹は決まっていた。カッコ良く親指を立て、父親が店から出ていくのを見届けると、僕はジャンボに目配せした。

「ここから岡山って何キロくらい？」

「直線だと五百五十キロで出てるね」

「意外と近いな。時速百二十キロって五時間ってとこか。下道で行って倍の十時間。明日の朝には着くだろうな。で、ジンの試験が終わるまで車で寝て、夜にはこっちに戻って来られる。どんなに遅くなっても明後日《あさって》の卒業式には間に合う」

「冗談だよね？」

「だって飛行機も電車も止まるかもしれないんだろ？　だったら他に方法ないじゃん。幸運にも俺たちには車があって、免許がある」

「高速バスっていう手もあるよ」

「つまらないこと言うなよ、ジャンボ。ここで天気の回復を祈ってても落ち着かないし さ。それにたとえ卒業式に出られなかったとしても、三人一緒なら笑えるじゃん。ジン だけいない方が俺はイヤだ」

「それはそうかもしれないけど。ねずみくんは？」

「あいつは置いていく。最悪、奴に一人で歌ってもらう」

「でも……」

「大丈夫、ジャンボ。間に合う。もちろん黄金島なんてところには行かないから。ジン を拾ってすぐに帰る。約束する」

僕が一度言い出したらきかないことを、ジャンボは他の誰よりも知っている。諦めた ように息を吐くと、ジャンボはそのままどこかへ消えた。

果たして五分後、小さめのバックパックと山ほどの菓子を袋に詰め込んで、ジャンボ は二階から下りてきた。手にはメモが握られている。

『探さないでください。悪い息子でごめんなさい。公平』

「これ、家出だって勘違いされないか？」と、僕は笑うのを必死に堪《こら》えた。

「だって、どうせお父さんのセルシオで行くって言うんでしょ？　のんで帰ってきたら夢の車が消えてるんだよ。大騒ぎするのは目に見えてるよ」

「まぁ、しょうがないよ。俺たちに自慢したのが運の尽きだ」

僕は心苦しそうな親友の肩を叩《たた》く。三月十二日十九時。僕たちは静かに〈八兵衛〉をあとにした。


高級車とはこういうものなのだろうか。一万キロも走っていない奇跡のセルシオは、教習所で乗ったどの車よりもエンジン音が耳につき、振動も激しかった。

慎重に、慎重を重ねて運転し、歩くのとほとんど同じ時間をかけて、僕は自分の荷物を取るために団地に立ち寄った。「ちょっと待ってて。すぐ戻る」と、エンジンをかけたままジャンボを残し、F号棟の階段を駆け上がる。

パンツと靴下と若葉マーク、そして菓子をカバンに詰められるだけ詰めて、僕は家を出ようとした。そのとき、タンスの上に置かれた一枚の写真が目についた。

どこかの海で悲しげに微笑んでいる、なぜかモノクロの母の写真。「遺影みたいだからやめろよ」と、僕が非難し続けてきたものだ。

ふとジャンボの父の顔が脳裏《のうり》をかすめた。ずっと見ていたはずの写真なのに、はじめてこの海がどこなのかと気になった。

吸い寄せられるように、今度は寝室の押し入れに目がいった。気づいたときには僕は踏み台となるイスを押し入れの前に置いていた。

「傷つくだけだぞ」というういつもの思いと、「いったい何が」という今さらながらの好奇心とが胸の中で激しくせめぎ合う。ずっと無視してきたのが嘘《うそ》のように、今日は後者が押し切った。

天袋の一番奥にそれらしい木箱を見つけた。『又八へ　逃げ続けることだけが尊《とうと》さだ』と箱に彫り込まれたそれっぽい文字は、〈八兵衛〉の色紙のものと酷似《こくじ》している。

「絶対にたいしたものは入っていないって」

わざわざ声に出して、僕は箱を開いた。次の瞬間には「はぁ?」という間抜けな声が漏れていた。うすら寒い部屋に響いた自分の声で、僕はようやく我に返った。

木箱から出てきたのは二つの代物だ。一つは、南米《なんべい》あたりの呪術師《じゅじゅつし》が儀式に用いそうな木彫りの人形。

もう一つは、やはり中南米《ちゅうなんべい》風のポンチョだった。キャメルカラーは好みだったし、編み込まれた地図調の刺繍《ししゅう》も悪くはない。でも、空港の土産物屋にありそうな安っぽさで、拍子抜けすることこの上ない。

その二つを手に取って、僕はほら見たことかと噴き出した。

「何がルーツだ、正体だ」

そう毒づきながらも、今さら自分が父に何かを期待していたことを思い知って、笑わずにはいられなかった。

うす気味の悪い人形の方を紙に載せて、『ちょっと出かける。悪い子でごめん』と、母に宛てて吹き出しを綴《つづ》る。

寒さ対策になりそうなポンチョの方は頭からかぶって、車に戻ると、先ほどまでの不安げな表情から一転、なぜかジャンボは爛々《らんらん》と瞳《ひとみ》を輝かせていた。

「せっかくだから楽しもうね、又八くん」

この変わり身の早さこそジャンボである。

「ま、せいぜい安全運転を心がけるよ」

「そうだね。それじゃあ、行こう。サンダーボルト号、発進！」

「は？　何それ？」

「セルシオ号じゃダサいでしょ？　だから名前をつけたんだ」

「いやいや、それも充分ダセェって」

親友のセンスに脱力しながら、僕は車をバックさせた。もちろんよそ見なんかしていないし、あいかわらず情けないほどの慎重さだった。それなのに、がりがりがりという無慈悲《むじひ》な音が左の側面から鳴り響く。

見れば、近くの金網に盛大に車体をこすりつけていた。ジャンボの金切り声が続いたけれど、僕は極めて冷静だ。もとより織り込み済みのことだった。

それよりも心配は他にある。たとえばお金の問題だ。所持金は二人合わせて三万円。僕がざっくりと二千円で、ジャンボはざっくりと二万八千円。

「うーん、なんか心許《こころもと》ないんだよなぁ。ちなみに岡山までって高速で行ったらどれく

る。

最初の難関、大久保通《おおくぼどお》りから明治通《めいじどお》りに合流するための緊迫の信号待ちで、僕は尋ねる。

「心許ないって、ほとんどボクのお金じゃないか。又八くんっていつもそうだ」と不平をこぼしながらも、ジャンボは太い指で器用にカーナビを操作する。じりじりと大げさな音を立て、素人目《しろうとめ》にも旧式とわかるそれはようやく答えを弾き出した。

「一万五千円だって」

「所持金が半分以上消えちゃうのか。帰りは乗れないってことだよな」

「まぁ、向こうに着けばジンくんがいるけどね」

「とはいえ、できるだけ金は使いたくないところだよな。行きはなるべく下道を使って行こう」

「どうして？」

ジャンボの方を振り向く余裕はまったくない。それでも友人の熱い眼差しはしっかりと伝わってくる。

「又八くん、さっきも下道がうんぬんって言ってたけど、なんで？　とりあえず早く行っちゃおうよ。早く向こうに着くことが先決でしょ？」

「でも、普通に金は使わない方がいいだろ。ガソリン代だってかかるし、メシだってさ。金を使わずに済むんだったら、その方がいいじゃん」

たしかにそれも理由の一つではある。交通費なんかに貴重なバイト代が消えていくのはバカらしい。

ただ、この答えがジャンボを納得させないこともわかっている。

「いや、又八くん。これが旅行とかなら言ってることは理解できるけど、ジンくんを迎えにいくのが目的なんだよ。向こうに着けばお金だって増えるんだし、早く行っちゃおうよ」

「うん、ジャンボ。お前の言っていることは正しいよ。でもやばいんだよ、高速は。素人がうかつに運転していい道じゃない」

「そうなの?」

「ああ、そうさ。よくニュースなんかで無謀《むぼう》な若者の話を見るだろ? あれなんてほとんど高速での出来事なんだぜ。あそこはやばいよ。とくに東名《とうめい》は免許を取って五年は乗っちゃダメだっていう話だ」

もちろん嘘を吐くことに胸は痛む。だからといって「下道で行きたい本当の理由」は明かせない。「実は名古屋《なごや》に用があって」「お金はそこで使いたい」とは切り出せない。

ジンを迎えにいくことが決まったとき、さらに東京と岡山とを結ぶ線上に名古屋があると知ったとき、脳裏を過《よ》ぎったのは一年半前の箱根旅行での出来事だった。そこで聞いたねずみの話、正確にはねずみの兄貴が言ったというセリフは、今でも僕の鼓膜《こまく》の奥に残っている。

「それに下道で行った方がたぶん楽しいと思うんだ。高速なんか風景もほとんど一緒でつまらないし、ドラマがないよ」

なんの説明にもなっていないとわかっていたが、ジャンボは基本的に僕の悪のりが嫌いじゃない。

「なるほど、楽しいのはいいことだね」

誰にともなくそうつぶやき、ふふふと声に出して笑ったあと、「わかったよ。じゃあ一号線《いちごうせん》に乗って、ひたすら西を目指そう」とあっけらかんと口にした。

信号が青に変わるのを確認して、僕は慎重にハンドルを左に切った。対向車のライトがやけにまばゆい。親友の待つ岡山に向け、いよいよ長い旅が始まるのだ。不思議な感《かん》慨《がい》に身体が震えた。とにかく早く一号線に乗りたかった。イチコクに乗って、とっとと東京を抜け出したい。

赤信号で停まることも、背後の車に追い抜かれることも、最初はおっかなびっくりの連続だった。しかし新宿、代々木《よよぎ》、原宿《はらじゅく》とビッグシティを一つずつ通過していくたびに、心は軽くなっていく。

渋谷《しぶや》を横目に青山通り《あおやまどお》りを横断する頃には、僕たちはいつになく盛り上がっていた。

「なんか自由だな、ジャンボ」「うん、自由だね。又八くん」と意味もなく名前を呼び合い、ねずみが授業参観中にウンコを漏らしたというとっくに飽《あ》きている話題でも、笑いが止まらない。一丁前にラジオなんかつけて、やけに馴《な》れ馴れしいＦＭのＤＪにやいのやいのと文句を言いながら、僕たちは順調に〈サンダーボルト号〉を走らせる。自分が運転しているということが、友人と二人であるということが、なんだかとても誇らしい。

はじめて車線変更を試みたのは、恵比寿《えびす》を越えようとしたときだ。路上駐車しているコンビニの配送トラックをかわそうと、軽快にウィンカーを点滅させる。もちろんサイドミラーを確認したし、バックミラーにも目を向けた。何も映っていなかった、はずだった。

颯爽《さっそう》と車線を変えた瞬間、僕たちはけたたましいクラクションに襲われた。どこに隠れていたのか、かわいらしいオレンジ色の日産《にっさん》マーチが、〈サンダーボルト号〉の真うしろについている。

「あわわ」と、ジャンボはマンガのような声を漏らした。僕は「あれ、すみません。なんかごめんなさい」と早口で謝りながら、すぐに元いた左レーンに車を戻した。さらにどこからか違うクラクションが飛んできた。

空いたスペースに向け、マーチは猛然《もうぜん》と加速してきた。数秒でぴたりと横にくっつかれると、しばらくは二台並行して明治通りを行った。とてもじゃないけれど横に目を向けることはできなかった。でも、視界の端を延々とオレンジ色が捉《とら》えている。

いくつかの交差点を越え、ついに赤信号につかまったときも、マーチは横並びのままだった。助手席側の窓が無慈悲に、ゆっくりと開いていく。

僕は気づかないフリをして、逆にジャンボの方に顔を向けた。かつて〝柿《かき》の種《たね》〟と形容されたジャンボの細い目が、ピーナッツほどに見開かれている。

「又八くん、隣だよ。ねぇ、と・な・り！」

なぜか一音一音を区切ったジャンボの声をかき消すように、甲高《かんだか》い女性の罵声《ばせい》が激しく窓を打ちつける。

「こらぁ、ガキ！　セルシオなんか乗って、一丁前に若葉マークつけてんじゃねぇぞ！」

〝一丁前〟のポジションに違和感を覚えつつも、もちろんそんなことはどうだって良くて、僕はひたすら唇を震わせた。

ジャンボの目はピーナッツ状のまま、マーチに釘《くぎ》づけになっている。僕は無理やり脱力系の笑みを作り、一瞬だけ、空を見上げるついでかのように声の方に顔を向けた。

普通に気の良さそうなオバサンがこちらを睨んでいた。なんだ、オバサンか、とは露《つゆ》ほども思わない。オバサンはあいかわらず何事か叫んでいる。僕は徹底的に聞こえないフリを決め込んで、人生で一度も凝《こ》ったことのない肩を入念に揉《も》みほぐした。

永遠のように長く感じた信号がようやく青に変わった。オバサンが先に行くのを見届けてからは、僕はさらに慎重を期して左のレーンを死守し続けた。幸いにも以後は路駐も、工事もなく、車は順調に進んだ。しかし、一度鬱いでしまった気持ちはなかなか晴れない。

カーラジオから聞き覚えのあるアルプスっぽい音楽が流れてきて、番組のスポンサー会社が二十一時をお知らせしてくれた頃、僕たちは品川《しながわ》から念願のイチコクに乗った。だからといって何かしらの感慨があるわけでなく、いよいよ僕は気が滅入《めい》る。今さらながら岡山までの道のりが果てしないものに感じられる。

「なんか先が思いやられるね。岡山って、当たり前だけど実はすごく遠いよね」

ジャンボが強引に白い歯を見せた。まだ楽しく話す気分ではなかったけれど、僕も淡々とうなずく。

「っていうか、全部ジンのせいだよな。あいつがわざわざ岡山になんか行かなきゃこんな目に遭わなかったのによ」

「でも、まぁこれってボクたちが勝手にやってることだからね」

「だからって、わざわざ卒業式前に行くことないだろ。ライブするって言ってんのに」

「でも、進路が決まってないのはやっぱり不安だよ。試験日が卒業式間際なのも、べつにジンくんのせいじゃないし」

「だけど、あいつ受かってもどうせ行かないだろ？〝未来創造〟に〝ヒューマン創設〟だぜ。なんだよ、それ。怪しげな団体じゃあるまいし」

「うん、でもさ」

「ああ、もう。でも、でもって、うるせぇなぁ。否定オバケちゃんかよ」

「ううん、ごめん。いや、否定オバケちゃんが何なのかボクは知らないけど、でもボクにはわかるんだ。ジンくん、いつも言ってたから。やりたいことのあるボクや又八くんがうらやましいって。でも、それってボクも一緒なんだ。怪しい団体みたいな学部を受けちゃう気持ち、ボクには少しわかるんだ」

ジャンボはそこで言葉を区切り、唇をなめた。僕の返事を待っているわけではない。考えを整理し、大切なことを切り出すときに見せるクセだ。

僕は雰囲気にそぐわないアイドルソングが流れるラジオを落とした。ふと訪れた沈黙のあと、ジャンボは覚悟を決めたように切り出した。

「ボクだって信念があって店を継ごうと思ったわけじゃないから。ホント言うと、ボクは又八くんに引っぱられただけなんだ。美容師になるって決めた又八くんを見てたら、なんだかすごく焦っちゃって。踏ん切りをつけるしかなかった。だからボクにはジンくんの気持ちがわかるんだ」

車内に沈黙が立ち込める。僕は口を挟まなかったが、だからといってジャンボの言い分に納得がいったわけではない。

もちろんジンのことは僕だって知っている。いつも力ない笑みを浮かべて「お前たちはカッコいい」などと嘆いていた。

でも、釈然としたことは一度もなかった。ジンではないし、ジャンボでもない。本来、この友人たちと一緒にいて卑屈《ひくつ》な思いを抱いていたのは僕の方だ。

ジンのような華やかな見栄えも、ジャンボみたいな天然物の明るさも僕にはない。かろうじて売りだったはずの俊敏性《しゅんびんせい》や、道化《どうけ》を演じられる性格、写真撮影のとき輪の中心に置いてもらいやすい身体の小ささといったべつに誇れない特性ですら、あとから現れたねずみに持っていかれた。

変に顔の作りが濃いことと、少しだけ手先が器用なことくらいしか、もはや僕には個性がない。それでもなんとか〝何者〟かになろうとして、ジンやジャンボといることに不満はないのに、クラスの中心的な輪に混ざろうと画策したことがある。

しかし仲間にしてもらうだけの武器が僕にはなく、彼らにもたらせられるものが何もなくて、すぐにグループから弾かれた。

ならばいっそとサブカルチャー方面に走ってみても、現代のサブカル道もなかなか排他的だ。アングラ演劇にも、ヴィレッジヴァンガードにも、グランジロックのライブにも僕はなかなか馴染《なじ》めなかった。『ロッキング・オン』の購読もほとんど続かず、フジロックのチケットも高すぎて手出しできなかった。

華々しいデビューを目論《もくろ》んだ高校時代も、結局僕は敗れ続けた。まるで自分という人間を象徴するかのような中途半端な三年間。「中途半端」ということに関しては、たぶん僕は一つ極めた。自慢できることではないけれど。

ジンが「うらやましい」と口にする将来についてだって、とくに深い考えがあったわけじゃない。ただ「早く母を楽させてやりたい」というどこかで聞いたフレーズは人生において言い訳になりやすく、ことあるごとに口にしていた。

はじめて表明したのは小学生のときの作文だ。なんの気なしに綴ってみると、周囲の反応は驚くほど良かった。作文が区のコンクールで入選すると、普段は平気で〝水商売の息子〟という目を向けてくる教師からも「やったぜ、又八」などと肩を叩かれた。ジンやジャンボも自分のことのように喜んでくれた。

母に至っては涙まで流した。

「又八、ありがとね。気持ちはすごくうれしいよ。でも、あなたはあなたの人生を生きなきゃダメ。それがお母さんにとっては一番うれしいことだから」

繰り返すが、本当に深い考えがあったわけではない。ふと冷静になったとき、僕は大学になんて行ってはいけない人間と思い込むようになっていた。嘘から出た真《まこと》だと一人自嘲《じちょう》したこともある。

だからといって「やりたいこと」などべつになく、すぐに就職するというイメージも乏しい中で、僕は高校最初の進路相談の日を迎えてしまった。

このとき頭の片隅にあったのは、親友たちの「又八って手先が器用だよな」という言葉だった。

たしか美術の時間に彫刻を彫っているときだったと思う。友人たちはそう言ったことさえ忘れているだろうし、僕にもそこに将来を見出《みいだ》すのはという気持ちはあった。それでも進路相談の前夜、僕は積極的に検索エンジンに打ち込んだ。〝手先〟と〝器用〟の時点で、予測ワードに〝仕事〟と〝職業〟が登場したから驚いた。似たようなことを考える人間は世の中ごまんといるらしい。

とりあえず〝仕事〟の方を選択して、検索ボタンをクリックする。様々な結果が表示された。〝フィギュア職人〟に〝植木師〟〝脳外科医〟や〝パッチワーカー〟……。そんな仕事もあるんだと思う程度で、もちろん自分がそれらの職に就くというイメージには結びつかない。

しばらくの間、検索結果の画面と睨めっこして、僕は無意識に新たなワードを加えた。さらに〝オシャレな〟を追加したのだ。周囲に自慢できるカッコイイ仕事に、という憧れは昔からあった。

今度は上位のほとんどを〝美容師〟が占めた。考えればわかりそうなものではあるが、この瞬間まで僕にそんな発想はまったくなかった。

「ふーん。美容師ねぇ」

全身がこそばゆいような落ち着かない感じを抱きながら、自分の進むべき道がおぼろげながらも見えた気がした。

翌朝、学校でそれとなく友人たちに伝えてみると、同様に進路について悩んでいたジンとジャンボはうっとりとした表情を浮かべた。

ねずみは一人だけ違う反応を見せた。虚《きょ》をつかれたように口をすぼめると、次の瞬間には腹を抱えて大笑いしていた。

「お前、めちゃくちゃダサいじゃん！　わざわざ代官山《だいかんやま》で信じられない服買ってくるじゃん！　ふすまにラッセン貼ってるじゃん！」

かいつまむとそれだけのことだった。ねずみのその暴言にカッとなって、僕は自分の人生の将来を決めたのだ。

ジンにうらやましがられるいわれも、ジャンボに褒《ほ》められる道理もまったくない。

多摩川《たまがわ》にかかる橋を越えて、僕たちはようやく東京を抜け出した。〈サンダーボルト号〉は神奈川県に突入する。ぐんと交通量の減った川崎《かわさき》市内を順調にひた走る。横浜《よこはま》のネオンと雷光が遠くに見え始めた頃、助手席でパラパラと地図をめくっていたジャンボの手が止まった。

「あれ？」と言ったきり口ごもるジャンボに、僕は「どうかした？」と顔を向ける。心の針は緊張と緩和《かんわ》の間をうろちょろしている。今は間違いなく緩和のゾーンだ。

ジャンボは言いにくそうに〝第三の道〟なるものについて説明を始めた。高速道路でもなく、一般道でもない。その間を取るような有料のバイパスが全国各地にあるのだという。

ついさっき岡山までの道のりに辟易《へきえき》していた身だ。名古屋に立ち寄るという野望は捨てられないが、できるだけ楽はしたい。僕は急遽《きゅうきょ》「高速には乗らないけど、バイパスはやぶさかじゃない」と、新たなルールをつけ加えた。「いいねぇ、又八くん。自由だねぇ」と、ジャンボは僕の勝手を咎《とが》めるでもなく、細い目をさらに細くする。

善は急げと、港北《こうほく》インターから心臓をバクバクさせながら第三京浜《だいさんけいひん》に乗り込んだ。感情の針は再び緊張の側に寄る。教習所以来の有料道路を、僕はさらに慎重にドライブする。

アクセルを強く踏み込んだつもりでいても、時速は六十キロを超えない。周囲の景色は風のように過ぎ去っていくのに、傍《はた》からはトロトロ走っているように見えるのだろう。

「ねぇ、又八くん。そろそろお腹が……」と言ってきたジャンボを、僕はすかさず手で制す。

僕が次に口をきけたのは、最初の料金所を何がなんだかわからないまま通過し、第三京浜から横浜新道《よこはましんどう》へというダイナミックな乗り換えに奇跡的に成功して、戸塚《とつか》辺りで再び一号線に戻れた頃だ。次なる有料道路、新湘南《しんしょうなん》バイパスを目指している間、僕の方からジャンボに問いかけた。

「なぁ、ジャンボ。小学生のとき〝座右の銘ブーム〟ってあったの覚えてる？　必死にどっかから名言みたいなの探してきて、俺のはこれだ！　とか大騒ぎして、素直にうらやましがったり、ダサいって小馬鹿にしたりして」

ジャンボは小さくため息を吐いた。

「なんかあったね。ボクのは『ボーイズ・ビー・アンビシャス』だった気がするな。意味がわからないよね。それって座右の銘っていうのかな」

「そんなこと言ったら、俺なんて『わんぱくでもいいからたくましく育て』だぜ。いよいよワケわからねぇよ。っていうか、そんなことはどうでも良くて、あのブームってきっかけがジンだったのって知ってた？」

「そうなんだ？」

「あの頃、あいつ大人びたことばっかり言っててさ。たぶん俺たちよりも色々なものが見えてたと思うんだ。俺、忘れられないよ。若松町《わかまつちょう》の十字路で、いきなり交差点の真ん中に立って、しみじみ言うんだ。『今ここで真っ直ぐ進むか、右に曲がるか、左に曲がるか、それだけで俺たちの人生は違うものになる』って。『だから覚悟を持って、行くべき道を選び取らなきゃいけないんだ』って。真顔で言うんだぜ」

「なんかジンくんらしいねぇ。そんなこと考えて生きてたら、ボクだったらノイローゼになっちゃうよ。それがジンくんの座右の銘？」

「ううん、違う。それはもっと立派なものだった」

「もっと立派なんだ。すごいな、ボクに理解できるかな」

「俺も当時はわからなかったよ。でも、今は少しだけわかるんだ。あいつがあのとき何を言いたかったのか、最近やっと理解できた気がする」

僕がそう言ったところで、藤沢《ふじさわ》インターから再びバイパスに乗り込んだ。あいかわらず他に車のないバイパスで、僕はあの日の続きを思い出す。交差点で仁王立《におうだ》ちし、先に広がる新宿の高層ビル群を睨みつけていたジンは、おもむろにこう言ったのだ。

「俺は絶対に苦悩したりしないから。どうせ今の俺の悩みなんて、いつかの俺にとってはたいした意味は持たないんだ。だから俺はこの瞬間に絶望なんてしないし、絶対に今に負けない。俺の座右の銘だ。だからさ、又八ももし俺がつまらないことで悩んでたら教えてくれよ。俺は今になんて負けたくない」

バイパスを降りて、小田原《おだわら》市内に入ったところで、ついに耐えきれなくなったように雨が落ちてきた。フロントガラスを弾く水滴を見ていたら、いつかの光景が重なった気がした。

そういえば、僕はこの景色に見覚えがある。手段も、人数も、目的も、目指すべき場所も違ったけれど、この道を通ったことがたしかにある。

「なぁ、ジャンボさ——」

言いかけた僕を、ジャンボが大きく首を振って制した。黒目がちの瞳が、ある一点に向いている。

「ねぇ、又八くん。奇跡だよ、奇跡」

「何が？」

「メーター、メーター。走行距離見てよ」

言われるまま、僕は〈サンダーボルト号〉のメーターに目を向ける。なるほど。「一」から「万」の桁《けた》まで、すべてのパネルがちょうど回転しようとしているところだった。

「おお、スゲェ。こんなことってあるんだな」

「ね？　奇跡でしょ？」

「たしかに。やっぱり楽しい旅になりそうだ。っていうか、ジャンボさ。俺たち、前にここ通ったことあるよな？　この道、知ってるよな？」

ジャンボは何を今さらというふうに首をすくめた。ボンヤリと視線を戻した暗闇《くらやみ》の向こうに、山がそびえ立っている。箱根の山は天下の嶮《けん》――。

ああ、そうだ。僕はやっと思い出した。ねずみにそんな歌を延々と聴かされていた日のことだ。

あの夏の夜も、そういえば激しい雨が降っていた。

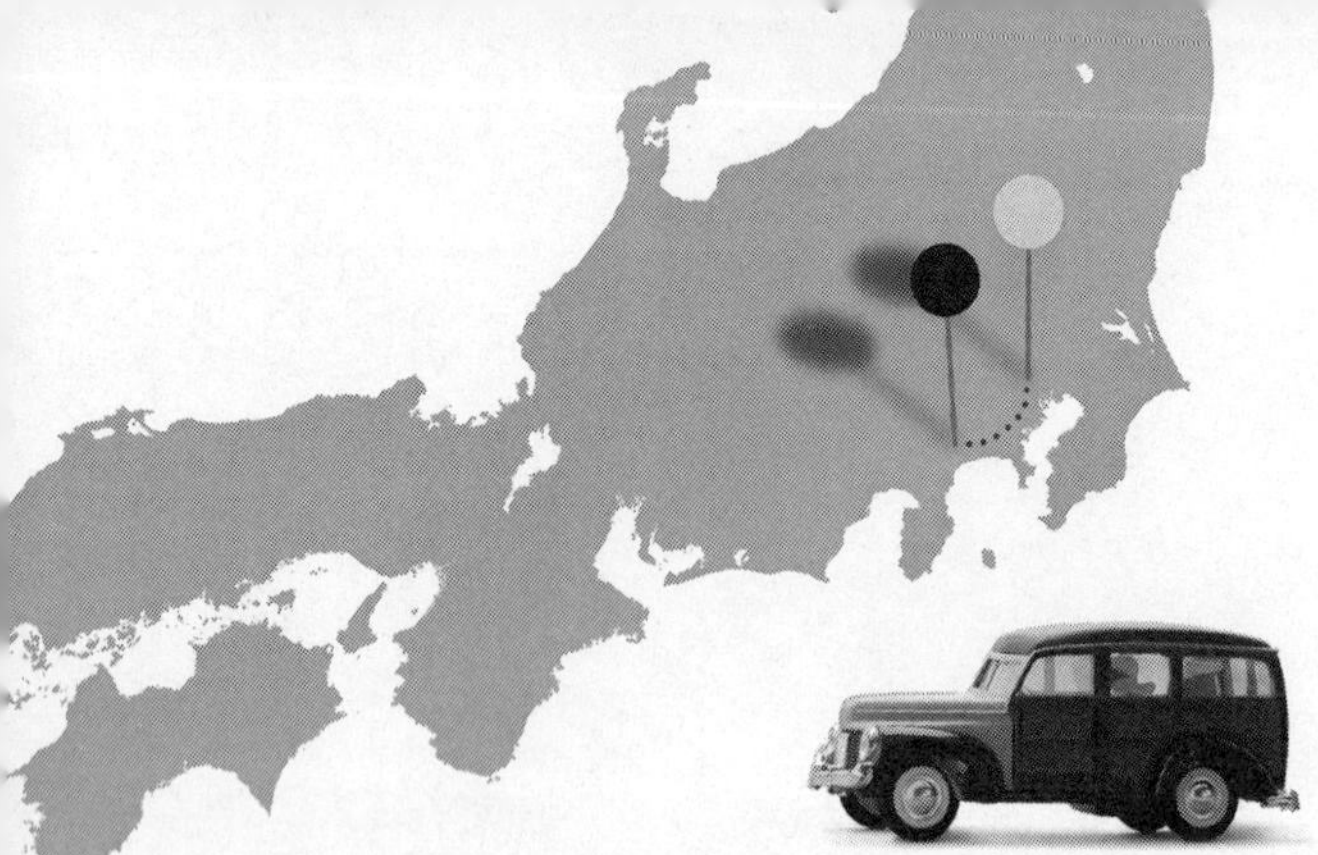

サンダーボルト号
総走行距離＝9999km

北川又八＝神奈川県小田原市

森田公平＝　　　　　〃

白川愛　＝神奈川県足柄下《あしがらしも》郡

大貫カンナ＝愛知県名古屋市

衣笠翔子＝岡山県倉敷市

神山仁　＝　　　　〃

田中優一＝東京都杉並《すぎなみ》区

3月12日23時――

都立夏目高校卒業式まで＝39時間

2. The Tiny Escape

〝ないものねだり〟が世界をおかしくさせている——。少なくともその要素の一つであると、親友を間近で見てきたボクはよく知っている。

「なぁ、ジャンボ。誰にも明かせないような壮絶なバックボーンって憧れない？　抗《あらが》えない運命ってもんに俺たちも翻弄《ほんろう》されてみたくない？」

又八くんは昔から口グセのように言っていた。そんな憧れのまったくないボクには答えようがなかったけれど、とりあえず議論もしたくないので黙っておいた。

それが高一の夏、映画フリークの父の勧めで、一緒に『血《ち》と骨《ほね》』を観たときだ。北野《きたの》武《たけし》演じる在日朝鮮人の壮絶な生き様に触れて、これ以上なく気持ちの昂《たか》ぶってしまった又八くんは、抑えきれない感情をボクのクラスの鄭成一《ていせいいち》くんにぶつけようとした。

「いやいや、又八くん。それは失礼だって。余計なことはやめときなよ」

親友の意図を認識し、なんとかたしなめようとしたけれど、一度火のついてしまった又八くんは止められなかった。

「いいんだよ。俺は奴のいい理解者になれる。あいつに吐き出させてやれるのは俺しかいない。鄭は、俺を求めてる」

そんな名言めいた言葉を残して、ある日の昼休み、又八くんは意気揚々とボクの教室に乗り込んできた。

　そしてボクから紹介を受け、たどたどしく又八くんと握手を交わした鄭くんは、見事にポカンと口を開いていた。なんだ、こいつ……と胸の内が透けて見えるようだった。

　鄭くんは夏高きってのイケメンだ。当時は〝ミス夏目〟の先輩とつき合っていて、いつも華やかな友だちに囲まれていた。そんな人に不満などあるのだろうかと思っていたら、案の定、鄭くんは不快な顔を隠そうともしなかった。

「ええと、お前、誰だっけ？　北川？」

「又八でいいぜ」

「いや、北川さ。期待に添えなくて悪いけど、俺べつに孤独とかじゃないから。何かに憤ってもないし、ハッキリ言うけど差別とかもされたことないから」

　鄭くんはいつになく強い口調で言い切った。又八くんの方は不運にもいつもより心が強かった。

「いいから、成一。俺にお前の物語を聞かせてくれよ」

「だからなんだよ、それ。っていうか、お前は何者だよ」

「いいから。俺のことはいいから。来いよ、成一」

「お前、ちょっとしつこいぞ。次に言ったらマジで殺す」

　鄭くんから見事に拒絶された又八くんは、その夜、営業を終えた〈八兵衛〉で本当に不思議そうに首をかしげた。

「おっかしいなぁ。なんでかなぁ。あいつ恥ずかしいのかな」

ビールでベロベロに酔っぱらい、同じことを繰り返す友人に、ボクも同じ言葉をかけ続けた。

「だから、なんでそんなに鄭くんにこだわるんだよ。ボクに言わせれば、又八くんだって充分壮絶な生き方してるよ」

「そうかぁ？　俺なんて平凡の極みじゃん。超中途半端じゃん」

「だから、それがないものねだりだって言うの。生まれてすぐお父さんが蒸発した人なんて、ボクは又八くん以外知らないよ。お母さんだって、結構ギリギリアウトでアル中だし」

「そうかなぁ。俺の求めるものとはなんかちょっと違うんだよなぁ」

「だから、それは――」と、ボクが言おうとした矢先、それまで一緒に酒をのんでいたにもかかわらず、めずらしく空気のように一言も発しなかった父が、いきなり首を突っ込んできた。

「ああ、でもそうなのか。おめぇらもそんな一丁前な話をするようになったんだな。そりゃそうか。又八もジャンボももう高校生だ。ついこの前、母ちゃんからグロテスクに飛び出してきやがったと思ったのに。ホントに早《はえ》ぇ」

実の息子をあだ名で呼び、知らぬ間にへべれけになっていた父は、突然のべらんめぇ調で下品なことをまくし立てた。

「なんだよ、ハゲ。勝手にうれしそうにしてんじゃねぇぞ」

そうケンカ腰に言った又八くんを無視し、父は前触れもなく携帯を開いた。待ち受け画面にはわざわざスキャニングされた母の写真。若かりし頃の母をジッと見つめ、父は赦《ゆる》しを乞うようにささやいた。

「いいよな？　母ちゃん。もうこいつらに本当のことを明かしちゃっていいよな？　そのときが来たってことだよな？」

念のために言っておけば、母ちゃんは普通に生きている。ちょっとピラティスの教室に行っているだけで、あと一時間もすれば戻ってくる。

写真の母から赦しを得たのか、父はしきりにうなずいて、今度はヤニで黄ばんだ店の壁に目を向けた。「世界一ダセェ」と又八くんから散々イヤミを言われながらも、かたくなに外そうとしなかったサイン色紙が一面を飾っている。

その数ある中から父がどの色紙を見つめているのか、ボクにはわかった。本人に自覚はないかもしれないけれど、たとえば又八くんが何か問題を起こしたときや、目の前で涙を流したときなど、必ず目を向けていたものがある。

『八兵衛さんゑ　息子が腹を空かしたときは、ツケで頼む　この国の未来のために』

特徴的な文字で記された、署名のない色紙。これが又八くんの父によるものだという予感は幼い頃からずっとあった。

だから父が「実はな――」と切り出し、この色紙が又八くんの父親が家を出る前に置いていったものだと明かしたときには、それほどの衝撃は受けなかった。

しかし、父の話はそれだけでは終わらなかった。色紙のことなど序章に過ぎず、話はさらに核心へ向けて深く、この場所から遠く離れ、そして過去へと潜《もぐ》っていった。心の準備がないまま聞かされた告白は、優に三十分以上続いた。その間、ボクは自分がどんな顔をしていたのかわからない。又八くんにも意識は向かわなかった。ただ父の話を聞きながら、青空の中を舞う鷹《たか》の絵を思い描いていたことだけ覚えている。

ずいぶん間の抜けた又八くんの寝息を聞いて、ボクはふと我に返った。父もすべてを話し終えたと同時に笑顔のまま座敷に寝転んだ。一人取り残されたボクの手足は、おかしいくらい震えていた。

翌朝、緊張しながら二階から降りていくと、驚いたことに二人は何も覚えていなかった。覚悟もなく秘密を打ち明けた父はもとより、ボクはあまりに重要な話を聞きそびれている又八くんにも腹を立てた。

ハッキリ言って、裕福な鄭くんの生い立ちなんて比にならない。何が壮絶なバックボーンで、抗えない運命だ！

そんな怒りを覚えつつも、抱えきれない秘密を抱いてしまったこの日以来、ボクは又八くんに一つ優しくなった気がする。

本人は繊細《せんさい》ぶるが、いつも肝心なところが抜けている。見栄っ張りで、傲慢《ごうまん》で、臆病なくせにケンカっ早い。容姿に過度な自信を持つ日もあれば、勝手に傷つき、落ち込むこともしばしばだ。又八くんの難を挙げ出したらキリがない。中でも最大の弱点は、やはり「ないものねだりがすぎること」だとボクは思う。

あの箱根の夜もそうだった。鄭くん事件から一年が過ぎた、高二の夏休み。「大切な話がある」と呼び集められた戸山公園《とやまこうえん》に、風はそよとも吹いていなかった。うだるような熱気はどこにも抜けず、セミの鳴き声が延々と耳を打ちつける。

「ああ、どいつもこいつも辛気《しんき》くさい顔しやがってよ。何なんだ、お前らは。なんでもかんでも進路のせいにしてんじゃねぇぞ。童貞だからだ。結局、てめぇら童貞だからそんなにウジウジしてるんだ！」

何に憤っているのか知らないけれど、とりあえず又八くんの指摘はまったく的を射ていなかった。ボクたちの元気がなかったことに、ひとまず進路は関係ない。むろん童貞うんぬんもしかりである。

しばらくはボクたちと同じように覇気《はき》のない目で遠くを見つめていたねずみくんが、ついに諦めて舌戦《ぜっせん》に応じた。

「ったく、面倒くせぇな。だから何が言いたいんだよ。大切な話はまだかよ」

「はぁ？　だから、それは――」

「いいから早く言えよ。どうせつまらないこと企んでるんだろ？　でも、その企みを拒絶されると傷ついちゃうからタイミングうかがってんだろ？　もうそういうのウザいんだよ。乙女かよ。とっとと言えよ。でも、つまんねぇことだったらぶっ殺すぞ」

ねずみくんはたがが外れたようにみんなの思いを代弁する。名誉のために言っておけば、ねずみくんも普段はなかなか気のいいヤツだ。ただ、又八くんに対するねずみくんの言葉には他の人以上に刺《とげ》がある。

又八くんは目の色を変えた。ねずみくんも負けじと立ち上がる。互いの胸ぐらをつかみ合う様子をなんとなく眺めながら、そういえばと、ボクは二人が〈八兵衛〉で仲良く肩を並べ、油でべとついた『ろくでなしBLUES』を読んでいた姿を思い出した。つい一週間ほど前の出来事だ。

なんだろうね？　というふうに首をかしげてみせると、ジンくんは「同族嫌悪だろ」と、死んだ魚のような目をしてつぶやいた。

「くだらないよな。こいつらキャラがかぶってると本気で思ってるんだ。サル同士のポジションの獲《と》り合いだ」

「へぇ、そうなんだ。ポジションとか、やっぱりちゃんと考えてるんだね。すごいなぁ。二人とも偉いなぁ」

ボクは思わず感嘆の息を漏らした。ジンくんが不思議そうにこちらを見たけれど、ボクは興奮を止められなかった。

たとえば小説なんかを読んでいると、学生たちがクラス内のポジション争いに躍起になっている場面をたびたび目にする。妬《ねた》みや僻《ひが》み、裏切りや陥れなど、そんな高校生いないよとは思わないけれど、ボクの目に見えている学校生活とはあまりにもかけ離れていて、うまく想像が及ばない。又八くんなら、ねずみくんなら、彼らに共鳴することができるのだろうか。

闘志むき出しの二人の口論は、五分以上も続いた。ジンくんはとっくに呆れ果て、膝《ひざ》を抱える腕に顔を埋《うず》めていた。ボクが違和感を覚えたのは、ずっと耳をつんざいていた怒鳴り声が突然聞こえなくなったときだ。

ゆっくりと顔を上げると、又八くんがねずみくんに何やらささやいていた。怪訝そうにあとずさろうとするねずみくんをつかまえ、又八くんはさらに何かを打ち明ける。ねずみくんは目を精一杯見開いて、二度、三度とうなずいた。そしてゆっくりと笑みを浮かべた次の瞬間、今度は何かを分かち合うように又八くんと肩を組んだ。

二人は停戦条約を締結させたようだ。その速さもいつものことで、驚きはない。

「おい、よく聞け。リーダーからご提言だ」

ねずみくんの言う「リーダー」が又八くんであることに、ボクはしばらく気づけなかった。ねずみくんは大げさな前置きをして、今さらもじもじと恥ずかしがる又八くんを小山に立たせた。

又八くんはまぶしそうに雲一つない空を見上げ、ゆっくりと右の拳《こぶし》を突き上げた。

「とりあえず旅に出ようぜ」

しらけきった空気を、ねずみくんの「よっ！」という掛け声がかき消した。首をかしげたボクにうなずきかけ、又八くんはさらにまくし立てた。

「なぁ、ジャンボ。俺たちの青春には何が足りてない？　仲間？　金？　夢？　時間？　いやいや、違うよな。俺たちの青春には決定的に奇跡が足りてないんだよ。というわけで、奇跡だよ。俺たちは奇跡を探す旅に出る」

ねずみくんの拍手の音が鳴り響いた。山と、ナンパと、みんな一緒に童貞脱出大作戦。俺たちに足りないのはセックスだ――！　それが又八くんがねずみくんにささやいた内容だと知らされたのは、この数日後のことだった。

ジンくんは最後まで顔を上げようとしなかった。それでも又八くんの提案は聞こえていたようで、セミの鳴き声の合間を縫うようにこもった声が聞こえてきた。

「ああ、面倒くさい。なんかこいつら死ぬほど面倒くさい」

その不満の声に、ボクはしみじみと同意した。真剣に〝奇跡〟の尊さを説く又八くんを横目に、ボクはあらためて思った。

べつに奇跡なんかいらないよと。というか、今この瞬間こそ奇跡なのだと。気の置けない仲間がいて、こうして毎日を一緒に過ごしていられる。

それだけでボクたちはきちんと幸せなはずなのにと、心の中で唱えていた。

「だって俺、泳げないでしょ」と、又八くんは海ではなく山である理由を説明し、「ギリギリ原付で行ける距離じゃん」と、箱根に決めた理由を述べた。

ちなみに又八くんの大号令のもと、一年生の間にみんな原付免許は取得していた。実際にバイクを持っているのはジンくんとねずみくんだけだったが、すでに足りない分の二台は友人から確保しているという。

又八くんは格安旅館の情報もきちんと押さえていた。それでも「まだ貧乏高校生にはきついよな」と含み笑いを浮かべ、「大丈夫。ちゃんと〝奥の手〟も用意してある」とうれしそうに口にした。

本気になったときの又八くんはすごい。そう痛感させられたのは、又八くんが週間天気予報まで把握していることだった。友人の口からこれほど「太平洋高気圧《たいへいようこうきあつ》」という単語を聞かされることはもう二度とないだろう。

その気合いに圧《お》されるように、旅行の七日前、六日前、五日前……と、天気サイトで調べる八月二十六日の神奈川西部（小田原）の天気図には、雲一つない晴れマークが躍っていた。降水確率もずっと変わらず「0パーセント」。

その間、又八くんとねずみくんは浮かれまくっていた。決して多くはないはずの貯金を叩《はた》いては新しい服を買ってきて、女の人に見せる機会があるとは到底思えないパンツまで新調した。

それなのに旅行四日前の八月二十二日、文字通り〝雲行き〟が変わった。いつものように〈八兵衛〉で浮かれている二人を見つめながら、ジンくんがこんなことをつぶやいた。

「けどなぁ。お前らって、めちゃくちゃヒキ弱いからな。このまま晴れ続けるとは俺にはとても思えないけど」

その決めつけるような口調が気になって、ボクはスマートフォンをいじくった。いつものようにブラウザを立ち上げて、ブックマークから天気サイトを選択する。そして更新ボタンをタップすると、そこにはいつもはなかった傘のマークが点在していた。

ボクからスマートフォンを奪い取った又八くんの目が見開かれた。ジンくんはしてやったりというふうに鼻先をかく。又八くんの〝ヒキ〟を、ジンくんの〝読み〟が上回った。

あとは三日前、二日前、旅行前日と、斜面を転げ落ちるように天気図は雲マークに、そして傘のマークに侵食されていった。

そのうち又八くんは許可もなく〈八兵衛〉の軒先にてるてる坊主を吊《つる》し始めた。しかし神通力は及ばず、天気予報は悪化の一途を辿《たど》り、ついには人形の数が百を超え、その光景はひどく不気味で、客足に影響を及ぼし始めても尚、ボクは文句を言わなかった。

それでも又八くんの願いは届かなかった。前夜の雨は壮観と思うほどだった。誰もが旅行は中止と思っていたが、彼のしつこさはつき合いの長いボクたちの想像をも超えていた。『雨天決行』というメールが送られてきたのは、前日の深夜零時を過ぎた頃だ。

その文面と街灯に照る大粒の雨を見比べていたら、ボクはおかしくなってきた。一人で声に出して笑って、とりあえず『青春だね（笑）』と返しておいた。

ボクはもう一度窓の外に目をやって、そして祈った。こんなに楽しみにしてるんだ。本当に奇跡は起こるかもしれないよ。っていうか、起こしてあげて——。

しかし、残念ながら奇跡など起こる気配さえなく、朝、さらに強さを増した雨風の音でボクは目を覚ました。

きっと気が昂ぶって寝られなかったのだろう。きっかり二時と四時、又八くんから二度にわたって『雨天決行』のメールが届いていた。

豪雨の中、朝六時に見るからに不機嫌な四人が戸山公園に集合し、原付四台で出発。のべ三回の迷子と四回の転倒を繰り返し、おそろしく長く、過酷で、憂鬱《ゆううつ》な旅の果てに芦《あし》ノ湖《こ》に到着したのは夕方前。

ようやくこれでゆっくりできると安堵《あんど》したのも束《つか》の間、見るも無残に朽ち果てた旅館の前で、あいかわらずふて腐れた様子の又八くんがこんなことを言い出した。

「部屋は一つしか予約してない。二人部屋だ」

何を言っているのかわからなかった。又八くんは続いてジャングルだって旅できそうな巨大なリュックサックから、真夏に似合わない厚手のコートを取り出した。それでもまだ、ボクにはなんのことだかわからなかった。

最初に反応したのはジンくんだ。

「いくらなんでも安すぎると思ったんだよな」

ねずみくんもあとに続く。

「マジかよ。リアルにこんなことするのははじめてだ」

又八くんはコートをボクとジンくんに差し出しながら、声をひそめた。

「前に立つのはジャンボとジン。ジンのうしろにねずみが入って、ジャンボのうしろに俺がつく。いいか、二人とも。一発勝負だぞ。絶対ミスは許されない」

手にコート以上の重みを感じた。いつか聞いた〝奥の手〟という言葉がこのタイミングでよみがえる。こんなにぶ然とした態度で「二人羽織」と言われたって、ボクにはどう対処していいかわからない。

構図としてはこうだった。ボクのうしろに又八くんがついて、その又八くんがボクのリュックをまず背負う。その上からロングコートを羽織って足まで隠し、さらに上から又八くんの巨大なリュックを引っさげる。

チュッパチャプスをなめさせられたり、髪を七三に分けさせられてみたりと、大雨の中、五分ほど二人羽織の練習を行った。横目で見たジンくんは完全にキレてしまっていて、声をかけることもできなかった。

重苦しい空気を纏《まと》って足を踏み入れたボクたちを出迎えたのは、やる気のなさそうな六十歳くらいのおばさんだった。一瞬、ボクはしめたと感じた。こちらを一瞥もしようとしないおばさんを見て、これなら騙《だま》せるかもと思ったのだ。

しかし、ボクは自分たちが犯した大きな過ちにすぐに気づいた。チェックイン用紙に名前を記そうとしたときだ。べつに誰かを笑わせるためじゃないのだから、腕はボクのものでも良かったはずだ。それなのに、ボクたちは律儀に又八くんの腕を袖《そで》から出していた。

つけ焼き刃の二人羽織で挑むには、名前を記すのは難儀すぎた。

「四名様でございますね」

枠を大きく逸《そ》れ、ひどく歪《いびつ》な〈北川又八〉の文字を退屈そうに見やりながら、白髪《しらが》のおばさんは冷たく言った。

「この地で三十五年、旅館を営んでまいりました。お客様方で七組目です。当初は笑って見逃しておりましたが、さすがにこの不景気では」

ボクは恥ずかしくてすぐにうつむいた。唇をきつく嚙みしめ、「本当にすみませんでした」と心の底から謝罪した。

次の瞬間、背中に熱い吐息を感じた。「ちきしょう、ちきしょう」という又八くんのかすれた声が、静寂の立ち込めるフロントに低く響いた。

案内された部屋に入ると、ボクとジンくんはすぐに冷え切った身体を温めようと温泉に向かった。又八くんとねずみくんは、まさかというべきか、案の定というべきか、荷物を置くとそそくさとナンパに繰り出した。

しかし、二人はあっという間に戻ってきた。ボクたちがまだ湯船に浸かっている頃だ。

「ちきしょう、人っ子一人いやしねぇ」と、怒りをあらわにする又八くんを茶化す気にはなれなかった。

さすがに同情したのだろう。ジンくんも「この雨じゃな」と、めずらしく労《ねぎら》いの言葉をかけた。屋根を叩く激しい雨音が、四人には広すぎる大浴場にこだましていた。

この夜をリードしていたのは間違いなくねずみくんだった。風呂から上がり、夕飯を食べ終えると、ねずみくんは満面の笑みで提案した。

「しょうがねぇから麻雀《マージャン》しようぜ。フロントに牌《パイ》あった」

ねずみくんは小さい頃から家族麻雀で揉まれてきたという人だ。一方のボクたちはねずみくんの熱い誘いを受け、高校に入って一からルールを覚えた口だ。もちろん実力の差は歴然としている。

ボクはこの卓上の頭脳戦にわりと魅了され、一人でゲームをすることもあったが、ジンくんは「時間のムダ」と、又八くんは「ねずみにむしられるのがムカつく」と、すぐに見切りをつけてしまった。でも、時刻は十九時を回ったばかりだった。他にすることもない長い夜。反対する者はいなかった。

普段から明るいねずみくんだが、とくに麻雀のときはよくしゃべる。それが友人たちの不興を買って、なかなか面子《メンツ》をそろえられない一因でもあるのだけれど、本人はそのことに気づいていない。

「なぁ、又八。今度は名古屋行こうぜ」「俺の兄貴が栄《さかえ》ってとこの風俗に行ったんだ。すごかったらしいぜ」「ああ、とっとと推薦取れないかなぁ。もっと遊んでたいのに」

「そういえば、二組の鄭が文化祭で〝ミスター夏目〟に立候補するらしいな」「ってか、今日だってハナから名古屋に行っときゃ良かったんだよ」「栄のさ、〈ピンク・キャンディ〉とかいう店らしくて」「そんなことより、この旅館ゼッタイお化けいるよな！　さっきから女の気配がハンパない！」……。

ねずみくんはこの日も大いに一人でしゃべり続けた。調子がいいときはさらにひどい。誰も、何も答えないのに、意に介さずしゃべっている。ねずみくんの神経の図太さは本物だ。又八くんとの一番の違いは、この鈍感力にこそあるとボクは思う。

この夜、ねずみくんは大物手を上がり続けた。千点十円という安レートではあったけれど、塵《ちり》も積もればでみるみる〝貸し〟を増やしていく。

ふと見ると、又八くんは肩を震わせていた。頬を赤く染め、何やら口を動かしている。今日だけで何度も目にした動き、「ちきしょう、ちきしょう」だ。

その心中は察せられた。奇跡を求めて旅を企画して、しかし大雨に見舞われナンパの計画は頓挫《とんざ》。好きでもない麻雀に手を出して、ボロボロにやられているのだから。

それから数時間、ボクたちは粛々《しゅくしゅく》と麻雀を打ち続けた。異変は、ジンくんが眠そうに目をこすり、さすがのねずみくんも口数を減らし始めた二十三時過ぎ。突然の金切り声が、ボクたちの耳をつんざいた。

「だからって、いくらなんでもこれは違うだろ！」

視線を一身に浴びた又八くんは、舞台役者のように首を振っている。

「なぁ、俺たちはなんで悠長に麻雀なんかしてるんだ？　なんとかしたいって思ってた高校生活も、もう折り返しだぞ。どうすんだよ、このまま俺たちは適当に卒業していくのか。俺たちにとって、実は人生で一番でっかい転機かもしれないんだぞ。たかが卒業程度のことで、俺たちを取り巻く世界なんて呆気《あっけ》なく変わるかもしれないんだぞ」

又八くんははじめてみんなに顔を向けた。まったく意味のつかめないボクたちを置き去りにして、今度は懇願するように頭を下げる。

「なぁ、頼むよ。みんな聞いてくれ。俺から提案が二つある。一つは、四人で本気の賭《か》けをしよう。残りの時間をうかうかと過ごしていられない本気の賭けだ」

「賭けってなんだよ」と、ジンくんが挑むように質問する。又八くんは深くうなずいた。

「童貞レース。一人十万。絶対にウソなしの自己申告制で、卒業までに一番早く童貞を喪失した奴の総取り。真剣なやつ」

瞬く間にしらけた空気が充満した。友人のただならぬ雰囲気に狂気すら覚えたボクがバカだった。

「もう一個の提案って？」と、ねずみくんが笑いをかみ殺しながら尋ねた。

「うん、これはずっと前から考えてたことなんだけどな。俺たち、卒業式でなんかどでかいことやらない？　っていうか、バンドしようぜ！　高校生活に痕跡《こんせき》を残す。最高の別れを迎えるために。それと万が一このままズルズル行っちゃったときの、高校デビューの保険として」

やけに澄んだ瞳は、ボクたちの神経をただ逆なでするだけだった。本人は素晴らしい提案のつもりかもしれないけれど、空気は弛緩《しかん》しきっている。

「ヤダよ。そんな面倒なこと」とジンくんがすかさず言えば、「俺もイヤだな。くだらない」とねずみくんも一笑に付した。

みんなの視線がボクを向いた。又八くんの期待に気づいてはいたが、ボクも毅然《きぜん》と首を振った。

「ごめん、又八くん。ボクもそれには賛同できないかな。それにボクは楽しいよ。そんなことしなくたって高校生活楽しいじゃない。これからもみんなで一緒にいようよ」

しかし、又八くんの暴走は止まらない。

「なぁ、頼むよ。一度でいい。俺の願いを聞いてくれ」

「だからヤダって言ってるだろ。っていうか、そもそも今日だってお前の願いを聞いた結果のこれじゃねぇか。何が一度でいいだ」

「頼む。この通り！」

「だからさ――」

ねずみくんにどれだけ拒絶されても、又八くんは手を合わせ続ける。そして最後にもう一度全員の顔を見回して、あたかも譲歩するように言ったのだ。

「もう、いいよ。じゃあ次の半荘《ハンチャン》で決めようぜ。お前らVS俺でいい。もし俺がトップを獲ったら、お前ら俺の言うことを聞け。お前らの中の誰かが勝ったら、そのときは俺も男だ。すぱっと諦める。もういいよ。それでいい」

すでに男らしさの欠片《かけら》もない。ボクもジンくんも全然胸を打たれなかったけれど、一人だけ舌なめずりして受けて立とうとする者がいた。

「いいか、又八。吐いたツバは飲めないんだぜ？」

ねずみくんはまだ『ろくでなしＢＬＵＥＳ』を引きずっているようだ。又八くんも指の関節をポキポキと鳴らした。となれば、ボクたちも参戦しないわけにはいかなくなる。

こうして箱下あり、トップ総取りの最後の半荘勝負が始まった。又八くんはここに奇跡を見出そうとしているようだったが、ゲームは変わらずねずみくんのペースで進んでいく。おもしろいように高い役を上がっていく。

又八くんはなんとか食らいつこうと必死だったが、もともとの実力差に加え、ねずみくんのヒキが強すぎた。東場《トンバ》を終えたところでトップはなんと八万点オーバーのねずみくん、以下ボク、ジンくんと続き、又八くんはマイナス三万点の最下位に沈む。その差、圧巻の十一万点。ここからの巻き返しがきついことは誰の目にも明白だ。

ボクは友人を見ているのもつらかった。やることなすことうまくいかず、最後の大勝負でも太刀打ちできない。そもそもなぜ麻雀で挑もうとしたのだろう。又八くんにはセンスがなさすぎる。たとえばねずみくんがテンパイするたびに「箱根の山は天下の嶮――」と口ずさんでいることに、又八くんはまったく気づいていない。

ボクはモヤモヤとした気持ちを拭えずにいた。その心境に異変があったのは南二局。

親のボクの跳満《はねまん》テンパイを、ねずみくんの千点に蹴《け》られたときだ。

「悪いな、又八。決まりだ。ま、卒業式は大人しくしてようぜ。お互いな！」

　そんなねずみくんの暴言が耳を打ち、又八くんがついに涙をこぼして「ちきしょう！」と叫ぶのを聞いたとき、ボクの胸の中で完全に何かがわなないた。大切な友だちを泣かせる人は……。そんな気持ちがたしかに芽生えた。

　ボクは立ち上がり、又八くん以外の二人を見据えた。

「決めたよ。ボクは又八くんの側につくことにした。ボクがトップを獲ったら、又八くんの言うことを聞いてあげて。いいね、二人とも。約束だよ」

　ジンくんはすぐさま眉《まゆ》をひそめた。ねずみくんも口をすぼめる。二位とはいえ、ボクとねずみくんの差は七万点。年に一回出るか出ないかの役満《やくまん》が三万二千点であると考えれば、普通なら届く数字じゃない。それなのに、ボクにはなぜか確信めいた思いがあった。ハートの弱い友人を、これ以上一人にしておくわけにはいかなかった。

　直後の南三局をジンくんの三千九百点ツモ上がりで終え、迎えたオーラス、南四局。又八くんはうわごとのように「ジャンボが勝つ。ジャンボが勝つ」と唱え続け、そこにはたしかに言霊《ことだま》が宿っていた。配牌から、ボクに勝負手が舞い降りた。

「ジャンボ、言っとくけど役満ツモでも追いつけないんだぜ。俺は絶対に振らないぞ」

　ねずみくんは繰り返した。でもボクの耳には届かない。この間、ボクは〈八兵衛〉に置いてある古いマンガのことしか考えていなかった。油でベトベトになった『アカギ〜

闇に降り立った天才～』のとあるシーンが、延々と頭の中でループしていた。

　又八くんもようやくねずみくんのクセに気づいたようだ。十巡目からの「箱根の山は天下の嶮――」の歌にハッとした表情を見せると、そこからはひたすら安全牌を連打してくれた。

　そんなボクたちのもとについに奇跡が舞い降りた。十六巡目のボクの白《ハク》ツモ。言霊はここに成就した。

「へっへっへっ。又八くん、ぬるりときたよ」

　ボクは小さくこぼし、ゆっくりと手牌を開示した。「おいおい、ジャンボ。だから役満でもって……」というねずみくんの声が、そこでぴたりと途切れる。

　ボクは息を吸いこんだ。

「ツモ。国士無双、十三面待ち。ダブル役満。六万四千点。逆転です――」
　安堵の笑みを浮かべて言った瞬間、ねずみくんはこれ以上なく目をひんむいた。
「んなバカな！　いかさまだ！　いかさまに決まってる！　やり直しだ！」
　又八くんは「ジャ、ジャンボ……」と甘えた声でささやいた。このとき、ボクは長い夢から覚めたような気持ちだった。あれ、なんだこれ。いつかボクもステージに立たなくちゃいけないの？　え、卒業式……？

今さらながら、ないものねだりのすぎる友人を恨めしく思った。

ダブル役満という奇跡が舞い降りたこの夜、ボクの胸を支配したのは圧倒的な後悔の念だった。

○　※　○

「っていうか、ジャンボさ。俺たち、前にここ通ったことあるよな？　この道、知ってるよな？」

暖房のよく効いた、〈サンダーボルト号〉の中。小田原に入ってすぐの頃、又八くんは世紀の発見でもしたかのように口を開いた。頭からヘンテコなポンチョをかぶり、つぶらな瞳をこれ以上なく輝かせている。

「ウソだよね？　今ごろ気づいたわけじゃないよね？」

驚きを隠せなかったボクに、又八くんは悪びれる様子もなく首を振った。

「完全に今ごろ気づいた。そうだよ、俺たち箱根に行ったんだ。忘れてた。たしかあのときもみんなで卒業式の話をしたんだよな」

あのときも何も、あの夜のことがあったからボクたちは今岡山なんかに向かっているのだ。イヤがる仲間を焚《た》きつけ、最高の別れを迎えるのだと、一人でも欠けたらバンドじゃないと、狂ったように牌を投げながら訴えていたのはどこの誰だ。

あの日とは違い、今夜は二人きりでの車の旅だ。箱根の山越えを目前にして、雨はついに本降りに変わった。ワイパーを全開にしていても視界はおぼろげで、運転する又八くんの顔も次第に緊張に覆われる。

「さすがにこれはやばいな」

とりあえず雨をしのごうと、ボクたちは給油のために国道沿いのガソリンスタンドに立ち寄った。

他の客はおろか、店員の姿さえ見当たらないセルフ式のスタンドで給油を済ませると、又八くんは思い立ったようにいきなり車の下にもぐりこみ、何やらごそごそといじり始めた。

「何してるの?」

「なんかずっと変な音してただろ。排気管が原因なんじゃないかと思ってさ」

「へぇ、すごい。そんなの見てわかるんだ」

「いや、全然わからないけど。でも、このセルシオどう考えたっておかしいぜ。燃費だって悲惨だし」

まぁ、とりあえずはこれで良しかな。又八くんは最後にそうつぶやいて、平然とした顔で車の下から戻ってきた。手が油で汚れている。本人はまったく気にせず、しらじらと〈サンダーボルト号〉を見下ろしている。

「しっかし、ダセェよな。車ってなんでどれもこれもこういう四つん這《ば》いっていう感じの形してんだろうな。本当にこれしか正解ってないのかな。もう少しどうにかなりそうな気がするんだけど」

言っていることはよくわからないけれど、細かい手作業をするときの又八くんはカッコいいと思う。つまりは美容師が天職ということだろうか。もっと無骨《ぶこつ》な仕事が似合う気もするけれど。

スタンド内にある休憩所に入っても雨音からは逃れられなかった。又八くんは休憩所に入ったときからずっとスマホをいじっている。

「大丈夫？　疲れてない？」

又八くんはボクを見もせずくすりと笑った。

「疲れてたらどうだっていうんだよ。運転代わってくれるのか？」

「いや、ごめん。ボクは免許を持ってないから」

「だったら余計な気遣いするなよ」

「ホントだね。なんかごめんね」

「べつに謝られるようなことでもないけどさ」

その間も又八くんはスマホから目を離さない。ボクには一瞥もくれず、何かを懸命に調べている。

「何を見てるの？」

それまでと同じく、なんの変哲もない質問だった。なのに又八くんは「えっ？」と素《す》っ頓狂《とんきょう》な声を上げ、射貫《いぬ》かれたようにボクを見た。

「ええと、ほら。あれじゃね？　天気？」

天気？　と聞かれたところで、もちろんボクにはわからない。普通を装おうとはしているものの、ボクは良からぬ雰囲気を感じ取る。

又八くんの顔からみるみる笑みが消えていった。こんなに覚悟を秘めた友人の顔、最後に見たのはいつだったろう。

「ええとさ、ジャンボ。大事な話がある。心して聞いてもらえるか」

しばらく視線が交わっていたが、又八くんは諦めたように切り出した。そして前触れもなくスマホの液晶画面をボクに差し向ける。目に入ったのは〈システム〉に〈出勤情報〉、〈基本プレイ〉と〈スペシャルオプション〉といった馴染みのない単語のオンパレードだ。大半をピンク色で覆われた品のないモニターに、ボクの視線は釘づけになる。

「〈ピンク・キャンディ〉だよ。ほら、例の」

そう言われてもまだボクにはピンとこない。口を開き、目を何度も瞬《しばた》かせ、きっとこれ以上なく情けない顔をしているに違いない。

又八くんはたがが外れたように語り始めた。

「ごめんな、ジャンボ。これが高速に乗らなかった理由の一つだ。覚えてるか。名古屋はすごいって、いつかねずみが言ってた言葉。ねずみの兄貴の言葉。俺はどうしても行かなくちゃいけないんだ。調べてみたら料金もたいしたことなくてさ。いや、もちろんたいしたことあるんだけど、高速に乗らずに、モーニングとかいうサービスを利用すればギリギリいける金額っぽくて。ほら、岡山までの道のりを地図で見てたら、たまたま名古屋が途中にあってさ。あれ、これってもしかして……なんて思ったら、なんかこうメラメラとさ」

又八くんは空虚な言葉を連発する。

「ほら、俺って恥ずかしながらいまだ童貞じゃない？　だからさ、いや、ジャンボもご存じの通り、なんかもうずっと長いこと思い悩んじゃってるじゃない？　だから、なんか悪いなとは思うんだけど、やっぱりさ」

又八くんはうなだれるように視線を落とした。やけに神妙《しんみょう》そうな顔つきと、なんの説明にもなっていない「やっぱり」というフレーズとがまるで相容《あいい》れなくて、ボクはムカついて仕方がないのに、吹き出しそうにもなる。

笑うのを必死に我慢していたら、涙がはらりとこぼれた。友人の目には奇異に映ったに違いない。

「え、何？　なんで泣いてるの？」

そう言って肩に置かれようとした手を、ボクははね除《の》けた。ほだされちゃダメだ。だいたいそこに行こうとしているお金だってボクのものなのだ。これ以上又八くんを増長させてなるものか。

「とりあえず行かないからね。ピンクなんちゃら、絶対に行かないよ」

ボクは宣言するように口にした。又八くんはかわすように首を振った。

「ま、時間はまだあるし。それはおいおいな」

又八くんはまだ勝機があるような顔をする。絶対に行ってなるものかと、ボクは気を引き締め直した。


いくぶん雨が小降りになって、ボクたちは麓《ふもと》のガソリンスタンドを出発した。時刻は午前一時十二分。山を越えれば神奈川を抜け、ようやく三県目の静岡《しずおか》に突入する。

正月によく目にする箱根の山を、〈サンダーボルト号〉は順調に走っていく。又八くんの整備のおかげか、乗り心地は格段に良くなった。音は静かだし、振動も少ない。黙って拝借してきてしまったけれど、これなら父も喜んでくれるのではないだろうか。そういえば父から怒りの電話はまだ来ていない。

山を登るにつれ、道路脇に寄せられた雪の山も高さを増していった。きっと凍結もしているはずだ。高校の入学祝いに買ってもらったデジタル時計の標高計の表示が上がっていくにつれ、〈サンダーボルト号〉はスピードを落としていく。

川のせせらぎがやけに耳につき始めた。車が宮《みや》ノ下《した》近くの橋に差し掛かった頃、又八くんは久々に口を開いた。

「やっぱり行かね？〈ピンク・キャンディ〉」

「行かない」

「俺だって一人では行けないよ」

「そんなの知らないよ。ホントにイヤだからね。お金だって足りなくなるもん」

「あ、それはたぶん平気」

「ムリ。なにが、あ、だよ。二千円しかないくせに、よく言うよ」

又八くんには二万八千円と伝えてあるが、本当はもう二万円持っている。こんなこともあろうかと、右と左の靴下にそれぞれ一万円ずつ隠してあるのだ。いい判断だったと自分を褒めたい。

「でも、大丈夫。ジャンボは俺を一人にしない」

「そんなこと言ってもダメ」

「でも俺、ホントに誰かと出会いたいんだ。名古屋で素敵な年上の人と運命的に出会いたい」

「だからダメって言ってるでしょ」

「いや、でもさ」

「でも、でもって、しつこいよ。いい加減にしてよ。この否定オバケめ」

さっきの仕返しをしてやった。又八くんはしょんぼりと肩を落とす。かわいそうと思ったら負けだ。

蛇行《だこう》だらけの鬱蒼《うっそう》とした山道は延々と続いた。峠に辿り着く前に閉じてしまうのではと不安になるほど、国道は少しずつ先細りしていく。暗闇の中、ずっと対向車が来ることを恐れていたけれど、雨降る平日深夜の箱根路に車は通らない。

ついに〈874m〉の最高地点に着いたとき、ボクたちの前にようやく太い直線道路が広がった。視界も大きく拓《ひら》け、横風が激しく吹きつける。その風に乗るように、ラジオの受信状態が良くなった。今までスイッチを入れていたことさえ忘れていた。

気取ったDJの声に続いて、タイミング良くノリのいいダンスミュージックが流れてきた。「うは、これ母ちゃんが〈ゴールデン〉でよく歌うやつだ!」と、又八くんはこの曲を知っているようで、ボリュームのつまみをひねり上げた。どこまでも真っ直ぐ続く谷道に、テンションが上がるのが見て取れる。

この旅ではじめて、又八くんは調子に乗ってアクセルを踏み込んだ。〈－2℃〉という外の温度計の表示に不安を覚えたものの、ボクも止めようとは思わない。

直線は距離にして一キロほど、走っていた時間も一分程度のものだった。それでもこの間、ボクたちは直前までの鬱憤を晴らすかのようにノリノリだった。直前の名古屋にかんするやり取りを忘れ、又八くんの口ずさむメロディに合わせて、ボクも適当に「フーフー♪」と手を上げてみたりする。

しかし、調子に乗れば必ず足をすくわれるようにできている。直線が不意に途切れたとき、道は少しだけ左に蛇行した。ノッていた又八くんはそのまま六十キロの速度で突っこんでいって、直後、後輪が凍結部分に思いきり取られた。あっ!　と思うヒマもなく、車はそのままおもしろいように回り始めた。

ボクは大げさでなく死のイメージまで感じ取ったが、又八くんの方はテンションの切り替えに失敗した。アハハハハハ、すごーい、超やばーい！　などと奇声を上げながら白目をむいて、垣間見たボクをゾッとさせた。

結局八回転くらいして、〈サンダーボルト号〉は道路脇の草むらに突っ込んだ。文字通り命からがら車から飛び出た瞬間、刺すような冷気に全身を包まれる。それでも生き延びられた喜びがはるかに勝り、大きく空を仰ごうとした、そのとき、ボクはさらなる恐怖に身体を震わせた。

理由は近くにひっそりとたたずむバス停の名前にあった。初夏の昼下がりに同じものを見たとしても何も感じなかったかもしれない。でも、冷たい雨の舞う深夜に見た『曽《そ》我兄弟《がきょうだい》の墓《はか》』という文字は、ボクにただならぬ何かを感じさせた。

又八くんはあらぬ方向を見つめていた。

「ちょっと、又八くん？」

そう言ったボクを無視し、又八くんは声を張る。

「だ、誰だ、お前！」

「ちょっと、やめてよ！　何なんだよ、そういうの良くないよ！」

ボクはすぐさま憤慨し、自分でも驚くほどの大声で非難した。それでも又八くんはこちらを向かない。どこかに視線は引き込まれたまま、瞳だけが開いていく。

ボクも覚悟を決めて、又八くんの見る先に顔を向けた。草木が激しく揺れている。人が、雨で全身を濡《ぬ》らした人間が、右腕を天に掲げて立っている。

ああ、曽我兄弟が現れたと、ボクは真っ先にそう思った。しかしやけに甲高い又八くんの声が、呆気なくボクの想像を否定した。

「ど、どうしたんですか。お姉さん」

え、お姉さん？　と、ボクはあらためてそちらを向く。本当だ。だからといって恐怖が消えたわけではなかったけれど、たしかに立っているのはまだ若い女の人だった。若いといってもボクたちより五、六歳は上だろう。長い巻き髪は雨に濡れ、季節も状況も間違っていそうな半そでの赤いドレスが身体にへばりついている。ボクは息をのみこんだ。見ているだけで寒々しく、ただ事でないことだけは理解した。

又八くんは不思議そうに首をかしげている。何かを考え込むように腕を組み、しばらくして出てきたのは「どこかで会ったことありましたよね？」などというありがちなナンパの文句だ。こんなイメトレの場面を、ボクは何度も見てきている。

お姉さんはつまらなそうに首を振った。その様子をボンヤリと眺めながら、ボクは心の中で状況を整理した。

岡山へ急がねばならないボクたちの前に「ナゾの女」が現れた。戦えば経験値は上がるかもしれないし、お金だって増えるかもしれない。それでもボクは「にげる」を選択したかったし、当然そうするつもりでいた。

でも、奇跡を求めてやまない又八くんは積極果敢に挑んでいった。小心者のくせに首を突っ込みたがるいつものクセだ。この人のこういうところ、本当に嫌いだ。

「いやぁ、絶対どっかで会ってますって。あれ、どこでだったっけ」としつこい又八くんに、ボクは「ちょっと、ちょっと！」と手招きする。

又八くんはおどけたふうに寄ってきた。

「何？」

「何、じゃないよ！　どうするつもりだよ！」

「どうするもこうするも、まずはどうしてほしいのか聞かなくちゃって」

「やめようよ。絶対にろくなことにならないって。夜中に山の中でずぶ濡れの女の人が真っ赤なドレス着て立ってるんだよ。あり得ないよ。もう行こう」

又八くんは再び考え込む仕草を見せたものの、「だな」と納得してくれた。が、この友人には何も伝わっていなかった。もとより期待したボクがバカだったのだ。当然のように笑顔でお姉さんのもとに駆け寄っていく。

「なんかちょっとあれだってことなんで、僕たち先に行きますね。風邪、引かないでくださいね」

なんと律儀で、なんと愚かなのだろう！

「もうバカ！」

音量をコントロールすることができなかった。当然女の人にも届いてしまったはずの大きな声に、又八くんはビクンと背中を震わせる。

「ねぇ」

お姉さんがはじめて声を上げた。想像していたよりもずっと低く、ハスキーな声に、ボクの心がざわりと震えた。又八くんではないけれど、たしかに聞き覚えがある気がしたからだ。

「あなたたちって曽我兄弟じゃないわよね？」

お姉さんの一言にボクはギョッとし、又八くんは「ぶはっ」と吹き出した。

「誰すか、曽我兄弟って！　いいえ、僕たちは八兵衛一家です」

何が楽しいのか、又八くんはケラケラと笑ったが、お姉さんはくすりともしない。

「ならいいわ。ねぇ、乗せてって」と、怒ったように口にする。

「って、言ってますけど」

ボクにも聞こえていることを、又八くんは真顔で伝えてきた。冗談じゃない！　とのど元までせり上がってきた強い思いは、だけど声にはならなかった。

人生初のドライブで、ボクたちはヒッチハイカーを拾おうとしているようなのだ。しかもその人は年上で、よく見ればかなりの美人。友人がかねて公言していた好みの女性像と寸分のズレもなく合致している。

そういえば又八くんはこんなことも言っていた。

「運命的な出会いにしか惹《ひ》かれないんだ。本屋で同じ本に手を触れるなんて程度じゃダメだぜ。なんかもっとこう、血で血を洗うような運命に翻弄されまくった方のやつ」

ねぇ、それってこういうことじゃないのかな——？

ボクは目で又八くんに問いかける。しかし、この友人には伝わらない。又八くんは屈《くっ》託《たく》のない笑みを浮かべ、今日のご飯はなんだろうね、という程度に首をかしげた。手のひらにしっとりと汗がにじんだ。

又八くんはお姉さんに問いかけた。

「乗っけてって、どこまで行けばいいんですか？」

「どこでもいい。とにかく早く車を出して」

「そういうわけにもいかないですよ」

「いいから早くして。しつこい」

「しつこいって、それはこっちのセリフですって。だからどこに」

「いいから行けって言ってるの！　お願いだから早く連れてって！」

破裂するような声が周囲の山に響き渡る。又八くんは呆気に取られたように口を開き、すぐにボリボリと頭をかいた。

静寂が立ち込めた。お姉さんはそのうち泣き始めた。その仕草がなぜかボクには芝居のようにしか見えなかった。

「お願いだから私をここから連れ出して」

「うん。だからどこに」

「だからどこでもいいって言ってるの。じゃあ、何？　私が行きたい場所ならどこでも連れてってくれるの？　沖縄でも？　北海道《ほっかいどう》でも？　ならいいわ。実家まで連れてってよ。私を家まで送って」

「ええと、そしたらその実家ってのはどこにあるんですか」

「だから……。あの、それは……」

お姉さんはこのときたしかに言葉に詰まった。頬がかすかに赤らんでいる。

「岡山……だけど」

しんと張りつめた空気の冷たさに気づいたとき、ボクはなんとなく空を見上げた。そうしなければ泣いてしまいそうな気がしたからだ。

「岡山の倉敷っていう街。約束したからね。さぁ、私を送って。早く行って」

お姉さんは早口で言う。ふと見た又八くんは唇をわなわなと震わせながら、真っ直ぐボクを見据えている。

「おい、ジャンボ。奇跡だぞ。マジで奇跡が降ってきやがった！」

「うん。いるね、神様」

それでもボクは、いや、だからこそ「やっぱりやめよう」と言いたかった。絶対にろくな目に遭わないという予感は募る一方だ。

しかし、もう又八くんは止められない。「だな！」と満面の笑みを浮かべ、先にお姉さんを車に乗せた。そして纏っていた例の安っぽいポンチョを貸してあげた。

〈サンダーボルト号〉のバンパーがへこんでいる。草むらに突っ込んだ衝突でそうなったものらしい。なぜ手ぶらなのか。どうして一人で立っていたのか。赤いドレスはなんのつもりか。ボクたちはまだなんの説明も受けていない。

雲にかすかな切れ間ができている。その裂け目で、無数の星たちが抑圧から解き放たれたように瞬いている。

ボクたちはいまだ神奈川県内でもたついている。予定していた十時間なんかで岡山に着くはずがないと思ったとき、直線道路の逆の端、一キロほど離れたところに、ゆっくりと車のヘッドライトが浮かび上がった。久しぶりに見るべつの車だ。

「あっちに乗ってくれればいいのに」

もう一度だけ空を恨めしく見あげながら、ボクは小声でつぶやいた。

「白川愛《しらかわあい》」

車が動き出すのを確認するようにして、お姉さんは切り出した。「二十五歳」「パークライフ所属」と、それが有名な芸能事務所の名前であることにボクはすぐに気づけなかった。ボクたちの質問を許すまいとするように、「違うか。所属してたって言うべきなのか」と、愛さんは卑下するように言い直した。

愛さんは淡々と自分のことを語り出した。高校在学中に遊びにきていた原宿でスカウトされたこと。過保護だった父親の猛反対を押し切り、卒業後すぐに岡山から上京したこと。人並みに不安を抱えていたこと。それでも雑誌のグラビアやCMモデルなどわりと早めに活躍の場を与えられたこと……。雑誌でよく目にする絵空事のような話を、愛さんは真顔でし続ける。

「傍目《はため》にはまぁ順調な滑り出しだったんじゃないのかな」「でも私は自分が芸能という文化に馴染めない体質だとすぐに知った」「それでも実家には戻りたくなくて、あと一年、あと一年ってやっているうちに、やりたくもないドラマの端役《はやく》なんかが回ってくるようになった」「一年が三年になって、三年が五年になった去年の夏、やっと私にも転機が来た」「代理店で社内ベンチャーを立ち上げて成功した男から告白されたの」「うれしかったし、やっとこれでこの息苦しい世界から抜け出せるっていう気がした」「何が息苦しかったのかもすっかり忘れて、なんとなく解放された気持ちになって、今にも涙がこぼれそうだった」……。

愛さんは仏頂面《ぶっちょうづら》のまま語り続ける。一連の話を、ボクは少しムカムカしながら聞いていた。文字に起こせばきっと怒る筋合いの話ではないのだろう。でもムッとするのも仕方がないと思えるほど、愛さんの態度は一貫して不遜《ふそん》だった。

自分語りの合間に、愛さんは運転する又八くんを罵《のの》り続けた。やれ「遅い」と、「もっと飛ばせ」と、「素人か」と。

「いやいや、普通に素人ですよ！　若葉マークついてるでしょ」

又八くんは言い返すが、愛さんは聞く耳を持たない。

「知らない。ハンドルを握ればプロも素人も関係ない」

「ちょっと言ってることめちゃくちゃですって。道路も凍結してるんですよ」

先ほどの八回転を経験している又八くんが懇願するように言っても、愛さんは認めない。

「関係ない。いいから飛ばして」

「だったら、あんたが運転すりゃいいだろ！」と、さすがに腹に据えかねて反発しても、愛さんは「財布置いてきちゃったし」「免許はその中だし」「そもそも私ペーパーだし」と、前言を翻すことを平気で言う。

ボクははじめて後部座席の彼女を見た。

「財布もないんですか？　そもそもなんであんなところにいたんですか。そんな派手な服を着て」

愛さんは頭からかぶったポンチョに目を落とし、すぐに無言のまま振り返った。さっき遠くに見えていた車がすぐそこまで迫っている。セルシオの後継車というのだろうか。あきらかに〈サンダーボルト号〉より高級そうな、赤いレクサスだ。

その車に向けて、愛さんはいきなり中指を突き立てた。リアガラスに悲しげな形相が映り込んでいる。レクサスは激しいクラクションを鳴らし、パッシングも浴びせてきた。

あんぐりと口を開いたボクに向き直り、中指の説明はないまま、愛さんは求めてもいないのにさっきの続きを話し始めた。

いや、実はそれこそが〝ファック・ユー〟の説明であるということに、ボクは気づいていなかった。

「私より二十歳上のその男には離婚経験が二度あったの。それぞれの奥さんとの間に二人ずつ子どももいたんだけど、べつに私が育てるわけじゃないし、まぁそれはいいかなって。それよりも問題はべつにあって、とにかく束縛のきつい人だった。門限を設けられて、それに遅れたらたとえ仕事だったとしても罵詈雑言《ばりぞうごん》を浴びせられて、殴られ、蹴られた。当たり前のようにメールのチェックはされたし、知らないうちにスマホに変なアプリをいっぱい入れられてたし、仕事で着た服を持ち帰って使わせるっていう変なクセもあった。でも、それまでの息苦しさから比べれば束縛なんてどうってことなかった。結婚話は順調に進んだわ。律儀に結納もやったし、挙式する教会も決めた。ささやかな披露パーティーをやることも決めた。そういった外堀をすべて埋めてから、事務所には最後に報告した。正直、社長の反応は想像がつかなかった。まさかあんなに怒るとは夢にも思っていなかった」

愛さんから報告を受けた社長は猛《たけ》り狂ったという。相手が旧知の代理店社員と明かしたときには、このまま脳卒中で倒れるのではないかと危惧《きぐ》するほど顔中から汗が噴き出したそうだ。

もちろん、愛さんはキリのいいところまで仕事をするつもりでいた。しかし、怒りに駆られた社長はすでに入っていた仕事を目の前でキャンセルし、愛さんに事務所への出入りを固く禁じたという。

　結局「台本がクソしょうもなくて」「笑っちゃうくらい視聴率の低かった」二時間ドラマに出演したのを最後に、愛さんは呆気なく解放された。仕事を辞めるための作戦を練ろうと男と予定していた小旅行を前に、すべてのことにカタがついた。

「本当はあまり気乗りはしなかったんだけどね。旅行には予定通り出かけた。一応これからのこともあったから」

　愛さんはこのときはじめて弱々しい笑みを浮かべた。ボクは口を挟むことができなかった。その笑顔がとても真に迫ったものに見えたからだ。

　旅先に向かう車の中で事務所の件を伝えると、フィアンセは手放しで喜んだという。社長をこき下ろせるだけこき下ろし、俺のおかげだと見下したように鼻をこすった。そんなに面白いこと？　と冷静にならざるを得ないほど、男はハンドルをバンバン叩き、甲高い声で笑い続け、愛さんを置いてきぼりにした。

　そして、男はこんなことを言ったそうだ。

「ま、今回の件は忘れないでくれよな。俺だって取引先の一つと気まずくなっちゃったわけだし、それを当たり前だと思われたらたまらないよ。これからは俺がお前を雇ってやるんだ。感謝しろよ」

　さすがに冗談だとわかったが、愛さんは「さすがに笑えなかった」と口にした。べつにこんな男がいなくても……。だって私はもう現に……。頭の中を巡り始めた瞬間から、愛さんは男の顔を直視することができなくなった。

旅館に到着して、温泉につかり、食事をし、布団に入って、男が当然のように覆いかぶさろうとしてきたときには、比喩《ひゆ》ではなく激しい吐き気を催し、口の中に酸っぱい味が広がった。

「ごめん。先にシャワー浴びてくる」

逃げたい一心で言った愛さんに、男は「さっき温泉に入ったばかりじゃないか」とぶかしんだ。愛さんは「ホントにごめんなさい」と一言だけ残し、布団から出て、シャワーの蛇口《じゃぐち》を全開にして、男に命じられるまま持ってきたドラマで着用した赤いドレスをタンスから抜き取り、無我夢中で部屋を出た。

フロントの隅で見つからないように浴衣から服に着替えた。コートを取り忘れたことに気づいてはいたが、迷うことなく大雨に煙る温泉街に飛び出した。

愛さんの話を聞いている間、ボクは後方にぴたりとくっつかれたレクサスのハイビームがずっと気になっていた。

又八くんはあいかわらずゆったりとした速度を保ちながらも、意味がわからないというふうに首をかしげ、バックミラーを見やっている。

「ええと、質問が二つあります」

ボクは覚悟を決めて口を開いた。「何?」という素っ気ない返事を確認して、声をしぼり出す。

「一つは、その小旅行の行き先ってどこだったんですか？」

「どこって、もちろん箱根だけど」

愛さんは拍子抜けしたように肩をすくめる。

「ええと、そうですよね。じゃあ、もう一個です。こっちの方が重要なんですけど、その男が乗っている車ってなんですか？」

車内に冷たい沈黙が立ち込めた。又八くんは質問の意図がつかめないようで、不思議そうにボクを見てくる。

もちろん視線に気づいてはいたけれど、ボクは愛さんの答えを待った。予感はとっくに確信に変わっていた。だからきつく言ったのだ。絶対にろくな目に遭わないって。

「私、あんまり車とか詳しくないんだけど。なんだっけ。レクサス？　たしかそんな名前だったと思うけど。色は赤よ。間違いないわ。だって、ほら――」

愛さんが平然と背後に目を向けたとき、ボクは笑ってしまうほど長く、深いため息を吐き出した。

又八くんは他意もなさそうにバックミラーを見て、再びフロントガラスに視線を戻す。そして「えっ」と甲高い声を上げ、すぐにバックミラーを二度見した。

「えええええぇぇぇぇっ！」

車内に悲鳴が爆発する。さすがに気づくのが遅すぎる。つまり、箱根への小旅行とは今夜のことだ。そして、ボクたちを追走してくる真っ赤なレクサスには〝束縛男〟が乗っているということだ。

ボクたちは気づかぬうちにカーチェイスに巻き込まれていたらしい。バックライトに照る男の顔は激しい憎悪に駆られている。なんの因果か。こんな不条理な逃走劇、かつて存在したのだろうか。

又八くんの顔も引きつっている。だからといってアクセルを踏み込むようなマネはしない。先ほどのスリップがよほどトラウマになっているらしい。男の方もなぜか律儀にボクたちの速度に合わせ、一定の車間距離を保っている。

父に見せられてきた数多《あまた》の映画のカーチェイスシーンが脳裏を過ぎった。『ザ・ロック』の、『マトリックス リローデッド』の、『007』の、『スピード』の……。

それらの映画と目の前の現実との最大の違いは、圧倒的にスピード感に乏しいことだ。周囲の景色が飛び去らない。白い街灯の尾も引かない。レクサスを嘲笑《あざわら》うかのように又八くんはとろとろと走り続けるが、愛さんももう煽らない。視界に入る若葉マークもいいアクセントになっている。

気づいたときには、又八くんはずいぶんと冷静な表情を取り戻していた。かくいうボクも十分ほど過ぎ、箱根峠のヘアピンカーブに差し掛かった頃には、嵐《あらし》が去ったあとのようにボンヤリしていた。

理由は明白。一つは、どうやら男に追突してくる気はなさそうだということ。山道にしばらくは信号もなさそうで、ならば当分の間は逃げていられるはずである。

もう一つは、観てきた映画のチェイスシーンは大抵の場合逃げる側に正義があったということだ。少なくとも悪党に捕まってしまう映画をボクは観た覚えがない。そのルールに則《のっと》れば、きっとボクたちも逃げ切れる。

ボクはスマートフォンを手に取り、か細い電波をキャッチしてネットに接続した。沼《ぬま》津《づ》市内にお目当ての店はすぐに見つかった。どちらも深夜営業する量販店と銭湯だ。かたかたと震え続ける愛さんは見ているだけでも気の毒で、何より先に身体を温め、服を買って着替えさせてあげなければならなかった。ボクは少しだけ正義感に燃えていた。それを正義と疑わないほどには、レクサスの男の顔はきちんと悪党じみていた。

車内がすっかり落ち着きを取り戻した頃、再びラジオの音が耳についた。

「時計の針は間もなく二時を指そうとしています。みなさま、素敵な夜をお過ごしでしょうか」

又八くんが「イエーイ!」と応答する。

「お送りしてきました、真夜中のベストヒットムービー特集、いかがだったでしょうか。ラストを飾るのは一九六三年に公開されたスティーブ・マックィーン主演のアメリカ映画。『The Great Escape』のテーマソングでお別れしたいと思います」

ボクたちの大好きな映画の名前が読み上げられた。又八くんの表情も明るく輝き、ボリュームのつまみを探る。曲が始まると愛さんも仏頂面はそのままに、でも軽快に肩を揺らし始めた。

そういえばあの映画にもバイクチェイスのシーンがあっただろうか。『大脱走《だいだっそう》』のような壮大な脱走劇を思い返せば、時速三十キロで大騒ぎしているボクたちのものなんてちっぽけな逃走劇に違いない。

でも、それでいいのだとボクは思う。ボクみたいな凡人が巻き込まれるカーチェイスなんてこんなものだ。でも、絶対に逃げ切ってみせるから。走れ、走れ、走れ……。時速三十キロで、逃げろ、逃げろ、逃げろ!

「おい、ジャンボ」

しばらく続いた直線を下っていたとき、又八くんが笑い出した。そしてバックミラーに目を向けて、「うしろ、うしろ」と口にする。

振り返ると、レクサスが先ほどのボクたちのようにくるくると回っていた。安堵するより先に、こんな直線道路でいったいなぜ? という疑問が胸を過ぎる。

見れば、レクサスの車輪の下にナゾの黄色い物体が無数に転がっている。まさかそれがバナナの皮で、タイヤを取られてスリップしたとは思わないけれど、何があっても不思議ではない夜だ。それくらいの奇跡、今ならわりと受け入れられる。

「ねぇ、二人とも——」

シートから身を乗り出して、愛さんがフロントガラスを指さした。ついに視界が拓けた山の下に、街のネオンがうごめいている。逃げ切ったボクたちを、まるで祝福してくれているかのように。

「静岡に入ったね。三島市《みしま》だって」

ナビを見てボクが言うと、クックックッと、耐えきれなくなったように又八くんが笑い出す。いる。腕時計の標高計は〈90m〉を示している。長い山旅をようやく終えようとしている。ボクも笑わずにはいられなかった。

又八くんが夜景に向けて叫んだ。

「っしゃー！　待ってろよ、岡山！　倉敷！　ジン！　もうすぐ行くぞ！」

ボクはたまらず否定する。

「さすがにまだ早くない？　いくらなんでもその声は届かないよ」

「そう？　じゃあ、どこよ？」

「知らないけど。普通に静岡とか？　浜松《はままつ》とか？」

「あ。いや、違うな――」と、又八くんは意地悪そうに微笑んだ。

その表情にイヤな予感しか抱けないでいると、案の定、又八くんは満面の笑みを浮かべて言い直した。

「名古屋だよ、名古屋！　栄だ！　まだ見ぬ俺の恋人に告ぐ！　待っとけよ。目にもの見せてやるからな！」

その声が聞こえていないのか、聞こえていて無視しているのかは知らないけれど、愛さんはどこかさびしそうに窓の外を見つめている。

年上で、ドラマに出るほどキレイな人で、しかもその出会いは劇的で。又八くんはやっぱりこの奇跡に気づいていない。しまいには「さ・か・え！　さ・か・え！」と街の名をコールし始めた友人は、結局ないものねだりがすぎるということか。

絶対に〈ピンク・キャンディ〉にはつき合わない。そう心に固く誓って、ボクはダッシュボードからカールのチーズ味を取り出した。チェイスの間もお腹はグーグー鳴っていた。

「食べますか？」という問いかけに、愛さんは「ありがとう」と素直に手を伸ばした。その細いお腹も鳴っている。

揺れていたネオンが輪郭を伴い、少しずつボクたちに近づいてくる。

そういえば、雪はこの先降るのだろうか？　ボクたちはたしかに岡山に近づいているようだ。

サンダーボルト号
総走行距離＝10139 km

北川又八＝静岡県三島市

森田公平＝　　〃

白川愛　＝　　〃

大貫カンナ＝愛知県名古屋市

衣笠翔子＝岡山県倉敷市

神山仁　＝　　〃

田中優一＝東京都杉並区

3月13日2時 ――

都立夏目高校卒業式まで＝36時間

3. キウイバードは最果ての檻で夢を見る

結局〝逃げなかった人〟にしか幸せは訪れない。あたしが身をもって証明してきた。

正対する巨大なガラスに映る愚かな自分。檻《おり》に閉じ込められたキウイバード。飛べない鳥の行く末だろうか。右手にはカバーの外れた文庫本。本を読むことの一番の難点は思索を強要されることだといつも思う。

「ああ、それにしてもヒマな店。ヒマ、ヒマ、ヒマ。最初の夜から坊主だなんて、マリアちゃんかわいそう。私が店長に文句を言ってあげるわ」

四十の声だってかかりそうな女が、奇声に近い声を上げる。あたしは女の名を知らない。本名はもちろん、店から与えられた名も。昨晩、はじめて顔を合わせたときに名乗られた気はするが、そんな意味のない記号は二秒ともたず頭から消え去った。あたしが与えられた記号は何せ「マリア」だ。こんなつまらない女をつかまえて。

「待ち続けるのってしんどいのよねぇ。こんなの新人のあなたにも失礼よ」

思えば、待機室で二人きりになってから女はしゃべり続けている。そしてあたしには彼女に応じた覚えがない。一人で話し続けているということだろうか。鼻にかかったその声で。どうせ返事などもらえないと知りながら。

時計の針は六時を指している。もちろん朝の。待機室に陽《ひ》は差し込まない。窓という窓が厚い遮光カーテンで覆われ、一筋の光の漏れさえ許さない。昨日の雪はとうにやんでいるという。朝の陽にさらされ、外は輝くばかりの銀世界か。

「ああ、ヒマね。ヒマ、ヒマ、ヒマ、ヒマ」

ついに止まらなくなった女に、あたしはたまらずため息をこぼす。

「いつもこんなに静かなんですか？」

読んでいた文庫本を床に置いて、あたしははじめて彼女を見た。自分で振っておきながら、女は目を開く。まさかあたしが話すとは夢にも思っていなかったという様子だ。

「う、うん。そうかも。基本的にはいつもヒマよ」

「そうなんですね」

そう慎重に答えながら、あたしはすでに後悔していた。どうして話そうとなどしたのだろう。いや、そうじゃない。その理由ならわかっている。あたしはこう後悔したのだ。なぜ我慢できなかったのか――。

あたしは辟易し、同時に動揺した。それにつけ込むかのように、女は大げさに身を乗り出した。

「ほら、そもそもこの手の店舗型で深夜にやってるのって問題あるじゃない？　そんなややこしそうなお店、普通は流行らないでしょ」

「そうなんですか」

「マリアちゃんってまだ若そう。いくつ？　わざわざこんなうらびれた店に来ることなかったのに」

「こんな店？」

「人妻店よ、ここ」

「ああ、そうなんですか。知りませんでした」

「知りませんでしたって。じゃあ、どうして応募したのよ」

「喫茶店で求人誌を見たんです。この店の情報はとくにいいことばっかり書いてあって」

「なんだって？」

「服は脱がなくて大丈夫です。男性に触られることはありません。誰でも簡単にできる仕事です。優しい先輩たちがフォローしてくれます。平均日給は四万円です」

「ハハハ、ウソばっかり」

女は痩《や》せ細った肩を派手に揺らす。彼女の言う「ウソ」の中に「優しい先輩」が含まれているのかはわからない。

本当は、求人誌にはもっと目を惹く一文があった。『しゃべらなくて結構です』。まるであたしに向けられたようなその惹句《じゃっく》にこそやられたのだが、よくしゃべる女を前に、さすがに口にするのは気が引けた。

ずっと人と接するのが苦手だった。十五歳から足を踏み入れた夜の世界。地元、北九州《きたきゅうしゅう》のスナックでも、のちに流れ着く福岡《ふくおか》や広島のクラブでも、かろうじて息が吸えるのは決まって最初だけだった。スタッフの誰が誰かをおおよそにでも認識した頃には、必ずあたしは誰かから牙《きば》を剝《む》かれた。そのうち誰とも話せなくなる。どの街でも、どの店でも。飼っている犬の写真を見せられたって楽しく応じられる自信がない。つまり、あたしには絶望的に愛想がない。

口をきいてしまったことを今さら悔やみ、あたしは床に置いていた『痴人《ちじん》の愛《あい》』を手に取った。あと十数ページで物語は閉じる。本さえあればヒマはべつにこわくない。こわいのはそれを埋めるためだけに交わされる表層的な会話の方だ。

女はかまわず話し続ける。よほど心が強いのだろうと感心する。

「あ、でもね。たしかに基本的にはヒマな店だし、日給四万なんてウソだけど、間違って入ってくる客も少なくないのよ」

首をかしげたあたしを一瞥して、女は黄色い歯を見せつけてきた。

「隣に〈ピンク・キャンディ〉っていうお店があるの気がついた？　電飾の派手な」

「さぁ。見てないです」

「あっちはこの辺じゃ一番の人気店。昔はモーニングってサービスがあったりして、そりゃにぎわったのよ。全国的にも有名で、店先に行列ができたこともあったくらい」

「それが？」

「うん。じゃあ、この店の名前は？」

「なんでしたっけ。たしか似たような……」

「マリアちゃんって何も見てないのね。こっちはね〈ピンク・キャンティ〉。〝テ〟の部分がちょっと違うだけ。自分の店の名前くらい覚えときなさい」

ついにはお腹を抱えた女を尻目《しりめ》に、あたしは口をすぼめる。

「それ、いいんですか？」

「いいんじゃない？　問題があるとしたらあっちだから。先にあったのはこっちの方」

「あ、そうなんですね。だったらべつに問題は……」

「ハッキリ言って金づるよ」

あたしの言葉を途中で遮って、女は強く言い切った。

「そういう男こそ私たちの生活の糧《かて》になる。だってそうじゃない？　店を間違えて入ってくるような脇の甘い人間、ふんだくられて当然なのよ。とくにこの朝の時間は大チャンス。昔あったお隣のモーニングと混同しやすいというカラクリよ」

女はなぜか自慢げにまくし立てたが、あたしはもう取り合わなかった。基本的にはどうでもいい話だったし、それよりも『痴人の愛』の続きが気になった。

あと一時間ほどで今日が終わる。結局何もしていないけれど、だからといって今から客が欲しいとは思わない。とりあえず入社祝いとして一万円くれるというし、今日はそれで充分だ。この古く、薄汚れた店がしばらくはあたしの戦場になる。初日から焦ったって仕方がない。

女は尚もしゃべり続けたが、さすがに無視してあたしは本に没頭した。そして物語がいよいよフィナーレを迎え、同時に勤務時間も終えようとしていたときだった。

「来るわ」

静寂を演出するように、女が声をひそめて口にした。その意味があたしにはわからず、周囲を見渡したが、異変はない。

部屋の四辺のうちの一辺を成す巨大なガラスには、向こう側から臙脂《えんじ》色のカーテンが降ろされている。十畳ほどの横長の部屋には緩い沈黙が漂ったままだ。物音は聞こえず、動いているのは無数に舞っている埃《ほこり》だけ。変化はやはり感じない。

しかし、女の顔はたしかに〝女〟のものになった。素早く手鏡を取って、前髪を手際よく直し、リップを塗る。あたしは思わずうっとりと女の所作に見惚《みと》れてしまう。

そして女が咳《せき》払いを一つし、姿勢を正したのとほとんど同時に、オブジェかとも思われた天井のスピーカーから割れた声が降ってきた。

『お客様お通しします。お二人ともご準備願います』

あたしはあ然とするだけで、すぐに対応できなかった。そういえば、面接で店長から説明された。「控室から受付の様子は見られません」「お客さまのご来店は放送でお知らせします」「うちはマジックミラー制の指名です」「アナウンスのあと、すぐにカーテンが開きます」「ですので準備はお急ぎで」……。

あたしはハッと顔を上げた。ガラスにうっすらとこちらの様子が映っている。毛布やマンガ、ラジカセに洗面用具などが散らばっている雑多な部屋に、十代と、おそらくは四十代、ここに辿り着くしかなかった二人の女が座っている。

次の瞬間、あたしを現実に引き戻すかのように向こうからカーテンが引き上げられた。

「それではお客様、ごゆっくりとお選びくださいませ」

うやうやしく頭を下げた店長に案内されているのは二人の男。あきらかにまだ十代のチビとデブ。あとメガネがそろえば完璧《かんぺき》なのに——。あたしは咄嗟《とっさ》にそう思う。

ダサいポンチョをかぶったチビが眉毛をつり上げた。

「ちょい待てぃ！　二人しかいねぇじゃねぇか！　騙された！　なんかスッゲー騙された！」

きっと「女の子いっぱいいますよ」と言われて入ってきたのだろう。先月までいた大《お》阪《さか》のクラブでも同様の揉め事は多かった。入店してからではあとの祭りだ。

見れば、デブの顔もしっかりと怒りに充ちている。しかし、チビの方とはその質が違って見えた。なんだろう？　何を憤っているのだろう？

「マリアちゃん、あんまり見ちゃダメ」

隣の女が携帯に目を落としながら言ってくる。そういえば、店長はこんなことも説明していた。

「マジックミラーってことになってるんですけどね。以前、酔っぱらったお客さまに割られてしまって以来、とりあえず普通のガラスを入れてあるんです。ただのガラスなので、もちろんマリアさんの方からも指名室の様子は見えていますし、声も聞こえます。

ですが、すぐに慣れます。絶対に気づかないフリをしていてください」

引き寄せられるように、あたしは再びガラスの向こうに目をやった。太った男が怪訝そうに眉をひそめている。

柿の種のように細いその目はなぜかあたしの汗ばんだ右手、握ったままの文庫本に釘づけになっている。


「俺たち、本当に金ないからな！」

チビは額に汗を浮かべ、機関銃のようにまくし立てた。

「結構でございます」

「ボッタクろうったってそうはいかないぞ！」

「当店は優良店でございますので」

「いや、ジャンボ！　先に財布を見せてやれ」

「え？　ああ、うん」と、デブがおずおずとカバンを開く。ちょっと待って。あいつがジャンボ？　まんますぎ！　あたしは衝動的にこみ上げた笑いをかみ殺す。

向こうの様子があまりにも興味深くて、視線を送らずにはいられない。ジャンボは財布から一万円札、五千円札、千円札をそれぞれ一枚ずつ取り出し、上下に振った。

「これでいい？　又八くん」

又八くん！　すごい名前！　あたしはついに堪えられなくなって吹き出した。ジャンボはまたしても食い入るようにこちらを見つめてくる。それを見た隣の女は「イヤらしい目」とささやいたけれど、あたしにはなぜかそういう類《たぐい》には見えなかった。とはいえ、こいつらがお金で欲望を充たそうとしているのは間違いないけれど、少なくともジャンボの方は切ない表情を浮かべている。

「ええ！　ここって〈ピンク・キャンディ〉じゃないのかよ！　キャンティ？　そんなのあり？　おい、ジャンボ。こりゃいよいよボッタクリかもしれないぞ」

金もないくせに又八はまだコントを続けている。それでも「ああ、でも、なんかもういいやぁ。ピンクだし」と吐き捨てるように口にして、ジャンボの肩を強く叩いた。

「お前が先に決めていいぞ」

「はぁ？　いや、ボクはいいよ。又八くんが決めたらいい」

「いいんだよ。お前は俺の願いを叶《かな》えてくれたんだ。ここは俺に折れさせろよ」

「折れさせろって。なんだよ、それ。恩着せがましいな。べつにボクは……」

そう言いながら、ジャンボの視線は再びこちらを向いた。しばらくは居心地が悪そうに泳いでいた目が、またしても文庫本でピタリと止まる。一度大きく息を吐いて、ジャンボはゆっくりとあたしを指さす。

「じゃあボクはこっちの人で」

又八がジャンボの肩に手を置いた。

「へっへっへっ。このドスケベ」

その下劣な笑い声に、あたしはひどくうんざりする。

安物のカーテン越しに、大柄な男の気配を感じる。店長が「女の子の嫌がる行為、本番の強要等――」と、独特の言い回しで禁止事項を読み上げている。本番なんてさせるわけがない。

「では、ごゆっくりお楽しみください」という声に続き、カーテンが開いた。

「いらっしゃいませ。ご指名ありがとうございます。マリアです」

店長の手前、とりあえず昨夜教わった通りの挨拶《あいさつ》をした。最初だけだ。こんなのは最初だけ。そう自分に言い聞かせる。

「ボ、ボクは森田公平です」

ジャンボもまた律儀に名前を口にする。ふざけているのかとも思ったが、顔はまったく笑っていない。

手をつないでジャンボをプレイルームに招き入れた。入り口から又八の怒鳴り声が聞こえてくる。

「ちょっと待てよ！　本番禁止とか、じゃあ何屋なんだよ！」

淡々とシステムを説明する店長の声があとに続く。ジャンボは何も聞こえていないかのように、ピンクの電球が灯《とも》された品のない部屋を不思議そうに眺めている。三畳ほどの窮屈《きゅうくつ》な、なぜかダビデ像のポスターの貼られた古い部屋。

「おはようございます。寒いですね。こんな早くからご苦労さまです」

占領するように置かれたベッドの端っこに腰を下ろし、あたしはとりあえずイヤミを言った。ジャンボもベッドの逆サイドに腰をかけ、「べつにボクたちにとっては早くないから」と独り言のように口にすると、烈火のごとく怒り出した。

「静岡がすごく長かったんです。行けども、行けどもまだ静岡で、やっと静岡市を抜けたと思ったら浜松なんてまだまだ先で。ここに来るからって高速にも乗れなくて、国道がそのうち渋滞なんかし始めて。車内が混沌《こんとん》としてきて、そのうちみんな異常にカリカリし始めて――」

風貌《ふうぼう》に似合わず、ジャンボはしゃべる。顔には疲労の色が濃く浮かぶが、それを振り払おうとするかのような勢いだ。

「ここにさえ寄らなければ、ボクたちは高速道路に乗れたんだ。それなのにボクの友だちが……。そもそも雪になんか一度も降られてないんです。これじゃ飛行機だって普通に飛べる。だったらボクたちはなんのためにこんな旅に出たんだろう。騙されたとしか思えないよ」

語気が次第に荒くなり、ふーふーと鼻息も激しい。ジャンボはどこかのタイミングから止まらなくなった。怒りと不満のオンパレードだ。

「あの……」という必死に割り込んだ声に、ジャンボはようやく目を瞬かせる。

「あ、ごめんなさい」

「そろそろシャワー浴びませんか。時間もあまりないんで」

「お風呂は沼津で入ったから大丈夫です」

「そういうわけにいきません。ルールなので」

「ルール？」

「はい。だから——」と、うんざりしてあたしは声を荒らげそうになった。が、そうするより一瞬早く、ジャンボのスマートフォンが鳴り出した。

相手を確認したジャンボの顔に、みるみる暗い影が差していく。

「すみません。出てもいいですか？」

「どうぞ」

「もしもし——」

小さなため息を漏らしたジャンボの声を遮るように、スマートフォンから激しい怒声が漏れてくる。なんの話かはわからなかったが、「セルシオ」と「奇跡の」という言葉が何度となく耳を打った。

「あの、ごめん。明日の夜にはちゃんと返すから」

怒声。

「傷は、大丈夫。いい、そんなにはついてない」

さらに怒声。

「今？　名古屋。栄っていうところ」

また怒声。

「ううん。これから岡山に向かうところ」

怒声、怒声、怒声。

「うん、ホントにごめん。ごめんね、お父さん」

そして怒声。……っていうか、お父さん？

ジャンボの黒目がちな瞳が涙で潤《うる》む。五分ほどして電話を切ると、今度は無言のままメールの作成画面を開いた。

あたしは無性に気になって、バレないように覗き込む。

『今日は飛行機飛びそうだよね？　ごめん、試験終わったら電話くれる？　とにかくがんばって。きっとチャンスはまだあるよ』

もちろん意味不明だったけれど、切実さだけは伝わった。

「なんでボクがこんな目に……」

そう独りごちて、落ち込むジャンボに、あたしはお尻一つ分だけ身体を寄せた。

「シャワー、ホントにどうしますか？」

「だから沼津で入ったんです」

「だから沼津とか知りません。ルールなんです」

「だからルールって……」と言いかけて、ジャンボは口をつぐんだ。驚いたように顔を上げ、はじめて合点がいったように息をのんだ。

「あ、ごめん。そういうことか。あの、先に言っとくべきでした。すみません、ボクは大丈夫です。気にしないでください」

言葉の中に敬語とタメ語が入り混じる。

「大丈夫って、何？」

あたしの純粋な疑問に、ジャンボは優しく微笑んだ。

「ボクは嫌いなんです。べつに否定はしないけど、イヤなんです。どうしても愛にお金が介入してくることが許せなくて」

その声が、不意にあたしの胸を貫いた。穏やかな青空からいきなり矢が降ってきたかのような。あたしは完全に油断していた。それはきっと「女を買うこと」でも「金で欲望を充たすこと」でもダメだったと思う。「愛にお金が介入」という一言は、おそらく本人の意図とはかけ離れたところで、強い力を秘めていた。

身動きの取れなくなったあたしにかまわず、ジャンボは訥々《とつとつ》と語り出す。それはまぎれもなく「語り」だった。あたしの返事を待つことなく、何かを確認するように、ゆっくりと。話は、壁が油で汚れた新宿の天ぷら屋から始まった。現在と幼少期、中学時代に将来のことと、時代は行ったり来たりを繰り返しつつ、彼らが昨夜乗り込んだという父親にとっての奇跡のセルシオ〈サンダーボルト号〉は、ゆっくりとあたしのいる栄へと近づいてくる。

神奈川県に突入したあたりで、話はようやく安定したように思われた。しかし大雨の中で箱根の山に差し掛かったところで、再びくねくねと蛇行し始めた。きっかけは赤いドレスを着た〝ナゾの女〟が出現したことだ。彼女が現れたことをきっかけに物語は一気に華やかな芸能の世界に弾け飛ぶ。そして最後は巡り巡って、海を越え、乾ききった美しい、でもたしかに濃い血の匂いをさせる南米の荒野に辿り着いた。静岡も、名古屋も、岡山までも一気に飛び越えて、気づいたときにはあたしはとんでもないところに連れていかれていた。

「なのにさ……。なのに雪はまったく降ってないんだ。意味わからないよね。めちゃくちゃな話だよ」

ジャンボは弱々しく微笑み、静かに話を締めくくった。

「そ、その又八って、さっき一緒にいた人？」

ガラスの向こうは見えていない設定なのだから、その存在を知っているのは本来おかしい。でも、口を滑らしたわけではない。覚悟を持って切り出した。

ジャンボも怪訝そうにしなかった。

「そうだよ。意外？　そうは見えないよね」

「見えない。言っちゃなんだけど、そんな背景をまったく感じさせなかった。ペラペラな人なんだろうって思ってた。軽薄で、お調子者なんだけど、本当は誰よりも気が小さいっていうふうに見えていた」

あたしは思ったままを口にする。ジャンボは弱ったように微笑んだ。大柄なジャンボが少し身体を揺するだけで、狭い部屋は暖かくなる。

「いやぁ、でもそうだよね。実際そういう人だと思うし、本人は何も知らないし」

「知らないんだ」

「知らないよ。ボクだけなんだ。どういうわけかボクにばっかりいろんな情報が集まってくるんだよ。いつか口を滑らせないかってドキドキして過ごしてる。あ、こうして誰かに明かしたのってはじめてかもしれない」

ジャンボは他意もなさそうに微笑んだ。その言葉に、またしてもあたしは胸を打ち抜かれた。だけど先ほどとはニュアンスが少し違った。どうせ二度と会うことのない女だからと、そんな意味合いを感じ取った。

しかし、本人にその意はなかったようだ。

「ねぇ、良かったらボクにもマリアちゃんの話を聞かせてくれない？」

そう当然のように尋ねてくる。部屋に緊張が立ち込めた。一瞬、自分が「マリアちゃん」であることを忘れていた。ジャンボの口から出てきたそれは、なぜか汚らわしいものに感じられた。

「あたしの？」

「うん。君の方はどこから来たの？　何から逃げてきて、どうしてここに辿り着いたの？」

決めつけるような口調。あたしはたまらずダビデ像のポスターに目を向ける。人を食ったような表情に、小さなペニス。それを見なければ、泣き出すような予感があった。笑いながら首をひねったジャンボに、あたしは「だから——」と切り出した。たった三十分程度で、あたしは完全に目の前の太った男にねじふせられた。きっかけは「愛にお金」の一言だったのは間違いないが、それだけじゃない。そこからの彼の立ち居振る舞い、口調、表情、どれを取っても完璧だった。きっとモテる人なのだろう。気取りのない笑顔に、キャラクターのようなコミカルな動き、包み込むような話し方、そのすべてに男の〝性〟の匂いは漂わない。

何年も夜の仕事をしてきて、こんなふうに感じさせた人はいなかった。あたしがずっと憧れ、けれど必死に否定してきた〝家族〟の香りを彼はたしかにさせている。同年代の男の子をつかまえ、惹かれた理由の説明としておかしいのはわかっている。でも、彼はたしかに〝父親〟の雰囲気をたたえている。この人なら見返りを求めず願いを叶えてくれるに違いないと、そんな不遜なことをあたしは思った。

いっそ吐き出してしまいたかった。それこそ誰にも明かしたことはなく、でもそこら中に転がっているつまらないあたしのこれまでを、彼に聞いてほしかった。

だけどそのとき乾いた電話のベルが部屋に響き、あたしたちを強引にピンクの、狭《きょう》小《しょう》な現実に引き戻した。

あたしは息をこぼして受話器を取る。店長から時間であることを告げられ、なぜかとても安堵した。一字一句違《たが》わずに彼に伝える。ガラス越しの三文芝居から、彼らにお金がないことをあたしはすでに知っている。

彼の旅の物語にあたしが交われるのはここまでだ。このまま「マリアちゃん」として彼の舞台から降りるだけ。

彼は弱々しく息を吐いた。そしてなぜかまたポケットからスマートフォンを取り出し、今度はあたしに見せつけるようにしてメールを打つ。

『少し遅れる。心配しないで。ちょっと寝てて』

それが又八に向けられたものだということはわかった。だけど……。

なぜか彼は前触れもなく靴を脱ぎ始めた。呆《ほう》けるあたしを置き去りにして、今度は靴下まで脱ごうとする。

「ボク、どうしても知りたくて。なんで君が『痴人の愛』を読んでたのか。あれ、すごいよね。ボクは映画の方を観たんだけど、あれってなんかすごいよね」

「いや、すごいのはすごいけど……」

「ボク、これだけは絶対に使うまいと決めてたんだ。少なくとも又八くんのためには使わないって決めてた。だからずっと隠しておいたんだけど、まさかこんなふうに取り出すなんて夢にも思ってなかったよ」

足の裏に貼りついていた一万円札を引きはがし、彼は照れくさそうに微笑んだ。

「話の続きを聞かせてほしい」

何それ。ずるいよ。ジャンボのくせに――。

あたしは思わず漏らしそうになる。熱を帯びた一万円札をおずおずと受け取りながら、あたしはかすれる声をしぼり出した。

「カッコ良すぎ」

彼はぷはっと吹き出した。

「そんなこと言われたのはじめてだよ。靴下からお金を取るのがカッコいいの？」

彼の笑顔がぐさぐさ刺さる。もらった一万円が酸っぱい匂いをさせてなかったら、たぶんあたしは泣いていた。


「大貫《おおぬき》カンナ。十八歳。もしちゃんと高校に通っていたらもうすぐ卒業だと思う」

一度フロントに行き、「うまいことやりましたね」と言った店長に見えないように中指を立てたあたしは、まずそこから切り出した。

「やっぱり。絶対に若いだろうって思ってたんだ。っていうか、なんとなく同い年なんじゃないかっていう気がしてた」

細い目をさらに細め、彼があたしの話に口を挟んだのはそれが最後だった。あたしが「生まれは福岡の北の田舎町」と口にした瞬間から、彼の表情から持ち前の愛嬌とかわいらしさは消えていった。

この期に及んであたしは少し躊躇《ちゅうちょ》した。懸命にそれを振りほどこうと、彼の目を見据え続けた。

あたしができたのはキーワードを羅列することだけだ。実父の夜逃げ、母の再婚、幼かった頃の自分と、突然現れた若い養父。酒と暴力、生傷と周囲の目、床に転がる玉をかき集めていたパチンコ店の記憶、繰り返される引っ越し。あたしへの無視、あたしからの無視。西日のきつい部屋、鉄っぽいツバの味、見て見ぬフリを決め込む母、いつからかその母を女として見下し始めた自分。離婚と解放、再び始まった母娘の生活、新たな束縛、依存と不干渉、読書と逃避、静寂と混乱、平和と不安。あたしの人生をがんじがらめにしてきた数々のフレーズ。週刊誌を開けば必ず目にする安っぽい記号の列挙。ジャンボのような優しい物語は語れない。

家を出ることを決めたのは高校の入学式の前夜だった。そのとき母はすでにあたしなしでは生きていけない状態だったが、その束縛からあたしは逃げた。それがあたしのちんけな逃走劇の始まりだった。

十五歳の自分が働ける店はごまんとあった。ただ、どこに行っても必ず先輩ホステスの恨みを買った。そしてあたしは誰とも向き合おうとはしなかった。結果、世話になった人にもババをかけ、あたしは二度と立ち寄れない場所を地図上に塗りつぶしていくように、なけなしのお金を握って次の街へ移動した。母から電話で不幸な自分語りを聞かされるたびに、生まれ故郷から遠ざかった。

彼らの乗った車がこの街にやって来たのと同じように、昨日、小雪の舞う中、あたしの乗った高速バスも大阪から名古屋に到着した。

行けなかった修学旅行の街だったので京都《きょうと》は気分が乗らず、東京はさすがに気後れした。そうして決めた名古屋で、最初に入った喫茶店で、意図せずこの店を見つけ出した。

数時間後には形ばかりの面接を済ませ、あの埃っぽい待合室に座っていた。

あたしは話しているうちにおかしくて仕方がなくなった。気づいたときにはヘラヘラと笑い声を上げていた。誰かと話すことを拒絶したくて始めた仕事で、よりによって最初の客に不様な過去をさらしている。こんな皮肉があるだろうか。

「そうなんだ。だから『痴人の愛』なんだね」と、それが話を聞き終えた彼の発した第一声だった。意味がわからないあたしに向け、彼はゆっくりとうなずいた。

「これは男の人に対する復讐《ふくしゅう》なんだ。すべての男は女の人に跪《ひざまず》くべきっていう、これは君自身の復讐の物語だ」

彼は決めつけるように口にした。小説の内容を指しているのは明白だけれど、あまりにも見当違いな見立てだった。残念ながら『痴人の愛』に意味はない。大阪の古本屋でたまたま見つけたものだった。読むまでは内容さえ知らなかった。

あたしは小さく首を振る。でも彼の眼差しは真剣そのもので、申し訳ないがあたしの笑いのツボを刺激する。あたしは懸命にそれをかみ殺そうとしたけれど、気管が詰まって咳き込んだ。一連の動きが彼をさらに誤解させた。

「お願いだから泣かないで」

諭《さと》すようにつぶやき、彼はあたしの身体を力いっぱい引き寄せた。すりつけられた頰から緊張が伝わる。これまで経験してきた誰よりも強く抱きしめられ、物理的に動くことのできなかったあたしの耳もとで、彼はささやいた。

「電話ずっと鳴ってるよ。とりあえず延長する。本当にボクの全財産、あと一時間。これが君の手口なのだとしたら、ボクはもう全面的に降伏する」

悲しそうな表情を浮かべた彼に、あたしは何かを証明するように口づけした。二人ともたどたどしい、はじめてのようなキスだった。そして再びフロントに走り、あらためて心の中で店長に中指を立てて、息を切らして足早に部屋に戻ったあたしに、彼は淡々と語り始めた。

「さっき言ったボクの二人の親友って、性格はまったく違うんだけど、二人とも理想とする女の子との出会い方が一緒なんだ。運命的じゃなきゃ許せないって、二人ともいつも言ってる。ボクにはそれがよくわからなくて。運命じゃない出会いなんてこの世にあるのかな。ボクたちのこれは違うのかな」

赤面するようなセリフを、彼は平然と口にする。ほんの少しの間のあと、彼は何かを振り払うように続けた。

「ボクのお父さんは立ち向かえって言うんだけどね。今と向き合えって。でも、ボクたちはその言葉をちょっと疑ってて。逃げなきゃいけないって小さいときから思ってたから。みんなそれぞれに経験があるんだ。ねぇ、一緒に逃げよう。今が百点満点じゃないんなら、逃げなきゃダメだよ。それはたぶん恥ずかしいことじゃない」

これが並の男の言葉なら、あたしはきっと許さなかった。あたしはもうとっくに恋をしている。くすんだピンクで目の前を彩られた、これがあたしにとっての初恋だ。

「あたしはずっと高校の制服を着たいと思ってた」

そんな言葉が口をついた。ぎこちなく首をかしげた彼に、あたしはさらに訴える。

「高校に行かなかったことを、誰かと同じ思い出を作れなかったことを、今ごろになってすごく後悔してる。せめて一度でもセーラー服を着てみたかったって、最近ずっと思ってた」

もちろん叶わぬ夢だと知っている。『痴人の愛』ではないけれど、ただ最高に彼の弱った顔を見たかっただけだ。

それなのに、彼は「なんだ、そんなこと?」と、つまらなそうに鼻で笑った。

「そんなことなら簡単だ」

そう言い直して、彼はもう一度あたしをきつく抱きしめた。言葉の意味を理解できないまま、今度はあたしもその大きな背中に腕を回す。

しばらく何かを解放するように抱き合って、あたしはやっと悟った。彼に漂う家族の匂いの正体だ。彼の身体には油の匂いが染みついている。もう何年も嗅《か》いでいない、天ぷらの油の匂い。

あたしはふと白衣を纏った自分に思いを馳《は》せる。いくらなんでも気が早すぎると自嘲しながら、老舗《しにせ》のホールに立つ自分の姿は意外とサマになっていた。

雪はとうにやみ、外は春を思わせる陽気だった。柔らかい風が頬をなでる。指定されたコンビニの前で彼は待っていてくれた。

二分ほど歩いたパーキングで、最初に目に入ったのは白い車だ。電話で「そんなには傷ついていない」と言っていたはずの〈サンダーボルト号〉は、あたしの目にはしっかりとボコボコに映る。

その車の前で又八が腕を組んでイラついていた。あたしは彼の背中に身を隠す。

又八は安堵したように息を吐いた。

「おっせーよ、ジャンボ。何してたんだよ？」

「遅くなってごめん。それより又八くんはどうだった？　夢は叶った？」

「いやいや、あんなのはダメだよ。あんなことはしちゃダメなんだってことはよーくわかったわ。いくらなんでも愛がないぜ」

「だからあんたは勃《た》たなかっただけでしょ？」

若い女が車から出てきて気怠《けだる》そうに言った。又八の眉がつり上がる。

「だから違うって言ってるだろ！　なんであんたはいちいち俺に突っかかってくるんだよ！　イヤな奴だな。ホントに」

「イヤな奴で結構よ。だいたいあんたは年上に対する礼節がなさすぎる」

「ふざけんな。金もねぇくせに文句ばっかり言ってるあんたをなんで礼節しなくちゃならないんだよ！」

「だから岡山着いたらすぐに返すって言ってるでしょ。しつこいな。だからあんたはモテないのよ」

「もうマジで殺す！」

「ふざけんな。私が殺す！」

今日ずっと流しそびれてきた涙が、このタイミングでこぼれ落ちた。もちろん息の合った二人の漫才に感銘を受けたわけではない。女の人の着ていた服が理由だ。その服のせいで女性が彼の話に登場していた「愛さん」であるということに、あたしはなかなか気づけなかった。

「沼津の深夜営業の店で買ったんだ。ボクは止めたんだけど、又八くんが悪のりして。案の定、愛さんはしらけてたけど」

してやったりという顔で説明した彼の声は、ほとんど耳に入らなかった。あたしは彼の背後から飛び出して、呆然《ぼうぜん》としたまま二人のもとへ近づいた。

マジックミラーですでにあたしを見ている又八が先に反応した。

「ぐえっ！　ちょっ、なんで？　マジかよ！」

そう叫んだ又八を無視して、あたしは愛さんに歩み寄る。彼女は大仰にあとずさりして、「ど、どちらさま？」と尋ねてきた。寝起きのようなかすれた声もやっぱり無視して、あたしは彼女の着ている安っぽいセーラー服の袖をつかんだ。

「これ、着たいです。あたしセーラー服をずっと着てみたいと思ってて、その願いを公平くんがなんとか叶えようとしてくれて、だからあたし、あたし……」

「ちょ、ちょっと待ってよ。だからあなたは誰なのよ。っていうか、その公平くんってのも知らないわ」

「あたしは、それにあたしは――」

涙が止まらなかった。でも、それ以上に言葉を止めることができなかった。

「あたしはずっと友だちが欲しかった。イカした友だちがずっと欲しいと思ってた」

自慢げにうなずくのはジャンボだけだ。愛さんと又八は二人とも大口を開けて見つめ合う。

「あ、あんたたちってイカしてるんだっけ？」

「い、いや。今のとこ」

ささやき合った二人の視線が、吸い寄せられるように彼に向けられた。彼は力なくつぶやいた。

「とりあえず車の中で説明するよ。だから、愛さん。悪いんだけどカンナちゃんと服を換えてあげてくれないかな。お願いします」

愛さんと二人で〈サンダーボルト号〉に乗り込んで、着ている服を交換してもらった。

そして人生ではじめてのセーラー服に袖を通して外へ出ると、彼はなぜかあたしにではなく、地面に向けてスマホのカメラのシャッターボタンを押した。

又八はおちょくったように喝采《かっさい》を上げた。

「いいね！　なんか本物の女子高生みたいだ。誰かさんとはワケが違うぜ」

調子に乗った又八の頭を、制服よりもさらに似合っていないギャルファッションに身を包んだ愛さんが思いきり叩いた。からっぽな音を響かせる。申し訳ない気持ちを抱きつつ、あたしはお腹を抱えて笑ってしまう。

二人は当然のようにあたしが同乗することを許してくれた。

「で、どうする？　次はどこに行く？」

ハンドルを握った又八が助手席の彼に問いかける。彼は後部座席のあたしを見つめ、優しく首を振った。

「ううん、行くんじゃないよ。逃げるんだ。ボクたちは飛べない鳥じゃない。どこまでだって逃げなくちゃ」

「いや、何言ってるかわからないけど。真っ直ぐ岡山に向かっていいの？」

空気の読めない又八を見つめ、彼は不敵に笑った。

「そうだ、京都に行こう」

「は？　なんでよ？」

「修学旅行だよ。みんなでカンナちゃんの青春を取り戻しにいこう！」

バックミラー越しに又八が目を向けてくる。どれだけ感謝してもしきれない。その思いは間違いないし、彼の生い立ちの秘密には同情するが、やっぱりあたしはこの男が好きじゃない。あまりにも軽薄だ。

そんなあたしの気も知らず、又八は「だな！」と表情を弾けさせた。そして、彼の頭をくしゃくしゃになでまわす。

「ゲへへへ。このドスケベ」

「うるさいよ」

「なぁ、ジャンボさ」

「何？」

「なんかまた一人増えたな。四人になったたな。鬼退治の準備は万全だな」

又八は楽しげにのたまった。しかし、そのとき車内の雰囲気が少し変わった。彼が驚くほど深いため息を漏らしたからだ。

そして彼はカバンからスマートフォンを取り出した。モニターに弱々しく目を落とし、独り言のように口にする。

「四人で済めばいいんだけどね。一難去ってまた一難だよ」

窓の外は雲一つない縹《はなだ》色。

とりあえずあたしには昨日の雪が幻に思えた。

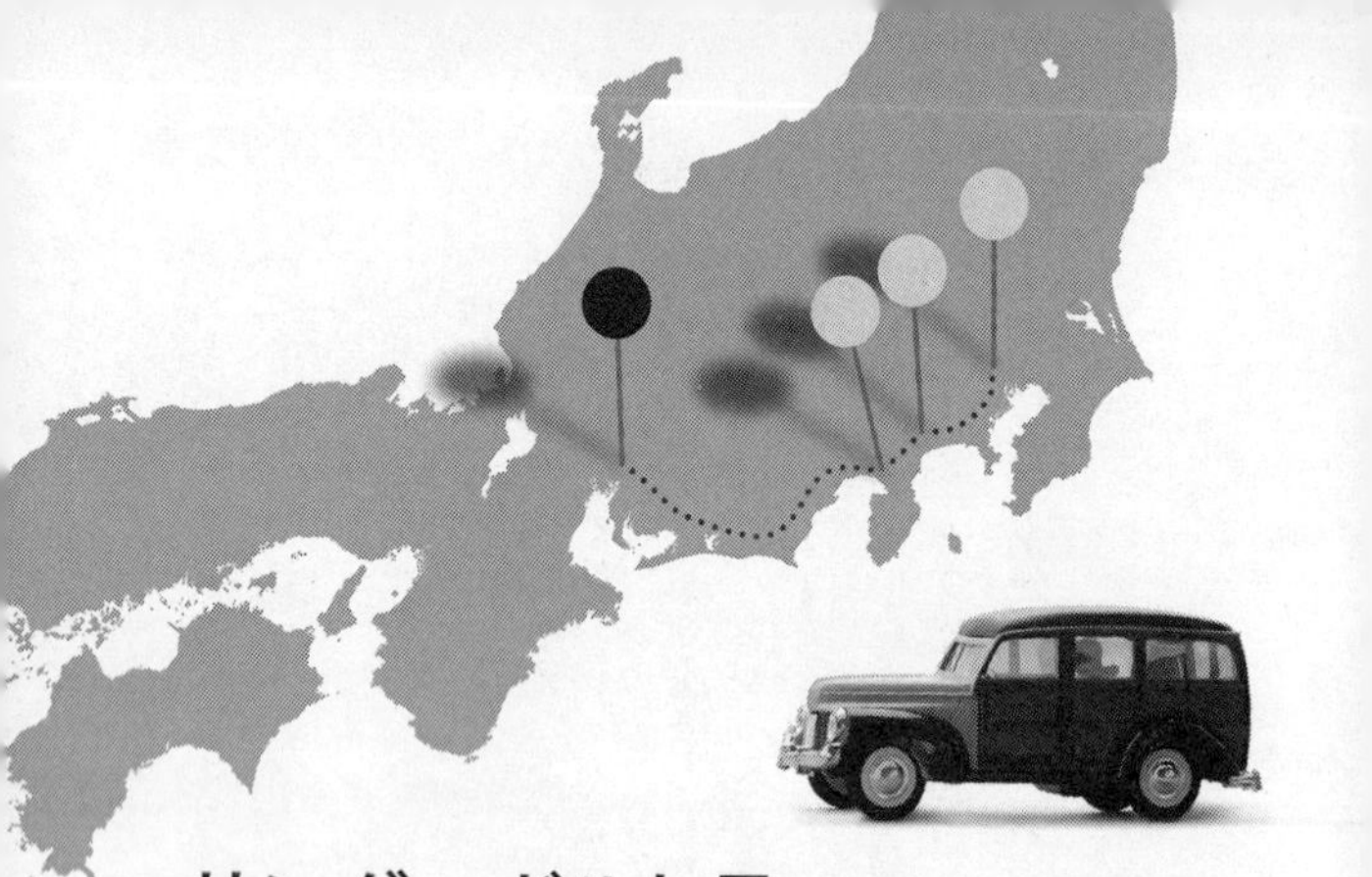

サンダーボルト号
総走行距離＝10442km

北川又八＝愛知県名古屋市
森田公平＝　　　〃
白川愛　＝　　　〃
大貫カンナ＝　　〃
衣笠翔子＝岡山県倉敷市
神山仁　＝　　〃
田中優一＝東京都杉並区

3月13日10時――
都立夏目高校卒業式まで＝28時間

4. ストーク・ア・ゴーゴー！

生きる上で大切なのは、つまりは〝諦めない〟ことである。一度でもそう信じた自分自身を、わたしは心から恨んでいる。

「だって翔子ちゃんは又八の好きな人だから」

けんもほろろに〝付き合えない理由〟を述べるジンくんの顔が脳裏を過ぎる。中三の出来事だ。あれから三年も過ぎたというのに、変わらず繊細な自分がすごく憎い。寝返りばかり繰り返して、今夜も一向に寝つけない。

とにかく寝なきゃ、なんでもいいから早く寝なくちゃ——。

乾ききったホテルの一室でくすぶり続けた焦りは、そのうち強迫的な思いに塗り替えられた。「明日も試験なんだから」という心の声も、気づいたときには「今日も試験なのに」に変わっていた。

数時間がたちまち過ぎた。それでも必死に目をつぶっていたわたしの耳に、無慈悲なバイブの音が飛び込んだ。わたしは諦めて枕元《まくらもと》の携帯を開く。

『今日は飛行機飛びそうだよね？　ごめん、試験終わったら電話くれる？　とにかくがんばって。きっとチャンスはまだあるよ』

視点がうまく定まらない。昨夜、迷った末に飲んだチューハイが裏目に出ている。身体の奥深くでアルコールが行き場をなくしている。

わたしはおぼつかない足取りで窓辺に歩み寄り、カーテンを開けた。思えば遠くへ来たものだ。昨日の雪がうっすらとだけ積もり、倉敷駅《くらしきえき》前のロータリーは銀色に照っている。コントラストを彩るように、空は突き抜けそうなほど真っ青だ。なるほど、今日は暖かくなるだろう。飛行機だって飛ぶはずだ。

ジャンボからのメールは、初日の試験を終え、ホテルに戻ってきた昨夜遅く、酔って送ったわたしのメールに対する返信だ。

『ダメだった。チャンスなんて全然なかった。もう死にたいよ。何なのよ』

読み返してみて、わたしは彼を非難するような文面に赤面する。「何なのよ」という牙を今度は自分に向けて、恥ずかしさをかき消すようにメールを打つ。

『ごめん。今まで本当にありがとう。わたしは先に帰ります。二日目は受けません。返信はいらないです』

なんとか暗くならないように絵文字をふんだんに使用する。時刻はまだ七時前。昨夜から彼らはこちらに向かっているというけれど、今はどの辺りにいるのだろう。

しばらく悶々《もんもん》と自問を続けたが、少しするとわたしはどうでも良くなった。散々ワガママを聞いてもらい、壮大な計画を練られるだけ練って、そしてこぎ着けた勝負の日だった。それなのにわたしは結局何もすることができなかった。どの面を下げて彼に会えばいいのかわからない。

もういいや。もう東京に帰ればいい。そう深く息を吸い込めば、この期に及んで猛烈な睡魔がやって来る。

わたしは七時半にセットしておいた目覚ましを解除した。試験なんて知るものか。そもそもこんな田舎の大学に興味はない。何が未来創造だ、ヒューマン創設だ。倉敷なんてクソ食らえ！

八つ当たりに似た思いは、大いなる喪失感と引き替えにして、安堵の気持ちをもたらしてくれる。

わたしは呆気ないほど簡単に眠りに落ちた。人生を賭けた大勝負は、この瞬間に散ったのだ。

それが眠りにつく直前にわたしが聞いた、最後の心の声だった。

数時間後、煽るような電話のベルで叩き起こされた。

「おはようございます。フロントでございます。衣笠《きぬがさ》さま、チェックアウトの時間が過ぎております」

冷たい声が耳を打つ。携帯を取り、時間を見る。すでに十時を回っていた。本当に試験をさぼったのだ。今さら取り返しのつかない気持ちに襲われる。

「すいません。すぐに仕度します」

そう言いながらもゆっくりユニットバスに向かい、熱いシャワーを頭から浴びた。下着をつけ、背中まである髪の毛をやはり入念に乾かしてから、ハンガーにかけておいたブレザーを手に取った。

東京に戻れば卒業式だ。もう何度も着る機会のない制服だというのに、悲しいほどなんの感慨も抱かない。最後にすっかりくたびれたピーコートを羽織って、わたしは部屋をあとにする。

ホテルを出てすぐに家に電話をかけた。「はいはい、衣笠です」というからりとした声を聞いたら、思わず涙が出そうになる。

「お母さん？　わたし」

動揺を悟られないようにわたしは言う。

「は？　翔子？　何、あんた試験中じゃないの？」

「ごめん、寝坊しちゃった」

「へぇ、めずらしいこともあるもんね」

母は他意もなさそうに笑ってくれる。何かを悟ってのことではないだろうが、その優しさにグッとくる。

「ごめんね。お母さん。無理言って受けさせてもらった大学なのに」

「何言ってんの。本命に受かってるんだから無理して受けることないって私は言ったじゃない」

「そうだけどさ」

「ホントに。いまだによくわからないわよ。なんで岡山の大学なんて受けなきゃならなかったのよ。あんた、やっぱりなんか隠し事してるでしょう？」

こちらの知られたくないことだけ母はいつだって鋭い。なるべく平静を装い、話題を変える。

「とりあえずやることなくなっちゃったし。もう帰るね」

「飛行機のチケットって変更できるんだっけ？」

「空港行ってお願いしてみる」

「あ、それならさ——」と、母の声の調子が一段上がった。

「あんた、ちょっとおばあちゃんの様子見てきてくれない？　最近、私たちも全然行けてないからさ。顔を見てきてほしいのよ」

「おばあちゃんって、京都の？」

「他におばあちゃんなんていないでしょ。岡山からだったら新幹線ですぐよ」

「そうなんだ」

「一時間くらいだったと思うよ」

「でも、わたしもうあんまりお金ない」

「どうせおばあちゃんがくれるわよ」

母はしれっと口にした。まったく考えてもなかったけれど、それも悪くないかとわたしも思う。

会えばきっと喜んでくれるはずだし、たしかにお小遣いもくれるだろう。何せ高校卒業というオマケつきだ。「よう来たねぇ。お姉ちゃんには内緒やぇ」というおばあちゃんのかわいい笑顔と、厚めのポチ袋を想像する。

「行ってみようかな」

「そう？　だったらこっちから電話入れとく。あんたも番号知ってるわよね？　京都に着いたら連絡しなさい」

「うん、わかった」

そう言って電話を切ると、わたしは急ぎ足で駅に向かった。行き先さえ決まれば、一秒でも早くこんな街から出ていきたい。

京都行きのチケットを買おうと窓口で財布を出したとき、ふと肩にかけた荷物の重さを感じた。カバンから本が顔を出している。山陽大学の過去問集と、来るときに羽田《はねだ》で購入した岡山のガイドブックだ。

わたしはカウンターのお姉さんに本を差し出して、小声で「すいません。捨てといてもらえますか？」とお願いした。お姉さんの表情が悲しげに曇る。

「ダメだったの？」

彼女が何を指して言ったか定かじゃないけれど、わたしはこくりとうなずいた。そう表現するのがふさわしい、昨日の大学での出来事だった。

岡山行きの山陽本線《さんようほんせん》は十分ほどでやって来た。座席を確保すると、わたしは真っ先に携帯を開いた。これで最後と自分に命じながら、ジャンボに宛ててメールを打つ。送信を確認したと同時に、アドレス帳から〈森田公平〉の項目を削除した。

『わたしは京都のおばあちゃんのとこにトンズラします。運転気をつけてね♪』

電車は静かに走り出した。倉敷の街並みがゆっくりと目の前を流れていく。もう二度とここに来ることはないのだろう。心の中でその意味を確認する。べつに名残惜《なごりお》しいとは感じない。

そのとき、手に持った携帯が震えた。メールの受信フォルダを開いて、わたしは思わず首をひねる。差出人は記されていない。〈my-name-is-Jambo@……〉というアドレスだけが表示されている。

『京都のどこ？　なんかすごいよ。やっぱり奇跡はあるみたい』

窓から差し込む春を思わす太陽の光。

そういえば朝見た雪はもうほとんど解けている。

わたしが神山仁《かみやまじん》を、幼稚園から一緒だったジンくんを突然好きになったのは、忘れもしない、小学校五年生の秋。十一月九日という日付まで覚えている。

当時のわたしは、学校で所属していたグループの女子から、そう呼ぶのもおこがましい小さなイジメを受けていた。理由は直前の林間学校で、わたしだけ「好きな男子」を発表しなかったこと。本当に好きな子がいなかっただけなのに「見下してる」と断じられ、気づいたときには冷たい目を向けられていた。

もちろん、彼女たちのシカトには充分すぎるほど傷ついた。でも一方では、心のどこかで折り合いもついていた。こんなのは持ち回りなのだからと、すぐに他の誰かに移るのだからと、そうタカをくっていた。

けれど、結果としてわたしへのイジメは卒業するまで終わらなかった。そこには十一月九日の出来事が、ジンくんが密接に関係している。

その日の放課後、わたしは明美《あけみ》というグループのリーダーから呼び出された。場所はワンパターンの体育館裏。それまで逆の立場で何度か立ち会ったことがあったから、べつに殴られるわけではないと知っていた。ただ、ああだこうだと因縁をつけられては「調子に乗んな」と非難されるくらいだろう。

予想した通り、わたしを囲んだ五人の女子は、明美を除いてみな浮かない顔をしていた。中には目で謝ってくる子もいた。早く終わってくれないかなと、人格を否定するような説教にはそれなりにへこたれながらも、わたしは心の中で唱えていた。

そして、明美の言葉がようやくトーンダウンしていった頃だった。

「わかったね、翔子。あんたもあんまり調子に乗ってたらホントにハブるよ。みんなそろそろ頭に来てるんだ」

その言葉にわたしが「うん、ごめんね。みんなもごめん」と素直に頭を下げ、周りの空気が一気に緩み、誰からともなく「それよりもヒトミだよね。最近あの子……」という声が上がって、わたしもすぐに同調しようとしかけたときだった。まったく予期せずジンくんが姿を現した。

「何してんの、お前ら」

一瞬にして空気が凍りついた。そう言ったジンくんの声には、ハッキリと怒気が含まれていた。

「はぁ？ なんだよ、神山。あんたには関係ないでしょ」

一瞬絶句し、すぐに挑むように返した言葉とは裏腹に、明美はバツが悪そうに視線を逸らした。理由は一つ。林間学校の夜、明美の打ち明けた「好きな人」がまさに「神山仁」だったからだ。

もちろん、ジンくんはそんなこと知る由もない。

「お前、恥ずかしいと思えよな。なんで昨日まで楽しそうにツルんでた奴をいきなり追い込んだりできるんだよ。最低だよ」

ジンくんはそこで口をつぐみかけたけれど、何かを振り払うようにもう一度顔を上げた。明美だけを見据え、さらに強い調子で言う。

「イジメられた人間は大人になってもその傷を引きずるっていうだろ。でもな、イジメてた人間だっていつか後悔するんだ。お前の人生から衣笠をイジメてた傷は消せないんだぞ。その覚悟がお前にあるのかよ」

ジンくんは甲高い声で一息に言い放った。必死に睨み続けていたものの、明美の目から涙がほろりとこぼれ落ちる。取り巻きたちが明美に駆け寄った。一連の場面を、わたしは口を開けて眺めていた。

しばらくは何も感じなかった。最初に胸を過ぎったのは、これがあの神山かという間の抜けた思いだ。

彼のことは物心がついた頃から知っていた。たしかに顔も頭も悪くないけれど、目立つ存在ではなかった。声を荒らげて正義を振りかざすタイプでもなければ、誰かの窮地に必ず現れるスーパーマンのような人でもない。

友人たちに肩を抱かれるようにして、明美はしまいには泣きじゃくりながらその場を去った。

結果としてはわたしがジンくんに救われたような格好だったが、ならばこの瞬間に彼を好きになったのかと尋ねられれば、その答えは「ノー」だ。

二人で取り残された体育館の裏で、むしろわたしはイラついた。勘違いもはなはだしい。この人さえ出てこなければヒトミに順番が回ったのに。

「大丈夫？　殴られたりしてないか？」

もう放っておいてもらいたくて、首を横に振ったわたしに、ジンくんは弱ったように微笑んだ。

「あのさ、翔子ちゃん。つらくなったら今いる世界を見下しちゃえばいいからね。俺たちが思っている以上に、今の価値観なんて大したもんじゃないはずだから」

ジンくんは自分に言い聞かせるように口にした。わたしは彼の目を覗き込んだ。そして、あらためて思った。これが本当にわたしの知っている神山なのかと。

彼がいきなり発した「翔子ちゃん」という響きには、わたしを認めてくれるような不思議な安心感があった。普段は名字で呼ぶくせに。みんなの前では「衣笠」って言うくせに。

大昔に東西ドイツの壁が取り壊されたのと同じ日、十一月九日の夜、わたしの心の中の壁も音を立てて崩壊した。わたしは生まれてはじめて深夜まで寝られないという経験をして、朝を迎えた頃にはその理由を認識せずにはいられなかった。

身を起こしたベッドの上で、わたしはいてもたってもいられなくなった。とにかく何かを変えたい一心で、心の中でこっそりと「ジンくん」と呼ぶことに決めた。

カーテンを開いて「おはよう、ジンくん」と声にしてみれば、そこに新しい世界が拓けたような充足感に身を包まれた。

目に入るものすべてが鮮明に映るようになった。わたしにとっての初恋は、ひたすらまばゆいものだった。

友人たちの視線は冷たさを増したけど、わたしは自分でも意外に思うほど図太かった。それがジンくんの言うところの「今いる世界を見下す」ことなのかは知らないけれど、試しに十年後の自分、もちろんジンくんの隣にいる自分を想像すれば、陰口なんて簡単にうっちゃれた。

わたしは中学受験のための塾に通っていたが、あの出来事をきっかけにその考えはなくなった。

とはいえ、まさか母に本当の理由を伝えるわけにはいかず、わたしは受験した中学校の解答欄を意味もなく〈ジンくん〉で埋めるという暴挙に出た。わたしは使命感に燃えていた。二人の仲を邪魔する者は何人たりとも許せないと、受験に落ちることは自分に課せられた使命とさえ感じていた。

そうして受験に失敗し、繰り上がった公立の中学校で、わたしたちは一緒のクラスにはなれなかった。ただ幸運だったのは彼の二人の親友、やはり幼稚園の頃から知っている森田公平と北川又八と同じクラスになれたことだ。

わたしはまず二人との距離を縮めることを考えた。「翔子ちゃん、翔子ちゃん」と馴れ馴れしい又八は嫌いだったけれど、ジャンボとはすぐに打ち解けた。

クラスの他の男子同様、最初は「衣笠さん」とわたしを呼んでいたジャンボに、「翔子でいいよ」と伝えてみた。

すると持ち前の律儀さがそうさせたのか、彼は頰を真っ赤に染めながらも「翔子ちゃん」と呼んでくれた。

計算は見事にはまった。二人の親友に釣られるようにして、ジンくんもいつからかそう呼んでくれるようになったのだ。わたしも二人に影響されたフリをして、堂々と「ジンくん」と呼ぶようになった。

明美たちの嫌がらせも呆気ないほど簡単に終息した。というよりも、目立っていた彼女たちは中学に入るとすっかりとなりをひそめた。ああ、これがジンくんの言うところの「今の価値観なんて」ということか。ようやく腑《ふ》に落ちた思いを抱きながら、三年間の中学校生活は本当に輝かしいものだった。

それでも楽しい時間はあっという間に過ぎてしまう。大人とは違い、わたしたちの時間には限りがある。新しい関係性に対する恐怖心がそうさせるのか、ジンくんに対する感情が爆発するのはなぜか受験の時期が多い。

高校受験を間近に控えたある冬の日のことだ。放課後、教室に一人残って当番日誌を書いていたわたしのもとに、ジンくんがふらりとやって来た。

「ねぇ、翔子ちゃん。又八知らない？」

又八のことなど知らなかったけれど、わたしは「すぐに戻るって言ってたよ」ととっさに嘘を吐いた。ジンくんは「そう？　じゃあ、ここで待っててい？」と隣の席に腰を下ろした。

西日が差し込む教室の色、その陰となるジンくんの横顔、耳に心地良い笑い声、目もとにできる数本の皺《しわ》。そのすべてがわたしにとってはかけがえのないものだった。絶対に失いたくない時間だった。

だから、わたしは言ったのだ。最初からそうしようとしていたわけじゃない。言葉が口をついて出た。

「ねぇ、ジンくん。わたしとつき合ってもらえないかな？　ずっと前から好きでした」

直前までの笑顔を引きずりながら、心はこれ以上なく穏やかだった。ジンくんも同じように柔らかい笑みを浮かべていたけれど、その表情にふっと暗い影が差した。わたしは時間が止まったと錯覚した。

「ああ、ごめん。それはちょっとムリなんだ」

歯車が音を立てて反転した。

「どうして？」

「だって翔子ちゃんは又八の好きな人だから」

ジンくんは当然というふうに口にした。彫りの深い又八の顔が脳裏を過ぎる。あ、そういうことかと、わたしは妙に納得した。わたしとジンくんが二人きりになることを、又八はなぜか許そうとしなかった。そんな理由があったのだ。

「又八くんは関係なくない？」

わたしは平静を装った。

「又八のことしか関係ないよ」

ジンくんは装うまでもなく冷静だ。

「何それ。キモいんだけど」

無意味と知りながらしぼり出したわたしに、ジンくんは力なく肩をすくめた。わたしが最初に心を鷲《わし》づかみにされた笑みを浮かべて。

「キモくたってしょうがないよ。俺の人生、あいつに救われてばっかりだったから。今は又八たちと遊んでいる方が楽しいんだ。俺からその時間を奪わないで」

吐き気を堪えすぎたせいだろう。口から「はん」と間抜けな息が漏れた。ジンくんは聞こえないフリをしてくれた。ゆっくりと踵《きびす》を返し、静かに教室を去っていった。

一人取り残された机で、わたしは謎《なぞ》を一つ解いた。あの小五の秋の日、彼が思わずというふうにわたしを「翔子ちゃん」と呼んだこと。つまり、あれは又八の口グセが移ったというだけなのだ。そう考えればしっくり来る。わたしを好きでいてくれたなんて考えるよりも、ずっと。自分の滑稽《こっけい》さが恨めしかった。

直前まで包まれていた暖かさを打ち消すように、窓の隙間《すきま》から寒風が吹き込んだ。原色からセピア色を経て、教室の中はすっかりくすんでしまっている。

〝小五の秋〟が人生を転換させる最初のきっかけだったとすれば、この〝中三の冬〟が二回目の転機だった。

パタリと、扉が閉まる音を聞いた気がした。

これからの人生をなんのために生きればいいのか、このときのわたしには見当もつかなかった。

わたしは当然ジンくんと同じ夏目高校を受験するつもりでいた。でも心が真っ二つに折れてしまった結果、わたしはもうワンランク上の女子校を受験することに決めた。ブレザーがダサいことで知られるお嬢様校。彼から逃げられる場所ならどこでも良かった。

わたしは真剣に勉強に打ち込んだ。おかげで希望した女子校には合格したが、入学しても気は鬱ぐ一方だった。そんな人間にかまってくれる子はもちろんいなくて、小学生のときのようにイジメを受けるわけではなかったけれど、心を通わせられる友人は見つからなかった。

アルバイトをしてみたり、予備校に通ってみたりと、わたしは必死に〝三度目の転機〟を探した。だけど、ジンくんのいない毎日に色は伴わない。不安と不満と一向に消えてくれない恋心とがいつも胸の中に入り乱れていた。その状況が行き詰まった高二の春、わたしはついに自分をコントロールすることができなくなった。比喩ではなく、気づいたときには足が夏目高校に向かっていた。

校門を見渡せるビルの外階段に腰を下ろし、必要もないのに息をひそめて中の様子をうかがった。

しばらくすると彼らが大笑いしながら門から出てきた。見慣れない制服を着たジンくんと、オマケの二人。さらに知らないチビを一人交えて、あいかわらずツルんでいる彼らの姿に、意味もなく涙が溢《あふ》れてくる。

わたしは足音を立てずに彼らを追った。追ってどうしようとなど考えなかった。ただ、彼らのあとを尾けたのだ。

その日、彼らが夏目坂にある〈八兵衛〉に入っていくのを見届けた日から、わたしの尾行の日々が始まった。

四月からの三ヶ月はほぼ毎日彼らを追った。幸いにもわたしの学校の方が少しだけ早く終わり、帰路の途中に夏目高校はある。

双眼鏡を買ったり、スパイの本を入手したり、ネットの〈Q&A〉的なサイトに質問を書き込み、『ストーカーキモい』などと煽られてみたりしながら、手口はどんどん巧妙になっていった。このときの心情を説明することは自分にもできない。頭がおかしくなったと感じたことも一度や二度ではない。

夏草の匂いがほんのりとし始めた七月になり、わたしはさらなる暴挙に出た。三人が笑顔で出ていったのを見計らって、はじめて〈八兵衛〉に足を踏み入れたのだ。

「やぁ、いらっしゃい」

そう言いながらも、ジャンボの父親らしき太ったオジサンはいぶかしそうに首をかしげた。

女子高生が一人で入ってくることなどそうないのだろう。あわてたわたしはよりによって〈太宰《だざい》も愛した上定食〉なるものを注文した。たしかにおいしくはあったけれど、クリームチーズの天ぷらを太宰は絶対に愛していない。

ジャンボの父はちらちらと目配せしてきた。わたしは避けるようにカバンから恋占いの本を取り出した。ジャンボの父は辛抱たまらんといったふうに口を開いた。

「ねぇ、これってミシュランか何か？　覆面取材とかいうやつ？」

わたしはたまらず自分の制服に視線を落とした。我に返って顔を上げると、ジャンボの父と目が合った。吹き出したのはほとんど同時だった。

「んなわけないよねぇ」

なんとも言えない愛らしい笑みをこぼすと、ジャンボの父はわたしに見せつけるようにエプロンを外した。そして「ね、ビールのむでしょ？」などと言ってくる。

普段なら断ったに違いない。でも、わたしは救われた気持ちになって、うなずいてしまった。ジャンボの父は優しく笑い、いそいそと暖簾《のれん》を下ろしにいった。店先の灯《あか》りも落としてきて、のむ気マンマンというふうに袖をまくった。

わたしもええいと覚悟を決めた。そして見よう見まねで乾杯して、ままよとグラスに口をつけた。

生まれてはじめてのビールは驚くほど不味《まず》かった。加えて、このときのわたしはまだ自分がお酒にのまれるタイプだと知らなかった。コップ半分ほどのビールで頭がガンガン響き出す。ジャンボの父とどんな会話をしたのか覚えていない。ただ一瞬の隙を縫うようにして、こんなことを言われた記憶は残っている。

「大昔、俺の親友が言ってたんだ。俺たちは後悔だらけの十年後から戻ってきたのかもしれないぞって。それを許された稀有《けう》な人間かもしれないって。そう言って、そいつは革命家になったんだ」

次に記憶がつながったとき、わたしは見覚えのないトイレに座りこんでいた。そして背中を優しくさすられていた。分厚い手のひらの熱が制服越しに伝わった。

「ねぇ、大丈夫？　衣笠さん。ねぇ、翔子ちゃんってば！」

声を聞くまでもなく、その温《ぬく》もりでわたしは手の主が誰かわかった。視界がぐにゃりと歪《ゆが》んだ。恐怖より先に安堵し、わたしは振り向きざま思いきり彼に抱きついた。やはり赦された気持ちになったのだ。

そんなわたしに、ジャンボは悲しそうに微笑んだ。

「ごめんね。バカなお父さんでホントにごめん」

ジャンボは泣き出しそうな声でそうささやいた。

ジャンボとよく似た匂いのする店内で、わたしはこれまでのことを洗いざらい話した。難しそうに息をこぼしたり、苦笑したりしながら、彼は静かに聞いてくれた。

そしてすべてを話し終えると、彼は一言「もっと早く相談してよ」とつぶやいた。もう二度とあとを尾けたりしないこと。そう約束させられた上で、ジャンボはわたしの力になってくれることを誓ってくれた。

ジャンボとメールアドレスを交換した日から、彼は多くのジンくん情報をわたしにもたらしてくれた。ジンくんのバイト先や新しい交友関係、恋人の有無に将来予定している進路など。すでに知っていることも多かったけれど、ジンくんを誰よりも近くで見ているジャンボの見立ては貴重で、アドバイスはありがたかった。

もちろん、その夏に決行された彼らの箱根旅行についてもわたしは聞いた。後日、ジャンボから「散々な目に遭ったんだ」と報告をもらったけれど、実はわたしはその顚末《てんまつ》をだいたいは知っていた。どうにも衝動を抑えることができなくて、この日だけ、本当にこの日だけはと自分自身に言い訳して、内緒で彼らを尾けたのだ。豪雨の中、わたしも原付にまたがった。

彼らが入っていったあとの旅館のフロントで、わたしは学生証を提示し、決して怪しい者ではないと証明した上で、おそるおそる女将《おかみ》に伝えた。

「可能なら神山さんの隣の部屋にしてください」

カウンターに腰かけた白髪の女将はわたしを見もせず口を開いた。

「この地で三十五年、旅館を営んでまいりました。お客様で四人目です。今度同じような方がいらっしゃったら必ず言おうと心に決めておりました」

そんな前置きをして、女将は懐かしそうに目を細めた。

「かつてお慕《した》いした外国人の恋人が言っておりました。私たちは十年後の世界から戻されたのかもしれないねと。あのときは意味がよくわかりませんでしたが、今なら理解できる気がします。つまり、今に悔いを残すなということだと思うのです。今日が人生最後の日だとしても、あなたはまだ駆け引きを続けるおつもりですか？」

きっと有名な言葉なのだろう。つい最近ジャンボの父からも聞いた言葉におずおずとうなずきながらも、わたしにはやはりその勇気が持てなかった。

わたしは旅館の薄い壁にトイレットペーパーの芯《しん》を突き立て、ジャラジャラとうるさい隣室の音を聞きながら、一人泣いた。自分の情緒の不安定さに呆れながらも、あまりの情けなさに泣くことを堪えられなかった。もう二度とこんなことはしちゃダメだ。わたしがようやく尾行に踏ん切りをつけることができたのは、初対面の初老の女性に諭された、あの箱根の夜だった。

ジャンボの報告に安堵したり、不安になったり、落ち込んでみたり、笑ったりしているうちに時間だけが過ぎていった。

ジャンボは何度も告白することを勧めてくれたし、女将の「人生最後の日」という問いかけもずっと頭に残っていたが、わたしはタイミングを逸し続けた。縛られたのはジャンボのこんな一言だ。

「でも、ジンくんって運命的な出会いじゃなきゃイヤってうるさいからなぁ。どこにでもあるような出会いは許さないって」

「何よ、それ。本屋で同じ本に手を触れるとか？」

「っていうレベルじゃダメらしいよ」

「だったら、どんな？」

「さぁ、それはわからないけど。今度聞いとくね」

ジャンボは白い歯を覗かせたけれど、わたしはさらに重荷を背負わされた気持ちになった。ただでさえ高いハードルを、頼みもしないのにまた一段引き上げられた。自分の吐いた言葉の意味をジャンボはまるでわかっていない。

毎日にますます息苦しさがつきまとった。そうこうしているうちに新たな受験の季節を迎えてしまった。もちろんわたしはジャンボから「旧帝大のどこか」というジンくんの進路を聞いていた。私文コースを選択していたわたしは歯がみしていたが、その風向きがあるとき一変した。厳しいという噂《うわさ》のお父様に反旗を翻し、ジンくんが早稲田の受験を決めたというのだ。

神風が吹いたことを肌で感じた。尾行することにかまけて勉強などまったくしてなかったが、機会を授かったとわたしは自分に言い聞かした。その日から目の色を変えて受験勉強に打ち込んだ。

その甲斐《かい》あって、わたしは早稲田の合格を勝ち取った。文、商、教育、すべて直近にあった模試の「E」判定からの大逆転。恋の力を証明したような気分だった。意味合いはまったく違ったけれど、母と二人で涙を流して喜んだ。

だから後日、ジャンボから電話で思ってもみなかったことを聞かされたとき、わたしは自分の不運を呪わずにはいられなかった。ジンくんのまさかの早稲田不合格。

携帯を握りしめたままいよいよ人生の意味を問い始めたわたしに、ジャンボはうかがうように切り出した。

「ねぇ、翔子ちゃん。君、岡山に行ってみる気ある？」

「岡山？」

「うん、倉敷にある山陽大学っていうところ。べつに入学しろとは言わないけど、今日ジンくんが突然言い出してさ。未来創造学部と、ヒューマン創設学部。その二つを受けてみるって言い出して」

「うん、受ける」

気づいたときには言っていた。

「わたしも受ける。山陽大学。未来創造学部。ヒューマン創設学部。絶対に受験する。会場で彼を見つけ出す」

単語を頭に叩き込むように連呼する。ジャンボの呆気に取られた様子が携帯越しに伝わった。

「まぁ、たしかにそれって運命的だよね。幼稚園の頃からの友だちと大学の受験会場で再会するんだもん」

「しかも、その場所は倉敷だよ」

「そうだね。そんな奇跡ってなかなかないよね」

それからのわたしたちの行動は早かった。わたしは早々に山陽大学の書類を取り寄せ、締切りの迫った願書を送付した。受験代は貯《た》めていたバイト代から捻出した。

ジャンボにお願いして、ジンくんの家の最寄りのポストに入れてもらうという願までかけた。「そんな必要ある？」と笑っていたくせに、ジャンボはポストに赤い紐《ひも》をくりつけた五円玉を一緒に入れてくれたという。その優しさが身に染みた。

母に懇願したのはすべての手筈《てはず》を整えたあとだ。母は「絶対に変な気だけは起こさないでよ」と、仮に合格しても早稲田に行くことを何度も念押しし、渋々ながらも卒業旅行代わりにと認めてくれた。

あとは再会するときの服装だけだった。ジャンボを家に呼び、ありったけの洋服を彼の前に広げて、ジンくんの好みのものを見繕《みつくろ》ってもらう。

ジャンボは難しそうに腕を組み、山のような服と睨めっこしていたけれど、少しするとお手上げとばかりに首をすくめた。

「普通に制服でいいんじゃないかな」

「ヤダ。うちのブレザーかわいくないもん」

「でも、最近ジンくん言ってたよ。俺たちはとんでもない過ちを犯したのかもしれないぞって。もう二度と制服の女とつき合うことはないかもしれないって。最近、女の子の制服がかわいく見えて仕方がないって」

ジャンボは一息に言ったあと、不用意な一言をつけ足した。

「ま、たしかに好きなのはセーラー服って言ってたけど」

そして諭すような目をわたしに向ける。

「ねぇ、翔子ちゃん。服じゃないよ。大切なのは気持ちだよ。いつまでこんなこと繰り返せばいいんだ。もう当たって砕けるつもりでいこうよ」

そんな言葉に背中を押され、たしかな覚悟を持って向かった倉敷だった。そして初日のヒューマン創設学部の受験会場で、わたしは奇跡の存在を思い知った。割り振られた座席がジンくんの隣だったのだ。これ以上運命的な再会があるものか。

そう認識していながら、わたしは声をかけられなかった。ジンくんもなかなか気づいてくれない。全身の筋肉が硬直して、息を吸うこともままならない。顔を見ることさえできず、なぜかテストには異常な集中力を発揮した。

最後の日本史の試験前、わたしは意を決して彼の足もとに消しゴムを転がした。その儚《はかな》い願いはかろうじて通じ、ジンくんがそれを拾ってくれた。しかし、拾った消しゴムをしげしげと眺めたあと、不意にわたしに向けた彼の表情は、異常なほど冷たかった。

「あ、いや、あの、その……」

挙動不審があまりにもすぎた。謎の口調のわたしを不思議そうに見つめ、ジンくんはすぐに視線を机に戻す。いつかと同じヘラヘラとした笑みが自然と漏れる。

わたしは恥ずかしくて、情けなくて、悔しくて、どうしようもなくて机に突っ伏した。ここが受験会場でなければ、隣に愛する人さえいなければ、大声を上げて泣き出していたに違いない。

扉をこじ開けることはできなかった。結局、わたしには彼を尾けることくらいしかできないのだ。

わたしの人生ではじめての、そしておそらくはこれ以上ないはずの最大の恋は、こうして当たりもせずに散ったのだ。

京都駅に着くとわたしはすぐにおばあちゃんに電話を入れた。でも何度かけてもつかまらないので、仕方なく母にかけ直した。

「おばあちゃん全然出てくれない」

「でしょう?」

「いや、でしょう、じゃなくて」

「わたしもさっきからかけてるんだけどねぇ。旅行にでも行ってるのかしら。しょうがないから帰ってくれば?」

「うーん。でも、せっかくだからもう少し待ってみる」

「どこで?」

「お墓参りでもしてこようかな」

「あら、大谷《おおたに》さん? それは助かるわぁ。場所わかる?」

「わかるよ。何度も行ってるもん。お金もないし、のんびり歩いて行ってみる」

母方のお墓のある大谷本廟《ほんびょう》は、京都の東山《ひがしやま》、有名な清水寺《きよみずでら》の下手にある。お墓側から逆ルートを辿ればタダで清水の舞台に行くこともできて、小さい頃は親戚《しんせき》の子たちとよく悪さをしたものだ。

傷心の身に麗《うら》らかな陽気の京都は染みた。でも数時間かけて大谷本廟を目指す間、安穏とすることを許すまいとするように、ジャンボからの電話が立て続けに鳴った。

わたしはそれをすべて無視した。今は何を話せばいいかわからない。東京に戻ってから……という言い訳を自分にして、聞こえないフリを決め込んだ。

お墓参りは数分で終わり、あらためておばあちゃんに電話をかけるが、やはり出てくれない。いよいよやることもなくなって、わたしは逆ルートを辿って数年ぶりに清水寺へ向かった。

空は青く澄んだままだ。急な坂道に額から汗がこぼれる。ようやく清水の舞台が目の前に迫ったとき、ふと見覚えのある看板が視界を捉えた。恋占いやパワースポット系の本でたびたび紹介されている〈地主神社《じしゅじんじゃ》〉の文字。ひそかにわたしが憧れていた縁結びの神様だ。何かに導かれた気持ちだった。一人で鳥居をくぐることにそう覚悟は要さなかった。

本で読んだ通り、神社の敷地には〈恋占《こいうらな》いの石《いし》〉という守護石が置かれてあった。そのポップな名前とは裏腹に、縄文《じょうもん》時代《じだい》から存在する由緒《ゆいしょ》正しい代物だという。十メートルほど離れた二つの石の間を、目をつぶって一発で辿り着ければ早々に恋は成就。二度、三度と回を重ねるごとに難しくなるとの言い伝えがあるのだそうだ。

多くの若いカップルたちに混ざり、わたしもその場に立ってみた。その瞬間、吸い込まれるように周囲の雑音が消えた。モノクロの世界にはわたし以外、二つの石しか存在しない。これが三度目の転換期。探していたのはきっと〝高三の春〟だった。そんな予感が全身を貫いた。たとえ成功しようと、失敗しようと、これが最後と心に決める。このときに十八年間のすべてを懸けると自分に誓う。

片側の石に立って、わたしはもう片方の石を見据える。あの子一人？　すげぇ、ガチじゃん。そんな周囲のざわめきに、ああ、ガチっす。悪いっすか？　と心の中で言い返す。そしてわたしは目をつぶった。早稲田の受験以来の集中力を研ぎ澄ました。瞼《まぶた》の向こうにハッキリと石を捉えていた。

でも、こんなの簡単と思ったのは一瞬のことだった。たった数歩進んだだけで、わたしは早速方向感覚を失う。誰かにぶつかるたびに舌打ちされ、嘲笑《ちょうしょう》の声はさらに大きくなっていく。

まるでジンくんに束縛され続けた自分の人生のようだと思うと、泣けてきた。油断しては、見誤り。滑稽で、意固地で、自分で勝手に決めたルールに縛られて。ああ、もう何も成長してないや――。そう思ったら今度は笑えた。

すでに東西南北のどこにあるかもわからない石を求め、一人で笑いながら泣いている。今にも叫び出してしまいそうで、必死にジャンボの笑顔を思い浮かべた。まさにそんなときだった。

「違う、もう少し右だよ。大丈夫だから。目をつぶったまま右を向いて」

そんな声がどこからか飛んできた。一瞬にして全身を硬直させたわたしに、声の主は優しく続けた。

「大丈夫。アドバイスを受けても恋が実らないわけじゃない。信じていいよ」

わたしは素直に指示に従った。違う、右だ。いや、行きすぎじゃね？　だからもうちょっと左だって。そう、そのまま真っ直ぐ、真っ直ぐ……。まるで海辺のスイカ割りのように、いくつもの男女の声が飛び交った。

数分かけて念願の石に抱きついたときには、さすがにわたしも確信していた。慎重に目を開ければ、案の定、そこに少し頬の瘦けたジャンボがいた。

ジャンボは言い訳するように口を開いた。

「もう、全然携帯に出てくれないんだもん。さっき家にかけちゃったよ。ごめんね、お母さんからお墓参りのことを聞いたんだ。この神社は当てずっぽう」

わたしは泣きたくなるのを懸命に堪える。ジャンボに寄り添うようにして、知らない制服を着た女がいたからだ。

もちろん又八もいた。まるで似合っていないポンチョをかぶった又八にまで、年上の女がくっついている。こちらはまったく似合っていないギャル系のファッションだ。二人に恋人がいるなんて聞いていない。

わたしは何を感じればいいのかよくわからなかった。でも恥じらいや、驚きや、戸惑いをとりあえず全部まとめて封じ込めて、ゆっくりと又八に歩み寄った。聞きたいことが、聞かなければならないことがあったからだ。

「ねぇ、あんたってまだわたしのこと好きなの？　気持ちは変わらない？」

又八はゆっくりと首をかしげた。その仕草の意味をわたしは履き違えた。又八のつぶらな瞳に、不意に「あっ！」という色が浮かぶ。

「いや、ちょっ、マジで？　ええ、翔子ちゃんなの？　なんでよ？　なんで翔子ちゃんがこんなところにいるんだよ！」

全身の毛がさわりと震えた。そんなことにも気づいてなかったのだ。わたしは怒りを抑えて繰り返す。

「いいから答えて。まだわたしのことが好きなのかって聞いてるの」

又八はボンヤリとわたしを見つめ、ふと隣の女に目を向けた。年上の女は我関せずというふうに視線を逸らす。

又八は気にせず目を細めた。屈託のない笑顔だった。

「いやぁ、それはもう大丈夫かなぁ。だって古い話だし」

静寂がわたしたちの間に立ち込める。身体の中で何かがパチパチと弾けるのを感じた次の瞬間、わたしは又八の頬を思いきり張っていた。驚いた顔をする又八のみぞおちに、さらに力を込めてパンチを食らわせる。

「ぐええ」と身体を〝く〟の字に折り曲げ、そのまま地面にへたり込んだ又八に、わたしは無我夢中で飛びかかった。馬乗りになり、気取ったポンチョを強く締め上げ、白目をむいてよだれを垂らす顔を激しく揺すって、あらん限りの罵声《ばせい》を浴びせた。

「だったら簡単に好きなんて言うなよな！　人を好きになるって、そんな簡単なことじゃないでしょう！　何なのよ。あんたのせいで、あんたのせいでわたしは何年も、何年も、何年も！　古い話で悪かったな！」

わたしは泣きじゃくりながら、再び拳を振り上げた。もちろん言いがかりだとわかっている。悪いのは自分だ。何年もジンくんを追いかけ回したのはわたしの勝手だ。べつに又八なんかのせいじゃない。

腕を上げた姿勢のまま、わたしはジャンボを振り返った。抑えきれない衝動を止めてほしいと思ったのに、なぜかジャンボは諦めたように息を吐く。そして「やっちゃって」とつぶやいた。ギャル服の年上女も同調した。

「うん。やっちゃって」

わたしは背中を押されるようにうなずいた。二人からの許しを得て、全身にさらなる力がみなぎった。

腹の底から高らかに笑い、思いきり拳を振り下ろす。再びみぞおちを捉えると、今度は「くえっぷす」という奇妙な音が又八の口から漏れて出た。

大笑いするみんなの声を聞きながら、わたしは汗を拭い、天を仰いだ。どこかからお香の煙が流れてくる。

いつの間にか、京都の空は西日で赤く染まっていた。

いつまでも釈然としない様子の又八以外、みんな清々《すがすが》しい表情を浮かべていた。その一人一人の顔を順に見渡し、わたしは小さく頭を下げた。

「それじゃ、わたしはホントに帰るね。ありがとう。又八はごめんね」

素直な気持ちで言った。殴ったせいかはわからないけれど、妙にさっぱりした気持ちだった。

途端に困惑した顔をする四人を代表するように、ジャンボが一歩前に出た。

「ダメだよ。翔子ちゃんも一緒に倉敷に行くんだよ」

「でも、それは……」

「だって恋愛成就の石を探してたんでしょ？　それってまだジンくんを諦めていないってことでしょ？　もう言い訳は聞き飽きたよ。又八くんだってそろそろ怒るよ」

又八はまだ納得していないようだけれど、仕方ないというふうにジャンボの隣の女の子に顔を向けた。

「ねぇ、カンナちゃん。悪いんだけど、翔子ちゃんのと制服を交換してあげてくれないかな？」

「うん？　これ？」と、カンナと呼ばれたギャルっぽい女の子は、シャカシャカと音を立てるセーラー服を指でつまんだ。

「うん。ジンの奴、バリバリのセーラー服愛好家だからさ。ブレザーじゃ欲情しないと思うんだよね。悪いんだけど」

カンナちゃんはボンヤリと制服を見下ろしたあと、わたしに「着る？」と尋ねてくる。

ジンくんが異常性愛者であるかのような説明に困惑しながらもうなずくと、今度は又八の隣にいる愛さんという人が「大人気ね、その制服」と含みのある笑い声を上げた。

近くのトイレで服を交換してもらい、連れていかれた駐車場にあったのは「ポンコツ」という表現がふさわしい四隅のへこんだ車だった。走行距離のメーターは〈200000キロ〉を表示している。

「え、車ってこれ？　たしか新車同然って。二十万キロ？」

車の平均走行距離がどれくらいか知らないけれど、新車じゃないのは明白だ。わたしの疑問に、ジャンボは「なんかさっき滋賀《しが》のコンビニの壁にぶつけたとき、突然メーターが跳ね上がったんだよね。っていうか言わないでぇ」と、今にも泣き出しそうな顔をした。

後部座席にブレザーのカンナちゃん、セーラー服のわたし、ギャル系ファッションの愛さんという並びで腰を下ろす。

車が動き出すと、カンナちゃんが無言でスマートフォンを差し出してきた。モニターに映るのは地主神社の紹介サイト。〈恋占いの石〉についてこうあった。

『人の助言で石に到着したときは、恋も人の助けを得て成就することでしょう』

愛さんが不意に息を漏らす。

「うわぁ、キレイ」

視線の先を追うと、西に拓けた坂の下に、赤く燃える京都の街並みを見渡せた。助手席のジャンボが又八にささやいた。

「又八くん、あの太陽を追いかけよう」

「いいね。その先に岡山があるってか？」

「うん。ジンくんが待ってるよ」

「オーケー。わかった。じゃあ、俺があの太陽を沈ませない。倉敷に着くまで沈ませない」

そして車内に絶叫する声がこだまする。

「っしゃー！　待ってろよ、倉敷、ジン！　さすがに目の前まで来たからな！」

ジャンボもうれしそうにつぶやいた。

「やっと言えたね。そのセリフ」

しかし又八の宣言も虚しく、太陽はあっという間に西の彼方《かなた》に沈んでいった。暗闇の中をひた走る、彼らの言うところの〈サンダーボルト号〉は、プスプスと、あきらかに不穏な音を立てている。

しばらくすると、みんなはわたしとジンくんの〈運命の再会〉についてあれこれアイディアを出し合った。出し合ってくれたと言わないのは、間違いなくみんなおもしろがっていたからだ。

ホテルの男子風呂に乗り込めとか、鳥人間となって窓から飛び込めとか、何一つピンと来るものはなかったけれど、わたしはどんな指示にでも従うつもりでいた。サイトにあった『人の助けを得て成就』の一文は、それほどの力を有していた。車は怪しい音を立てながらも順調に走っていく。そして、いよいよ兵庫《ひょうご》と岡山の県境に差し掛かった頃、ついに再会計画は固まった。「せっかく制服着てるんだし。元プロもいることだしさ」と、又八がニヤニヤと切り出したプランだった。

破れかぶれという意味においては、これ以上ない計画であることは間違いなかった。「あたし、よく知らないよ」と弱り顔のカンナちゃんからも可能な限りのレクチャーを受けた。

ギリギリ日付が変わる前、三月十三日二十三時四十五分。〈サンダーボルト号〉はようやくジンくんのいるホテルの駐車場にすべりこんだ。

「驚いた。なんの達成感もないもんだな」

疲労困憊《こんぱい》の又八が言えば、ジャンボも困ったように身体を揺らす。

「まぁ、翔子ちゃんはこれからが本番だからね。ボクたちは応援してあげよう」

わたしは車から降りるとコートを脱ぎ、セーラー服姿になって、臨戦態勢を整えた。そのまま無言でホテルに乗り込み、不審そうな顔をするフロントマンたちに目もくれず、ジャンボに教えられた八階を目指す。

エレベーターを降りても、わたしは何かに突き動かされていた。逡巡《しゅんじゅん》もせず〈803〉号室を目指し、そして部屋の扉をノックする。

十秒ほどの間があって、彼は不思議そうに扉を開けた。何年も諦めきれず、愛し続けたジンくんが立っている。

「ご指名ありがとうございます。新宿からまいりました、翔子です。今日はよろしくお願いいたします」

カンナちゃんに教えられたセリフを一言一句違えず言う。ジンくんは冷たい目でわたしの着るセーラー服を見下ろした。とっくに息は詰まっていた。へらへらと笑い出しそうになるのを、それだけはと懸命にかみ殺した。

なんとか冷静になろうと努めると、廊下の死角にみんなの視線を感じた。ジャンボは祈るように手を組んでいる。又八は笑うのを堪えている。殴られたことを忘れ、またあいつは調子に乗って――。

そう思ったとき、頭の中でたしかに何かが音を立てた。扉のかすかに開く音？　いや、違う。何かがプチンと切れる音だ。ジンくんに気づかれないように、又八に中指を突き立てる。

わたしは息を吸いこんだ。そして心の中で唱えた。わたしは後悔だらけの十年後からやって来た。そう、後悔だらけの十年後から。目の前の人に会うためだけにやって来たのだ。

「チェンジはナシでいいですよね？　っていうか、ごめん。もういいや。もうわたしには時間がない。こんな茶番してられない」

言葉が次々とあふれ出る。吐く息が臭《にお》うのが自分でもわかる。今にものみ込まれそうな圧迫感を、わたしは強引にはね除ける。

「ねぇ、ジンくんさ。もうこれって運命でしょ？　だって間違って部屋に来たデリバリー娘が昔の友だちなんだよ？　ありえなくない？　こんな奇跡、他にないじゃん。セーラー服も着てるし、これが君の理想なんだとしたら、もう黙って受け入れてよ」

流暢《りゅうちょう》な口ぶりは、もちろん不安の裏返しでしかなかった。恐《こわ》くて、恐くて仕方なくて、目なんて見られるわけがなかったけれど、わたしは覚悟を決めて顔を上げた。

諦めないで良かった。このとき、不意にそう思った。あの〝中三の冬〟以来、久しぶりにジンくんの顔を直視する。

しばらく視線が交わったあと、ジンくんが折れたようにうつむいた。

「いや、あのね。翔子ちゃんさ――」

その声はたしかに緊迫したものだったはずだ。

なのに置かれた状況をつい忘れ、懐かしい「翔子ちゃん」という響きに、わたしはうっとりと目を細めた。

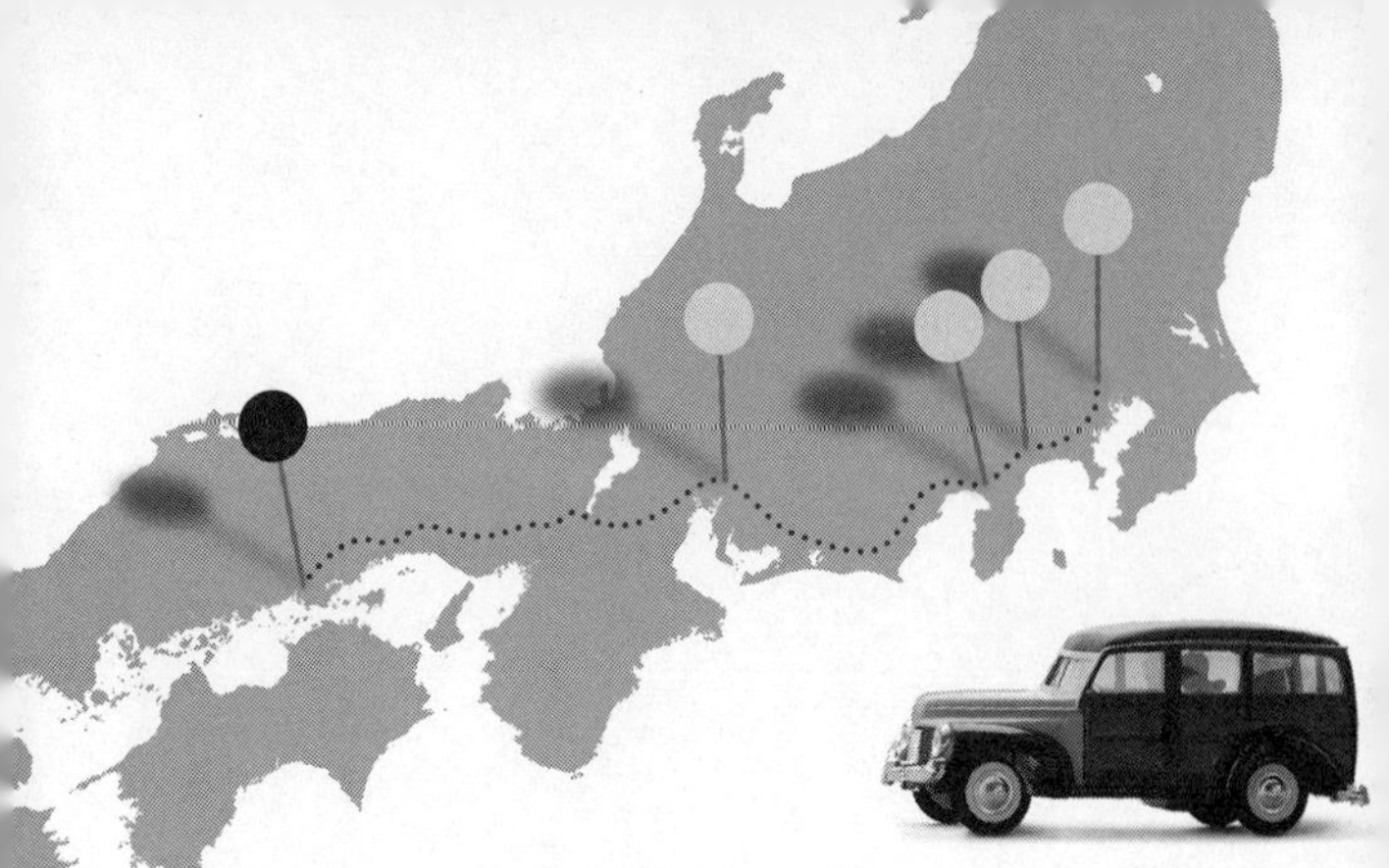

サンダーボルト号
総走行距離＝212832km

北川又八＝岡山県倉敷市

森田公平＝　　〃

白川愛　＝　　〃

大貫カンナ＝　〃

衣笠翔子＝　　〃

神山仁　＝　　〃

田中優一＝東京都杉並区

3月14日0時——

都立夏目高校卒業式まで＝14時間

5．倉敷ラブストーリー

世界はたくさんの〝至言・名言〟で成り立っている。ぼくの部屋の棚は自己啓発本の類でごった返している。

たとえばアップルのスティーブ・ジョブズは、招かれたスタンフォード大学でこんなスピーチを披露した。

「今日が人生最後の日だとしても、私は今日の予定を実行したいと思うだろうか？　鏡を見ては自問している」

敬愛する尾崎《おざき》豊《ゆたか》はこうだ。

「どんな時でもより劇的でありたい。つまらないと感じることは、最大の不幸だと思うから」

松下《まつした》幸之助《こうのすけ》に、手塚《てづか》治虫《おさむ》に、ジョン・レノン。アインシュタイン、山本《やまもと》五十六《いそろく》、美空《みそら》ひばり、三浦《みうら》知良《かずよし》……。そんな偉人たちの名を挙げるまでもなく、ふと目にしたテレビのCMに、ポストに放り込まれたチラシに、選挙看板に貼られたポスターに、生きる上でのヒントは隠されている。

いや、きっとその例ですら大げさだ。〈八兵衛〉のトイレにだってこんな名文句が貼られてある。

「君があと一歩前に踏み出せば、世界はもっと輝き出す。人生とはおそらくそんな〝あと一歩〟の積み重ね」

めずらしく文豪の名を拝借せず、これみよがしな大きな文字で「森田勇《いさむ》」。要はトイレをキレイに使ってほしいという店主の願いなのだろう。よほどの自信作だったに違いない。

そんなジャンボの父親のものも含め、どれもこれも素晴らしい言葉だと思う。つまりは出合うタイミングの問題だ。すべてに誰かの人生を激変させる可能性が秘められていて、開眼させられる人間は世界のどこかにいるはずだ。

それでも、ぼくにとっての究極の至言はここにはない。ぼくが色紙に書き出し、勉強机の前に貼って、来る日も来る日も自分に突きつけてきたのは、二人の親友からかけられた真っ直ぐな言葉だ。今でも何かに迷うたびに、二人の声がよみがえる。

「ダセェことしてんじゃねぇ。ぶっ殺すぞ」

まだ小四の頃のことだ。クラス一背の低かった又八は獣のような目でぼくを睨み、胸ぐらを摑《つか》んでさらに叫んだ。

「死ぬときのお前が後悔することすんじゃねぇよ！　ダセェお前の友だちである俺たちまでダセェ！」

すでに巨漢だったジャンボも悲しそうに目を伏せた。

「今回はボクもジンくんが悪いと思う。あまりボクたちをがっかりさせないで」

恥ずかしくて、死にたくなるほど情けなくて、ぼくは顔を上げることもできなかった。そのまま謝りもせずに家に帰り、ついには号泣しながら押し入れから習字セットを引っぱり出して、そしてぼくは色紙に綴った。

『ぶっ殺す』

『ボクたちをがっかりさせないで』

色紙が二人の目に触れたのは半年ほど先のことだった。久しぶりに家に遊びにきた又八とジャンボは呆然と色紙を見つめ、すぐに居心地が悪そうに身体を揺すった。

「ちょっ、ジン。やめろよ。なんか照れくさいじゃん」

そう言った又八に同調するように、ジャンボも細い目をいっぱいに見開いた。

「もうジンくんってばぁ。これはちょっと恥ずかしいよ」

もちろん同じ気持ちはぼくにもあって、だから二人に直接言ったことはない。だけど、あの二つの言葉が、ぼくを絶望的に息苦しい毎日から救い出してくれたのは間違いない。ネガから、ポジへ。0から、1へ。誰かのせいから、自分のせいへ。胸の中のもろもろが音を立ててひっくり返ったあの日以来、ぼくは選択に迷うたびに自分に刃《やいば》を突きつけた。「俺はダサくないか？」と、「俺はがっかりされてはないか？」と、「俺はぶっ殺されはしないだろうか？」と。

あれから八年もの月日が流れた。すっかり黄ばんでしまったけれど、色紙は今でも勉強机の前に陣取っている。

もらった言葉に疑問を抱いたことは一度しかない。あの中三の冬、教室で初恋の女の子から電撃的な告白を受け、心を鬼にして断った日のことだ。自分の中にしっかりとした大義があるはずだったのに、ぼくは彼女を拒絶したことに自分が思う以上に動揺した。そのことを友人たちに絶対に悟られないよう家に戻り、二枚の色紙を静かに見つめ、ぼくは自分に問いかけた。

死ぬときの自分が後悔しないこと？

どっちだ？　どっちが正解だったんだ——？

あの日抱いた淡い疑問はいまだに解けていない。救われてしまったからこそ友人たちに相談することのできない、数少ない出来事の一つだ。

ぼくは誰かの、いわゆる不幸自慢が大嫌いだ。そうエクスキューズした上で言わせてもらえば、ぼくの家庭環境は少しだけ不幸だった。

兄とは五つ離れている。ぼくが小学校に入ってしばらくするといっぱしの不良中学生になっていて、奴の暴力の牙は平気でぼくにも向けられた。

新宿という地域性や、当時の時代性。兄を不良にさせてしまった父にはいくらでも言い訳があった。兄の通う公立中の教育制度に不満を抱き、単身学校に乗り込んでいく場面を何度も見たことがある。

今でいう典型的なモンスターペアレント。

モンスターファーザー。

そのたびに兄の髪の毛が金色に近づいていくことからは目を背け、父は保護者としての権利ばかり振りかざした。そのむき出しの不満は必ず他者に対して向けられる。

ハッキリ言って、兄が不良になった要因は父にしかなかったと思う。越境して都下で一番の公立高校に進学し、ストレートで東大《とうだい》に入学、卒業。大学講師の席に狙いを定め、そのまま院に進んだまでは良かったが、「時代が悪かった」せいと、「バカが必死に教授に媚《こび》を売った」せいで、椅子《いす》取りゲームに敗れてしまう。

それでも「優秀」な父のもとには「私大からの引く手」は数多あった。しかし「散々税金で学ばせてもらった身として、私立で研究するのは恥」と、父は高校の教諭に、それもなぜか私立ではあるのだが、職を求める。一人でも多くの「真っ当な日本人」を輩出することが父に課せられた「使命」であって、それこそが人生を賭《と》した「大義」だった。そう信じてきた人生だった。

すべて本人から聞かされたことだ。今でも父は酔っぱらうたびにうわごとのように言っている。それが自慢しているのか、嘆いているのか、ぼくにはわからない。

三十三歳のときに十一歳下の母と見合いをし、結婚。兄が生まれたのはさらに七年後のことで、つまり兄は父が四十歳のときの子ということになる。ついでに言えば、ぼくは父が四十五歳、母が三十四歳のときの子だ。

一般に歳《とし》がいってからの子はかわいくて仕方がないというけれど、父にそんな感慨はなかったようだ。いや、生まれてきたのが男の子であることに目を潤ませて喜んだというから、人並みに思うところはあったのだろう。ただ、その方向性が違っただけ。

もちろん五年先まで出てこないぼくには、物心のついた兄と父がどのような関係性を結んでいったのか知る由もない。でも、想像するのは難くない。おそらく父は、それがたとえ無意識だったとしても、自分の人生の汚点を払拭《ふっしょく》しようとしたはずだ。兄という天から授かった武器を使って、自分のケチな恨みを晴らそうとした。

父は何事においても自分が正しいと信じて疑っていない。身の回りにいるほとんどの人間をアホだ、バカだと見下しては、理解しがたいと嘆いている。自分に向ける牙がない分、父の正義はタチが悪い。兄はその歪さにどこかのタイミングで気づいたのだ。少なくとも、表明したのは小六のときだった。

「そんなに東大が偉いのかよ！　僕にはお父さんの人生がちっとも幸せそうに見えないけどな！」

父が教鞭《きょうべん》を執る私立高校の中等部の受験に失敗した日、兄は溜まりに溜まった膿《うみ》を吐き出すかのように、号泣しながらそう叫んだ。

父は一瞬気圧《けお》されるような表情を浮かべたものの、すぐに茹《ゆ》で蛸《だこ》のように顔を赤らめ、兄を拳で殴りつけた。兄は決して父から視線を逸らそうとしなかった。兄は立ち向かったのだ。生まれてはじめて父に反旗を翻した。

その日から父の歪な愛は全面的にぼくに向いた。食事中は背中に一メートルはあろうかという定規《じょうぎ》を入れられ、気に食わないことがあれば容赦なくそれで叩かれた。兄に対するアピールだったのだとぼくは思う。俺の関心はすでにお前にないのだぞと、仁の方に向いているぞと。父はまたしても歪な方法で兄に訴えようとした。

父の豹変《ひょうへん》に面食らったが、それでもぼくは耐えられた。兄が「悪いな、ジン」と救いの言葉をかけてくれたからだ。その優しかった兄も中学校に上がると呆気なく豹変した。朝起きるたびに目つきが鋭くなっていて、学校から帰ってくるたびに攻撃性を身につけている。そんな錯覚に陥るほど当時の変化は著しかった。

そうした変貌《へんぼう》に対応できないでいるうちに、兄は堂々と父に反発するようになった。言葉だけだったものが物に当たるようになり、しまいには父に対しても拳を振り上げるようになった。その間はたぶん一年もなかったはずだ。二人の体格はすでに拮抗《きっこう》していたし、そもそも勉強しかしてこなかった父に対抗できる腕力はなく、いつからか兄は神山家の絶対君主として君臨していた。

家族の物語にほとんど介在してこない母は、この期に及んでも見ざる、聞かざる、動かざるを決め込んでいた。

この家族の中で一番ハートが強いのは、間違いなく母である。ぼくの懸命なSOSなど容赦なくはね除けられた。戦中戦後の日本のお母さんよろしく、状況にいっさいの疑いを持たず、ただ堪え忍ぶことこそが女の美徳とばかりにため息をこぼしている。父のDNAを残すことだけが自分の仕事だったとでもいうふうに、母は徹底して無関心を貫いた。

そんな母の極端に狭い視界に入らないところで、神山家の男たちは茶番を演じていた。父の凶暴な愛がぼくに向かえば、それをおもしろいと思わない兄の暴力が、父だけでなく、そのうちぼくにも向けられた。愛と殴打と無理解の矢印があっちこっちにとっちらかっていて、ぼく自身もまたあっという間に自分の進むべき道を見失った。

ぼくは早急に家ではない居場所を確立しなければならなくなった。物心ついたときから一緒にいた二人の友人がある日突然幼く見えて、彼らといることにわずらわしさが伴うようになった。四年生に上がった頃を前後して、ぼくは彼らと距離を置いた。

そして、ぼくは自分の猿山を作ることに腐心した。兄や、家に集う友人たちを見ていれば、イヤでも人間の心を掌握《しょうあく》するものが何かはわかった。吐き気を催すほどの甘いアメと、徹底して甘やかさないムチだ。ぼくはもう知っていた。

〝家族〟というハードな経験をしているだけに、学校の友人たちを翻弄することなどわけなかった。

それこそ時代のせいか、地域性なのか、同じような家庭環境の人間はゴロゴロいた。気づけばぼくの周りには同じような境遇の人間が集まっていた。兄は札つきの不良としてとっくに地域で名を馳せていて、あの神山の弟ということで、先生たちも簡単にサジを投げた。

そんなぼくを見捨てずにいてくれたのは又八とジャンボの二人だけだ。その元親友に常に見張られていたからこそ、ぼくはある一線だけは踏み越えずに済んだ。自分の立場を守るために誰かを排除すること。つまり、父が家で兄に対して行ったこと。

しかし夏休みを間近に控えたあるとき、ぼくはついにそのラインを越えてしまう。輪のナンバー2が目に見えて増長し始め、他のメンバーの不興を買った。たまりかねたみんなの不満が連日のようにぼくのもとに上がってくる。ぼくは彼を無視するよう号令をかけるしかなくなった。もちろん、自分のポジションを死守するためだ。

彼は教室内であっという間に孤立した。グループの人間はもちろん、そうじゃないクラスメイトまでも彼を排除することで結束を強めているように見えた。そのことにぼくはひどく傷ついた。自分にそんな権利はないと理解しつつ、焦りによく似た思いが胸の中でくすぶった。

そして彼への無視が始まって一週間ほど過ぎたある日のことだ。教室の戸を開いたぼくの目に飛び込んできたのは、久しぶりに見る彼の笑顔だった。

彼はぼくを確認すると、直前までの笑みを引っ込め、すぐに頰を引きつらせた。代わりにこちらを振り向いたのは、彼と一緒にいた二人の友人。又八はおろか、心優しいジャンボまでもが今にも飛びかかってきそうに太い眉毛をつり上げている。

そのとき、ぼくはバレたと感じた。自分でも意外な感情だったが、たしかに「バレた」と思ったのだ。他の誰にどう思われようがかまわない。けれど、又八とジャンボにだけはできれば知られたくなかった。なぜだろう。父と似た醜態《しゅうたい》を知られたくなかったのだ。

当然、彼らはぼくを見放すものと思っていた。だから又八から後日体育館裏に呼び出されたとき、ぼくは激しく動揺しつつも、心のどこかで安堵もしていた。そして先の言葉をかけられたとき、涙を堪えることができなくなった。

ぶっ殺すぞ。がっかりさせないで。その言葉に加え、又八はたしかにこう言った。色紙には書かなかったが、間違いなく深く刻まれた救いの言葉だ。

「ダセェお前の友だちである俺たちまで――」

一連の言葉を耳にしたとき、ぼくは決別したのだと思う。それまで傷をなめ合っていた仲間たちと、悪事と、恨みと、家族と。二人と一緒にいない時間を、ぼくは徹底的にやり過ごすようになった。覚悟を持って〝今〟という時間を見下してみた。すると、少しだけ息が吐けることを発見した。

息苦しい毎日から二人に解放させてもらったとき、ぼくは自分が生きているということをたしかに肌で感じ取った。

当然、ぼくはそれまでの友だちから排除された。一年近く、教室の中で徹底的な無視を受けた。家の中はさらに荒れ果て、生傷も絶えなかった。それでもぼくには又八がいて、ジャンボがいた。こいつらがいればそれでいいと思える存在と、ぼくは人生の早い段階で出会うことができた。最大の僥倖《ぎょうこう》だ。

二人はぼくに多くのものをもたらしてくれた。たとえば家族。本の中にヒントを見つけられなかったとき、ぼくは必ず〈八兵衛〉に足を運んだ。どんなに満腹でもジャンボの父は天ぷらを食べさせてくれ、ときには一緒に映画を観た。

ジャンボの父はどんな映画でもぼくには見せてくれた。〈R18指定〉のときは、ジャンボだけ追い出した。「お前はマセてるからいいんだよ!」と豪快に笑う顔は、ぼくの目には彼の大好きなジャック・ニコルソンよりもカッコ良く映った。

環境に翻弄される少年を描いたブラジルのギャング映画『シティ・オブ・ゴッド』には、二人そろって感銘を受けた。間もなくしてつけられた主人公と同じ「リトル・ゼ」というニックネームはまったく浸透はしなかったが、ジャンボの父からつけられたものならとぼくは素直に受け入れた。

まったく腹が減ってなくて、かつ寂しさを拭えない夜に足を運ぶのは〈ザ・ゴールデンアイランド〉だ。

ぼくが行くとき、店にたいてい客はいない。「ああ、ジン。あんた来るの遅いよ。歌うよ」と、又八の母はいつも気怠そうに言ってくる。

又八の母からは多くの歌を教えてもらった。ボブ・ディランに、PPMに、ジョン・レノンに、ノーランズ。プリプリに、ジュディマリに、ブルーハーツに、ピンク・サファイアに、ゴーバンズ……。

今ではぼくの方が好きな尾崎豊もその一人。はじめて又八の母の歌う『シェリー』を聴いたとき、ぼくは数年ぶりに人前で涙を流した。もう高学年になっていた。こんなふうに誰かの前で泣くのは、又八たちに叱《しか》られたとき以来だった。

歌い終え、泣きじゃくるぼくに視線を落とすと、又八の母は他に人のいない〈ザ・ゴールデン――〉で、マイクを通してこう言った。

「ねぇ、ジン。寂しかったら歌えばいいの。愛と違って、歌は絶対に逃げないから。それとね、早くお酒をのめるようになりなさい」

意味はよくわからなかったけれど、とても染みた。「又八のお母さん」から「又八の」が消えたのは、たぶんこの夜のことだった。

ぼくは二人の友人に、そしてその家族にほとんど依存して生きていた。みんなと離れることだけは考えられず、だから父がいきなり言ってきた私立中受験の話は「大学は必ず東大に行くから」と約束し、突っぱねた。又八やジャンボと同じ中学校に進学した頃には背もどんどん伸びていって、自分に力がつき始めたのが実感できて、毎日が少しずつ明るく拓けていった。

時期を前後して、家の中でも異変が起きた。父とはあいかわらず口をきかなかったが、母とは少しずつしゃべるようになった。柔らかい表情をぼくには見せ、家に二人しかいないときは平気で父の不満をこぼしたりもした。

そんな母よりも豹変したのは兄だった。忘れもしない、成人式の日。朝、いつものように金色の髪の毛をライオンのように逆立てて家を出ていった兄は、帰ってきたときには黒く染め上げ、短く刈り込んでもいた。

「俺もいつまでもバカやってられないからよ。来月から先輩の紹介で就職することも決まったんだ。英会話スクールの営業マンだぜ。俺が英会話とか笑っちゃうよな？　まぁ、笑ったら殺すけど」

紋《もん》付き袴《はかま》の凛々しい兄は、おもむろにぼくに頭を下げた。

「ジン、悪かった。許してくれ。お前が一番つらい思いをしたはずだ。悪かった」

その瞬間、目の前の景色がぐちゃぐちゃと歪んだ。一気に涙がこみ上げたが、そんないい話にしてたまるかよと、ぼくは泣くことを決して自分に許さなかった。

頭を下げる兄にぼくはにじり寄った。そして強烈なパンチを右の頬にお見舞いした。いつか決別した恨みと、怒りを拳に握りしめて、もう一発、今度は渾身《こんしん》のパンチをみぞおちに食らわせた。

二、三歩よろめきはしたが、百戦錬磨《れんま》の兄は倒れなかった。ニヤリと好戦的な笑みを浮かべたかと思うと、まさかとは思ったが反撃に打って出てきた。

「髪がちょっと黒いからってよぉ。就職はまだ先だしよぉ。そんな簡単に抜けるもんじゃねぇしよぉ。やられたらやり返すしかねぇじゃねぇかぁ。頼むよぉ、ジン」

兄はぶつぶつこぼしながら、本気のヘッドロックをしかけてきた。兄もまた家族の物語を簡単に美談にはできなかったのだろう。「ざけんな！　話が違う！」と叫びながらも、不意に又八とジャンボのことが脳裏をかすめた。あのとき環境にのみ込まれないで本当に良かったなと、なぜかこのタイミングで痛感した。

本来はもっとも多感な時期だったのかもしれない。事実、不安定さを露呈《ろてい》する中学の友人は少なくなかった。そうした仲間に、ぼくは何度となく「今から逃げることの意味」を説いた。中には「立ち向かうことの美徳」を信じきっている子もいたけれど、ぼくには揺るぎない成功体験があった。

ぼくの中学時代はひたすら輝かしい色で彩られている。いつも何かに笑っていて、不安や不満がなかった。もし何か引っかかるものがあるとすれば、それはあの底冷えのする教室での出来事だけだ。

彼女のことを……、衣笠翔子という名前の女の子のことを思うと、今でもかすかに胸が痛む。

「ずっと前から好きでした」という少し鼻にかかった声を思い出すときだけ、まばゆい日々はかすかなアメ色に覆われる。

卵が先か、鶏の方が先だったか。ある日、又八が「ねぇ、翔子ちゃんってかわいいと思わない？　俺、好きかも」と前触れもなく言い出したとき、ぼくもまた同様の気持ちを自分の内側から突きつけられた。まだ小学生の頃だった。

先に表明した又八の手前、ぼくは誰にも本心を明かすことができなかった。そうこうしているうちにぼくたちは中学に上がり、いつからか翔子ちゃんが輪に混ざっていた。

いつも楽しそうに親友とやり合う彼女を見ていたら、この子もまた又八のことが好きなのだろうとぼくは思い始めた。その疑念はいつしか確信に変わり、ぼくは自分の気持ちに強引に折り合いをつけようとし始めた。冬の西日が差し込む教室で彼女から告白を受けたのは、そんな矢先のことだった。

「ねぇ、ジンくん。わたしとつき合ってもらえないかな？　ずっと前から好きでした」

その優しい声色をぼくは振りほどいた。

「ああ、ごめん。それはちょっとムリなんだ」

そう切り返すまでに、一秒もかからなかったと思う。ぼくは懸命に冷たい笑顔を取り繕った。翔子ちゃんもまた必死に笑顔を浮かべていたけれど、ひっそりと思い続けてきた女の子のことだ。傷ついた彼女の内面くらい読み取れた。

その息が詰まりそうな笑みに、ぼくは動揺した。それを悟られないために、ぼくは又八の顔を思い浮かべた。あいつを裏切るマネはできないと自分に言い聞かせれば、すらすらと刺のある言葉が口をついた。たしかに胸に覚悟はあった。そのつもりだった。なのに家に帰ってからもぼくの動揺は続いた。机の前の二枚の色紙を凝視すると、むしろ取り返しのつかないことをしてしまった思いが湧いてきた。ぼくはダサいことをしたのではないだろうか。友人のためという言い訳を勝手にして、ただ勇気がなかっただけではないか。

なんとか悔いを晴らしたいと思っていた。だけどぼくにチャンスを与えまいとするように、当然一緒に夏高を受けるものと思っていた翔子ちゃんは、より偏差値の高い女子校に進学してしまった。ぼくの人生から彼女は呆気ないほど簡単に姿を消した。

あの日の選択ミスは小さな後悔のしこりとなり、みるみる増殖し、そのうちぼくの心の中にモンスターを生み出した。高校生になるとぼくは彼女の幻影を見続けた。探し続けたのではない。本当に見ていたのだ。向かいのホームに、路地裏の窓に、こんなところにいるはずもないのにと思う場所で、ぼくは彼女の姿を見続けた。

極めつけは、あの箱根の夜だった。大雨が屋根を打ちつける夏の日。「他にお客さまはおりません」と、白髪の宿の女将はたしかに言ったはずだ。それなのに、ぼくはずっと彼女の気配を感じていた。

とくに何かを気取《けど》ったのは、部屋で麻雀をしていたときだ。ねずみが「この旅館ゼッタイお化けいるよな！　さっきから女の気配がハンパない！」と言い出したとき、又八やジャンボと一緒に鼻で笑いながら、ぼくはひどく混乱した。ぼくにはその居場所もハッキリとわかった。うすい壁の向こうに彼女がいるという確信があった。

ジャンボが奇跡の国士無双をツモ上がり、卒業式実行委員会に名乗り出ることが決まり、ライブをすることが決定しても、実はぼくにはどうでも良かった。そんなことよりも隣室の様子が気になりすぎて、盛り上がるみんなを尻目に部屋を出た。隣の戸をジッと見つめ、ノックしようかと悩んでからフロントへ向かった。そして、受付で微動だにしていない物憂げな女将に単刀直入に尋ねてみた。

「この旅館、やっぱり他に誰か泊まってますよね？　というか、衣笠翔子さんという人は来てませんか？」

しばらくの間視線が交差していたが、女将は諦めたように息を吐いた。

「かつて恋人だった外国籍の男性が言っておりました。たとえ今日が人生最後の日だとしても、自分は本当に今日の予定を実行しようとするのだろうかと」

「え、ジョ、ジョブズ？」と絶句し、ポカンと口を開いたぼくにかまわず、女将はつまらなそうに目を伏せた。

「もちろん、私はこの旅館を守ります。ある人物が訪ねてくるのを最後の日まで待ち続けねばならないのです」

言っている意味がまったくわからず、さらに首をかしげたぼくを無視して、女将はキッパリと口にした。

「霊ですよ。それはきっとお客様の後悔の念が生み出した女性の生霊《いきりょう》です。ご安心を。本日は他にご宿泊客はおりません。断言いたします」

あまりにも呆気なく言うもので、ぼくはうまく対応できなかった。「あ、ああ。なるほどですね」と、何も腑に落ちていないくせに吐いたぼくは、その夜、一睡もできなかった。朝まで女のすすり泣く声を聞き続けていたからだ。女将の言った「安心」の意味について延々と思いを巡らせた。

旅行から戻るとすぐ、ぼくは何かに憑《つ》かれたように彼女の家に足を運ぶようになった。

もちろん正面から戸を叩いたわけではない。電信柱の陰から、向かいのビルの階段の踊り場から、息をひそめて彼女の様子を見守っていただけだ。いわゆる〝ストーキング〟というやつだ。

数年ぶりに目にした翔子ちゃんは、驚いたことにぼくが見続けていた幻とまったく同じ姿をしていた。雰囲気はもとより、着ている服も、髪型まで一緒で、ぼくはいよいよ自分の頭を疑った。

それでもあとを尾けるようになった時期と前後して、ぼくはまったく彼女の幻影を見なくなった。今さら姿を現して彼女を動揺させるわけにはいかず、結局声をかけることもしなかった。新宿の文房具屋で彼女が手にしたのと同じ消しゴムを購入したのを最後に、断ち切るように尾行をやめた。

だけど久々に見た彼女の姿に、ぼくは自分でも驚くほど冷静さを失っていた。何よりも勉強がほとんど手につかなくなった。

成績はもちろん伸び悩んだ。自分の意思で受けるつもりでいた国立大の受験を、父に反旗を翻すフリをしてやめた。

母は「あなたの好きなように」と言ってくれたし、兄も「お前の学費くらい用立てる」と申し出てくれた。そもそも父が「お前の人生だ」と柔らかい笑みを浮かべたのだから、ぼくは何と戦っているのか自分でもよくわからなかった。

父は学校を定年退職した頃と前後して、人が変わったかのように穏やかになっていた。

いや、兄が穏やかになった頃と前後してと言うべきなのかもしれない。いずれにせよ自分の人生から「父のせいで」という言い訳が消えてなくなったとき、ぼくは安堵するよりもはるかに大きな不安に苛《さいな》まれた。

そうして言い訳するようにして受験した早稲田に、ぼくは見事に蹴飛ばされた。受けた三学部すべてである。美容師と、職人という夢を早々に確定させた二人の友人に報告することが何よりも苦痛で、東京のどこかにいるはずの翔子ちゃんの影にもあいかわらず怯《おび》えていた。人生を久々に見誤り始めたそんなある日、目の前に逃げ道が拓けるように、山陽大学の受験案内が視界に飛び込んできた。藁《わら》にもすがる思いだった。

ぼくは父に心から頭を下げた。

「岡山の大学を受験したい。学部に興味がある」

父は造作もないというふうに首をかしげた。

「だからお前の人生だって言ってるだろ。後悔のない生き方をすればいい。昔、修学旅行先の小さな島で会った男がこんなことを言ってたよ。我々は後悔だらけの十年後から舞い戻されたのかもしれませんねって。どういうわけだか最近あの男のことをよく思い出すんだ。私も歳を取ったんだろうな。彫りの深い顔をした、小さな男だった」

父はうっすらと微笑むと、最後に「どんな決断をしてもかまわない。でも、私のような言い訳ばかりの人生にはするなよ、ジン」と言ってくれた。

頭を鈍器《どんき》で殴られたような衝撃だった。

「う、うん、ありがとう」と口にしながら、ぼくは自分の選択が正しいのかという自信がいよいよ持てなくなった。

流されるように倉敷に着いてからも気分は晴れなかった。このままではまた試験に失敗すると自分を奮い立たせて、会場では脇見もせずに集中することに努めた。おかげで初日の英語、国語と、二教科は会心の出来映えで切り抜けたが、日本史の試験が始まる直前、事件は起きた。

参考書を見るともなく眺めていたぼくの足もとに、ふと消しゴムが転がってきた。特徴のある、ピンクのブタのイラストの描かれた砂消しゴム。

はじめ、ぼくはそれを自分が落としたものと勘違いした。翔子ちゃんのあとを尾けた文房具屋で、お守り代わりに購入したのと同じものだったからだ。でも……。

拾った消しゴムを見つめ、ぼくは思わず首をかしげた。自分の消しゴムを出した覚えがなかったからだ。加えて一度も使ったことのないぼくのものと違い、拾ったものには何度も使用された跡がある。

吸い寄せられるようにぼくは隣を向いた。いつからだ――？　真っ先に頭に浮かんだのはそんな疑問だ。いつからこの子はここにいた？

ぼくは叫び出したい衝動を必死に抑え込んだ。見てはいけないものを見てしまった気がして、翔子ちゃんらしき人に消しゴムを渡すと、瞬きもせずに視線を戻した。心臓がバクバクと鳴っている。どういうわけか「ついにバレた」という気持ちが芽生えた。

ぼくの意識はそこで飛んだ。いつ日本史の試験が始まったのか、どんな問題が出題されたか、その出来はどうだったのか、何も覚えていない。ただ答案用紙が回収され、覚悟を持って横を見たときには、翔子ちゃんはもういなかった。それだけはたしかだ。

ぼくはまた幻を見たのだろうか？

降って湧いたその疑問を、ぼくはすぐに打ち消した。誰もいない机に彼女の香りが残っている。箱根の夜に嗅いだのと同じものだ。霊なんかのはずがない。生きた人間の温もりが、血の通った匂いが漂っている。奇跡が舞い降りてきただけだ。

ぼくは何かにすがりたい一心で、ジャンボに宛ててメールを打った。

『試験会場に翔子ちゃんがいた。どうしよう。どうしたらいいと思う？』

その文面を読み返し、ぼくは小さく首を振った。そうじゃない。ジャンボは何も知らないのだから。絶対的に言葉が足りていないし、かといってすべてを説明しようと思えば、一晩じゃ語り尽くせない。何よりもいつまでもジャンボを頼ってはいられないと、ぼくは気持ちを自制する。

綴った文面をすべて消して、努めて明るく書き直した。空に垂れ込める重たい雲を写真に収め、添付したメールを二人の友人に送信した。

『とりあえず初日終えました。すごく寒いです。今にも雪が降りそうです（笑）』

夜になると本当に雪が降ってきた。舞うというレベルでなく、大きな固まりとなった白い物体が落ちてくるといった印象だ。帰りのことや、翌々日に迫った卒業式のことを考えると気は滅入ったが、それよりもぼくは翔子ちゃんのことばかり思っていた。

ぼくは千載一遇《せんざいいちぐう》のチャンスを逃したことを理解していた。だけど、それほど落ち込んでもいなかった。不思議ともう一度、もちろん明日の〝未来創造学部〟の会場で会えるという予感があったからだ。そしてもしも本当にその機会があるのならば、ぼくは迷わず思いを伝えようと心に決めた。それがたとえ試験中であったとしても、見つけた瞬間に声をかける。そう誓った。

昨夜の雪が嘘のように、翌朝は柔らかい太陽が倉敷の街を照らしていた。雪もうっすらと積もっているという程度。気分良く大学に歩いて向かい、真っ先に彼女を探す。絶対に見つかるという予感は、とっくに確信に変わっていた。でも、いくら歩き回っても彼女の匂いはしなかった。そしてポッカリと空いた隣の机を見て、ぼくはようやく悟った。ああ、そうか。奇跡は、二度とは起こらないから奇跡なのだ。その機会を逃したぼくにもう風はそよがない。

テスト開始前、ぼくが落ち込むのを見透かしたようなタイミングで、又八からのメールが届いた。

『言い忘れてたけどいま名古屋。そっち向かってる。勝手に帰ったらぶっ殺す。ホテルで待ってろ。以上』

意味不明すぎて、すぐに『どういうこと？』と返信を送ったが、又八からの連絡は以来途絶えた。

一緒にいるのか、ジャンボからも似たようなメールが届く。

『ごめん、ジンくん。又八くんからちゃんとメールって行ってる？　とりあえずいま名古屋だよ。もうじき着くからね。試験終わっても待っててね。みんなで帰ろう。さすがにヘトヘトだよ』

やはり意味はわからなかったけれど、目頭がギュッと熱くなった。『みんなで』という一言が思いきり胸に突き刺さった。

ぼくは机に突っ伏した。たくさんの場面が脳裏を過ぎった。この瞬間に死ぬのではないかと疑うほど、走馬灯のように人生が巡った。

そのほとんどの場面に又八とジャンボが寄り添ってくれていた。いつだってそうなのだ。今に始まったわけではない。結局、ぼくは奴らによってしか救われない。その繰り返しの人生だった。

試験開始を告げるベルが鳴り、ぼくはゆっくりと身体を起こした。とりあえず今は目先の試験に集中する。すべてはそれからだと心に決める。

それでも、二人が来てからのことを想像すると胸は鳴った。みんなに自分の話を聞いてもらおう。一人の女の子をずっと好きだった自分のことを。東京に戻ったら真っ先に会いにいくという決意を聞いてもらおう。

そして、奴らの旅の話を聞くのだ。珍道中だったに違いない。そこに自分がいないのが悔しくてならないけれど、想像するだけでワクワクする。いや、旅はまだ続く。なにせ卒業式に間に合わなければならないのだから。

ぼくは時計に目を向けた。ライブはちょうど明日の今ごろだ。ぼくたちの旅はまだまだ続く。


幸いにももう一泊するお金の余裕はあった。試験が終わるとぼくは昨夜泊まっていたホテルに戻り、新たに部屋を確保する。ホテル名と〈803〉という部屋番号を記したメールをジャンボに送るが、返事はない。二人はどこを走っているのか。京都辺りか、大阪か。

せっかくだから美観地区《びかんちく》にも行きたかったし、お腹もグーグー鳴っていた。だけど今にも戸がノックされそうな気配があって、ぼくは部屋を出られなかった。お昼のワイドショーを見終え、夕方のニュースもあっという間に終わる。

十九時になってNHKのニュースが始まって、昨夜の幻のような大雪のニュースをボンヤリと眺め、二十一時になって民放のバラエティ番組にチャンネルを合わせ、二十三時になって再び雪のニュースに戻ってもまだ、二人は姿を現さなかった。

楽しみで仕方がなかった気持ちは、そのうち焦《じ》れる思いに塗り替えられ、しまいにはぼくはカリカリし始めた。

もちろん何度となく携帯は開いた。連中からの連絡は途絶えたままだ。どこにいるのか？　何をしているのか？　本当にここでぽつねんとしていていいのか？　あふれる苛《いら》立《だ》ちを何度も綴ってはみたけれど、先に送ったら負けという正体不明の感情に抑圧され、そうすることができない。

そして時計の針がついに零時を刻もうとしたとき、怒りに駆られまくったぼくはついにベッドから這い起きた。みんなで入ろうと楽しみにしていた大浴場がそろそろ閉まってしまうからだ。ぼくは「お前らが悪いんだからな。お前らが……」と独りごちながら、風呂の準備に取りかかった。部屋の戸がノックされたのは、そのときだ。

直前までの怒りを忘れ、頬が軟体動物のように緩んだ。でも散々待たされ、なんの連絡ももらえず、挙げ句ヘラヘラと出迎えるというのが都合のいい女みたいでどうしても癪《しゃく》で、ぼくは精一杯不愉快そうな表情を取り繕った。

そして十秒ほどの間を置いて、静かにドアノブに手をかけた。瞬間、ぼくは全身を雷で打ち抜かれるような思いがした。ズギャーンと、声に出ていない自信がない。どんなに間の抜けた顔をしていることだろう。戸の前で凛《りん》と胸を張って立っているのは、紛《まご》うことなき翔子ちゃんだった。

「ご指名ありがとうございます。新宿からまいりました、翔子です」

ワケのわからない制服を着た翔子ちゃんは、ワケのわかっていないぼくを置いてきぼりにして、ワケのわからないことをまくし立てる。ぼくは一言も発せない。呆けるばかりだ。

翔子ちゃんは与えられたセリフを読むように、目を伏せて何やら言っている。しかし何かのタイミングで踏ん切りをつけたように顔を上げると、今度はぼくの顔を刺すように見据えた。なぜか右手の中指が立っている。

しばらくの間、ぼくたちの視線は交差した。あの中三の冬の日以来だ。翔子ちゃんは瞳を真っ赤に潤ませて口を開いた。

「ねぇ、ジンくんさ。もうこれって運命でしょ？　だって間違って部屋に来たデリバリー娘が昔の友だちなんだよ？　ありえなくない？　こんな奇跡、他にないじゃん。これが君の理想なんだとしたら、もう黙って受け入れてよ」

ああ、そういうことかと、ぼくはようやく理解した。翔子ちゃんの口にする言葉の端々から友人たちの匂いを感じ取る。

この期に及んで、胸の奥底を又八の寂しそうな笑顔がかすめた。ぼくはそれを振り払う。そして自分に問いかけた。

今日が人生最後の日だとしたら？

ジョブズもぼくに問うてくる。

おい、お前なら？

ぼくはあらためて突きつける。

だから、お前はどうするんだ？

迷うまでもないことだ。ぼくは笑いたくなるのをグッと堪え、翔子ちゃんの言葉を遮った。

「いや、あのね。翔子ちゃんさ――」

翔子ちゃんの表情がかすかに曇った。あの日の憂鬱な気持ちがよみがえる。好きな子のあんな顔、もう二度と見たくない。

「ここから先は俺に言わせて。あのね、ウソだと思うかもしれないけど、デリバリー的なものとか関係なくて、たぶんこれって本当に奇跡なんだと思う。あの、俺、小学校の頃からずっと翔子ちゃんのことが好きだった。中学生の出来事をずっと悔やんでたし、高校に上がってからは翔子ちゃんを尾行してたこともあったくらいで」

「いやいや、それはウソだよ。それは知ってる。絶対ウソだ」と、翔子ちゃんはなぜか決めつけるように口にする。

「いやいや、ウソじゃなくてさ」と、ぼくも強い口調で言い返した。でも、翔子ちゃんは聞く耳を持とうとしなかった。

「もう、いいよ。その話はもういいから」

そう言ったまま、翔子ちゃんはヘナヘナと床にへたり込んだ。ぐったりとうなだれ、最後の力を振り絞るように「もう今日は寝ることにしました。続きは明日聞かせてください」となぜか敬語で言って、驚いたことに本当にそのまま寝始めた。

さらに驚いたのは、見知らぬ二人の女がつかつかと近づいてきたことだ。ピンクのニットにデニム地のホットパンツにロングブーツという、まったく似合っていないギャルっぽいファッションの年増《としま》の女と、翔子ちゃんの学校の制服を着た、けれどそれがコスプレにしか見えない巻き髪のギャル。

二人はぼくを見るなり意地悪そうに笑い、「話と違ってやるじゃーん、ジンくん」「ですよねぇ。あたし感動しちゃいましたー」などと立て続けに言って、当然のように翔子ちゃんの肩に腕を回した。

「ギョッ」と、今度こそぼくは声に出した。誰だ、これ？ おい、お前ら誰だ？ という質問に答えるように、ぼくに奇跡をもたらしてくれた二人の親友が姿を現した。ジャンボは頬が痩けていて、又八はダサい布きれをかぶっている。

はじめにジャンボが歩み寄った。

「お待たせ、ジンくん」

ジャンボはそれだけ言うと、力いっぱいぼくを抱きしめた。ほんのりと天ぷらの匂いが鼻をつく。聞かなければならない様々なことが一瞬吹っ飛んで、ぼくは昔からの安心感に身を包まれる。

そのジャンボをはね除けるようにして、又八がぼくたちの間に割り込んだ。疲労の色が濃く浮かぶ又八の第一声はこうだった。

「なぁ、ジンさ。俺たちってホントにいつの日か童貞卒業できるのかな？ 俺にはそのイメージがまったくないよ」

なぜかジャンボがビクンと肩を震わせた。二人を交互に見比べていると、なんと又八まで立ったまま寝息を立て始めた。

ぼくは呆気に取られてジャンボを見やった。ジャンボは安堵したように微笑んだ。

「又八くん、今日はホントにがんばってくれたから。誰も運転できなかったんだ。みんなお金も全然なくて、高速道路にも乗れなくて」

再び疑問がむくむくと湧く。本当に雑多な思いが胸に入り乱れた。その中心を貫くようにして、「俺たちって明日の卒業式間に合うか？」という言葉が口をついた。

ジャンボは難しそうに首をかしげた。そして又八を横目で見て「本当はすぐにでも折り返すつもりでいたんだけどね」と表情を曇らせる。どうやらアイディアはないらしい。ぼくはたまらず時計を見た。卒業式はもう今日の十四時。タイムリミットは十三時間。とりあえず兄にメールだけ入れておく。

又八をぼくのベッドに寝かせて、ぼくたちはジャンボの部屋で作戦を練ることにした。当然ジャンボと又八が泊まると思っていたベッドに、女が寝転んでいた。翔子ちゃんの学校の制服を着た巻き髪のギャルだ。

「ああ、紹介まだだったたね。大貫カンナちゃん。ボクの彼女だよ」

いい加減驚くことが多すぎて、ぼくは少しうんざりした。頭を下げた女の子に「あ、そう。よろしく」と素っ気なく言って、ぼくはベッドにあぐらをかく。そしてジャンボを促した。さぁ、全部話せよ、と。

ジャンボは淡々と話し始めた。話は昨日、山陽地方を襲った局地的な爆弾低気圧のことから始まった。とても長い、だけど血湧き肉躍るみんなの冒険譚《ぼうけんたん》だった。

箱根路の逃走劇には腹をよじって笑い転げた。栄の小部屋でのロマンスには不覚にも胸をつまらせた。そして京都の地主神社でのあらましにいよいよ目頭を熱くしたぼくは、ジャンボの話に激しい嫉妬《しっと》を覚えながら、夢中になった。

時刻はあっという間に二時を回り、三時も過ぎた。気づけばカンナも眠っている。戦いを終えた戦士たちが一人、また一人と泥のような眠りにつく。

「お前はまだ眠くないの？」

ぼくは久しぶりに口を開いた。ジャンボはおどけたように天井を見つめた。

「そういえばずっと眠かったはずなんだけどね。なんだろ、興奮してるみたい」

ジャンボが静かに言ったとき、ポケットの携帯が震えた。兄からの返信だとすぐにわかった。

『了解。朝イチで十万円振り込んどく。足りるか？　公平たちによろしくな』

不思議そうに目を開いたジャンボに、ぼくは携帯のモニターを向ける。

「九時に出れば間に合うよな？　とりあえず明日は新幹線で東京に戻ろう。で、卒業式が終わったらまた車を取りに来よう。今度は三人で旅の続きだ。なにせ俺の卒業旅行がまだだからな」

「そうだね。次回はねずみくんも連れてきてあげよう。彼なら免許持ってるし」

「ねずみの運転はこわそうだ」

「又八くんのも相当なものだったよ。方向音痴だし。何度道に迷ったかわからない。そんなことよりボコボコだしね」

「いいね、楽しそうだ」

「ちっとも楽しくなんかなかったよ。お父さんのことを考えると気が滅入る」

卒業式に間に合いそうだとわかると、途端に車で帰れないことを退屈に感じるから不思議なものだ。

ぼくはどうしても今すぐ車を見たくなった。ジャンボが命名したという〈サンダーボルト号〉。新車同然のセルシオは、今や見る影もなくなっているという。「もう廃車同然って感じだよ」と言ったジャンボの目は、漆黒《しっこく》の闇のように暗かった。

ヤダよ、寒いよと、きかん坊のように拒絶するジャンボを説き伏せ、ぼくたちは車を見るために駐車場へ向かった。

その途中、エレベーターの中で、ぼくは話から割り出したある推論を披露した。

「そのいきなり二十万キロを超えたっていうメーターさ。実はそれこそが本当の数字だったりしないかな?」

どういう意味? と首をかしげたジャンボを一瞥して、ぼくはうなずく。確信めいた思いが胸にあった。

「あくどい自動車屋って平気でメーターいじるじゃん。古いセルシオが一万キロ以下っていう方がよっぽど怪しいよ。本当は最初から二十万オーバーだったんだって。それがどっかでぶつけた拍子でむき出しになったんだ」

話しているうちに「確信めいた」から「めいた」が消えた。ぼくは途中から止まらなくなった。ジャンボは深く息を吐いて、たった一言「だったら救われるけどね」とか細い声でつぶやいた。

駐車場周辺には街灯がほとんどなく、深い闇に包まれていた。空にはたくさんの星が瞬いている。無人の駐車場に響くのはぼくたちの足音だけだ。その圧倒されそうな静寂を、ジャンボの「あれ？」という声がかき消した。

ジャンボはあわてたように周囲の様子をうかがった。しばらく周辺をほっつき歩き、元いた場所に戻ってくる。今度は車の停まっていない一角をジッと見つめ、何やら思い至ったように駆け出した。

「すごい、すごい、すごい、これはすごいよ！」

ぼくは必死にジャンボを追った。巨体のくせに足は速い。どこへ向かうのか、何がすごいのか。尋ねてもジャンボは答えてくれない。

再びホテルに入り、エレベーターに乗り込んで、ジャンボは八階のボタンを連打した。到着のベルが鳴ると、もどかしそうにドアに手をかけ、脇目もふらずに〈８０３〉の部屋を目指す。

部屋の戸が少しだけ開いていた。ドアストッパーが挟まれている。ジャンボに続き、ぼくも中に駆け込んだ。異変にはすぐに気づいた。又八がいなくなっている。ちょっと待て。どこに消えた――？

あわててジャンボの方を振り返った。その瞬間、ぼくは全身を硬直させた。意地悪そうで、自慢げで。親友のこんな顔、今まで見たことがない。

ジャンボの手にはメモらしきものが握られている。ぼくは黙って奪い取った。そこには見慣れた汚い文字でこうあった。

『明日、11時半に空港に集合！　もろもろ間に合うから大丈夫！　空港で会おう。アディオス！　ＰＳ・チケット代だけなんとかしといて！』

ジャンボの上ずった声が耳を打った。

「又八くんがついに覚悟を決めたんだ。ねぇ、ジンくん。又八くんの出番だよ。彼の物語の始まりだ！」

誰よりも心根の優しい親友の瞳孔《どうこう》が、これ以上なく見開かれていた。

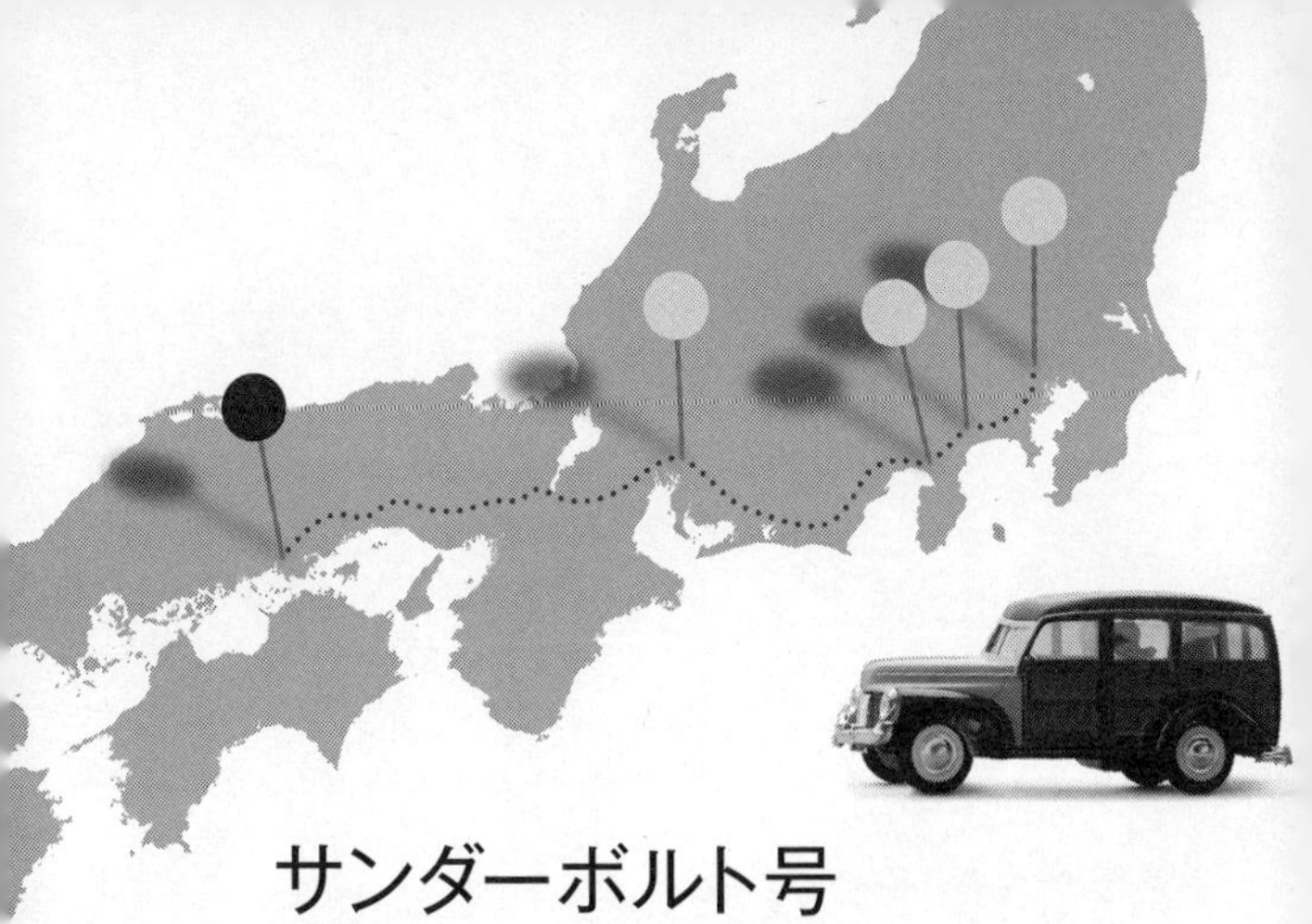

サンダーボルト号
総走行距離＝212832km

北川又八＝岡山県倉敷市
森田公平＝　〃
白川愛　＝　〃
大貫カンナ＝　〃
衣笠翔子＝　〃
神山仁　＝　〃
田中優一＝東京都杉並区

3月14日4時――
都立夏目高校卒業式まで＝10時間

6. ヘイ、ミスター・ロンリー

「おい、白川よぉ。お前、この業界で何が一番大切かって知ってんのか？　出会いだよ、出会い。忘れんじゃねぇぞ」

事務所の社長は歯茎むき出しでことあるごとに言っていた。当時はあの男が憎すぎて言葉に感じるものはなかったけれど、箱根から逃げてきた今の私は断言できる。大切なのは〝出会い〟だ。それはもう業界とか関係ない。

昨日まで見ず知らずの女の子が隣で深く寝入っている。私は姉にでもなったつもりでその柔らかい髪の毛を撫《な》でている。

密閉された箱の中のようにホテルは静まりきっている。一世一代の告白を終えた翔子の寝顔はとても愛らしく、気持ち良さそうで、私もつい釣られそうになる。でも、きっと職業病なのだろう。私はほとんどはがれているメイクを取るために重い腰を持ち上げた。午前三時を回っている。前触れもなく部屋の戸がノックされる。

その乱雑な音で誰かはわかった。やっぱり昨日まで知らない男の子だ。

「愛さん、起きてる？」

扉の向こうから又八の声が聞こえた。戸を開くと、所在なさそうに身体を揺すっている。着替えはしているようだけれど、キャメル色のポンチョはかぶったままだ。

箱根の山で借りたとき、その柔らかさと温かさに私は驚いた。私がこれまでに一度も触れたことのない素材。何らかの地図を模したような繊細な刺繍が施されている。地図の中にある小さな星の縫い込みもかわいらしい。

「ずっと思ってたけど、そのポンチョかわいいよね。アルパカ？　生意気な」

それを無視して、又八はようやくつぶらな瞳を私に向けた。

「愛さん、悪いんだけどちょっと一緒に来てもらえないかな」

「え？　ああ、うん、そうだよね。オーケー。準備するからロビーで待ってて」

「なんかくだらないことに巻き込んじゃってごめんね」

「何よ、それ。すぐ行くから下にいて」

又八は言いにくそうな顔をするだけで、行き先を告げようとしなかった。私もあえて尋ねなかった。聞かなくてもわかっている。お金を返せということだ。彼らの高校の卒業式が十数時間後に迫っていることをもちろん私は知っている。「それだけは絶対に間に合わなくちゃいけないんです」と、ジャンボが緊迫した顔で言っていた。

すでによれよれのピンクのニットは不思議と気分を高揚させた。私は寝ている翔子のカバンから化粧セットを拝借し、悪のりしてギャル風のメイクまで施した。

二十分ほどしてロビーへ降りると、又八は難しそうに腕を組んでいた。私の斬新《ざんしん》な化粧には気づこうとしない。実家の場所を教えた覚えはないのに、見れば、テーブルの上に岡山の地図を広げている。

「大丈夫だよ。ここからなら十分くらいだから」

私がなんの気なしに言うと、又八は驚いたように目を瞬かせた。

「そんなに近い？　だったらまだ早いかな？」

今度は私が瞬きする番だった。私は口を開きかけたが、先に又八が「いいか。とりあえずもう出よう」と言い、有無を言わせずに立ち上がる。

頭上に多くの星々が瞬く駐車場で、ほぼ四隅のつぶれたセルシオが私たちを出迎えてくれた。

「これ、向こうを出てきたときはほとんど新車だったんでしょ？　どうするの？」

又八は厳しい顔つきを崩さない。

「もちろん弁償するよ。っていうか、買い取れないかって思ってる。たぶんもうジャンボのオヤジなんかより愛着あるし」

私も釣られて〈サンダーボルト号〉に視線を戻した。そして無意識のまま「私も一緒に弁償するよ」と言っていた。ここまで逃がしてきてくれた車なのだ。私にだって愛着はある。本来はいかつい顔をした車だろうに、かわいく見えて仕方がない。

私たちは数時間ぶりに〈サンダーボルト号〉に乗り込んだ。エンジンをかけてしばらくは不審な音を立て、揺れも普通ではなかったけれど、もう慣れっこだ。

駐車場を出る頃までは不審な挙動を見せたものの、少しずつ軌道に乗った。暗闇の公道に出て、私ははじめて又八と二人きりであることを意識した。はじめは車のことばかりだった会話の内容は、そのうち旅のことへと変わっていく。

箱根の山から見た静岡の夜景について、燃えるような朝日と並んで走った浜名《はまな》バイパスについて、国道沿いにどこまでも続いていた名古屋の鉄塔について、真っ赤な西日に染められた京都の街について……。たった一日の旅の道程を、私たちは長年連れ添ってきた夫婦のように振り返る。

旅中の車内では、ほとんどケンカしかしていなかったのに、ここにジャンボがいなければ、カンナがいなければ、お互いに攻撃的にはならないから不思議だった。お客さんの前でしかケンカしない夫婦漫才のようだと思うと、自然と笑いがこみ上げた。

又八が不思議そうに私を見る。

「何がおかしいの？」

「べつに。今さらだけど、あんたは何者なんだろうって」

「なんだよ、それ。ホントに今さらだな。そんなこと言ったら俺だって愛さんのことよく知らないよ。もっといろんなこと教えてよ」

「私はもう教えたじゃん。昨日話したことが全部だよ」

私は窓の外に目を向けた。見知った街が目の前を過ぎていく。原色に乏しく、日本中どこにでもありそうなつまらない街並み。かつて私が憎みきっていた景色が、今ではこんなにも優しく見える。

「私はたぶん逃げてたんだと思う。なんかもうずっと逃げ惑ってた気がする。この街から東京に逃げて、でも東京もすぐにイヤになって、また逃げて。で、私を救ってくれたはずの彼からも逃げ出して、辿り着いたのが生まれ育った街だもんね。皮肉すぎて笑えない」

又八がこちらを向くのは気配でわかったが、私はかたくなに窓の外を見続けた。そうしていなければ、言葉が途切れそうな気がしたからだ。

「その彼氏さんって何してる人なんだったっけ？」

「アプリでボロ儲《もう》けしてる人」

「金持ち？」

「ハンパなく。代理店で社内ベンチャーを立ち上げて、大成功した人だった。いまだに用途のわからないアプリがいっぱい入ってるよ、私のスマホ」

「それも束縛？　ケンカばっか？」

「ううん。文句言ったことも一度もない」

「なんで？」

「なんでだろ。依存してたからかな。実際、あの人が悪いわけじゃないし。私が勝手にすがって、勝手に耐えられなくなっただけだから」

昨夜とは違い、私は自分に対して牙をむいた。それが真実なのだと思う。素直な気持ちで言ったのだ。

それなのに、又八はつまらなそうに鼻で笑った。

「でも、殴られてたんでしょ？　束縛されてたんでしょ？　なんだよ、それ。クソダセェな。あの人は悪くないとか、私が勝手にとかさ。ドラマに出てきそうなセリフばっかりじゃん。全然心打たれないよ」

べつに頭には来なかった。それでも次の言葉が出てこなかった私を待たずに、又八は続ける。

「逃げたきゃ逃げてればいいのに。誰に対する面子だよ。って、まぁ、俺みたいなガキに言われたくないだろうけど」

その真剣な眼差しが私の笑いのツボを刺激する。

「ホントだよ。だから何者なのよ、あんたは」

又八も釣られたように目尻を下げた。

「ホント、いったい何者なんだろうねぇ。俺は」

私は本当に隣の男の子について知りたくなった。ジャンボのこと、ジンのこと、ジャンボの両親のこと。友人やその家族について話をするとき、又八の口調はこれ以上なく自慢げだ。

でも、肝心な自分のことはあまり話したがらない。母親が〈ザ・ゴールデンアイランド〉というスナックを経営していることや、映画の主人公のような壮絶な過去に憧れているといったことはジャンボから聞いた。しかし、それだって本人がトイレに立っているときのことだ。直接聞いたわけじゃない。

「ねぇ、一つ聞いていい？」

私はバレない程度に背筋を正す。

「何？」

「その又八っていう名前は何なの？」

一瞬、車内に冷たい空気が立ち込めた。でも、口をつぐもうとは思わない。

「『宮本武蔵』から来てるってこと？　本位田《ほんいでん》又八？　誰がつけた名前なの？　なんで小次郎《こじろう》じゃないの？　どういう願いが込められてるの？」

「へぇ、すごい。よく知ってるね。『バガボンド』読んだでしょ？」と、又八はおどけたように肩をすくめる。

「ううん。原作の方。っていうか、そんなのはどうでもいい。隠さないで」

「いやいや。隠してるつもりはないよ。おっしゃる通り、本位田又八から来てるみたい。ただ願いとかは知らない。なんで小次郎じゃないのかって、俺だって思ってたよ」

「なんで？」

「何が？」

「なんで知らないの？」

「ああ、そうか。そこからか」

又八は一度そこで言葉を切り、小さく息を吐き出した。

「いや、俺、自分の父親のことほとんど知らないからさ。俺がまだ小さい頃に蒸発しちやったんだよね。記憶はないんだ」

そう口にする又八は、軽薄な口調とは裏腹にはじめて目にするような哀しげな笑みを浮かべた。

やはり言葉に詰まった私を無視し、又八は思ってもないことを言い出した。

「だから今、結構緊張してる。超しょうもないオッサンが出てくるかもしれないし。俺がやっぱりつまらない人間だって証明されそうでびびってる」

又八は一人で笑ったけれど、私の頭の中はいくつもの「？」で膨れあがった。いつの間にか〈サンダーボルト号〉は知らない街を走っている。ホテルから実家までは十分程度の距離なのに、そういえばかれこれ三十分は走っている。

「ねぇ。これ、どこ？　あんた今どこに向かってるの？」

「どこって、港だけど」

又八は当然のように言い放つ。

「なんで港なのよ。私の家に向かってるんじゃないの？」

「はぁ？　それこそなんでだよ？」

「だって、あんたたち早い新幹線で帰るんでしょ？　それに間に合わせるために、お金を取りに私の家に向かってるんじゃなかったの？　倉敷に着いたらすぐ返せって、あんたそればっかり言ってたじゃない」

又八は車を減速させると、そのままゆっくりと路肩に停めた。ポカンと口を開いたまま私を見つめ、しばらくすると今度は驚くほどの大声で笑い始めた。

「いやいや、寂しいこと言わないでよ。お金なんていつでもいいよ。いつか東京でメシでもおごってくれたらそれでいいよ」

「でも、あんたたちお金ないんでしょ?」

「うーん。まぁ、それはなんとかなるでしょ。たぶんジンがなんとかしてくれる。今も奴の財布から一万円くすねてきたし。っていうか、そもそもなんで俺が愛さんの実家の場所を知ってるんだよ。なんだよ、それ」

話しながらも気が急《せ》いて仕方がなかった。聞くべきことはそうじゃない。聞きたいことはそれじゃない。

「え、じゃあ私たちは今どこに向かってるの?」

「だから港だって」

「だから港って何なのよ。もったいぶらずに教えなさいよ」

私はいよいよ声を荒らげた。又八はいなすように微笑んでいたけれど、ゆっくりとその笑みを引っ込める。

そしてフロントガラスに視線を移し、何かを確認するようにうなずいた。

「だから、俺のルーツをたしかめにさ。親父がいるんだって。すぐそこの黄金島とかいうところに」

「親父って、あなたの親父?」

「うん、俺の親父。だから港に向かっている。フェリーに乗ろうと思ってる。これでいい？」

又八は目を細めたままうつむいた。その顔に再び哀しげな色が浮かんだことを、私は決して見逃さなかった。

「ホントに何者なんだろうね。俺は」

そう独り言のように繰り返し、再び車を走らせてからは、又八は何も口にしなくなった。私もまたどんな言葉をかければいいかわからない。

外はまだ夜明け前だ。街灯が所々に灯る静まりきった住宅街を〈サンダーボルト号〉は迷惑なエンジン音を鳴らして走る。

車内にはラジオが流れていた。会話が滞り、私ははじめて気がついた。天気予報をやっていた。山陽地方は雲一つない晴天。降水確率は午前、午後とも0パーセント。南から穏やかな風が吹き、気温もぐんと上がるでしょう。予想日の出時刻は六時二十一分で……。

五時少し前、私たちは岡山県南部の宇野港《うのこう》に到着した。周囲はまだまだ闇に包まれているが、船のライトに照らされて瀬戸内海特有の凪《なぎ》は確認できる。

私が港を訪れるのは数年ぶりだ。高松《たかまつ》や小豆島《しょうどしま》、現代アートで有名な直島なんかには家族で行った覚えがあるが、又八の父親がいる黄金島は社会の授業で習った程度だ。たしか公害で問題になった島だった。

「ちょっと乗船の手続きしてくるね」

車を出ようとした又八に、私は「車検証を持って行って」とアドバイスした。又八は不思議そうな顔をする。たぶんフェリーになど乗ったことがないのだろう。意外な料金の高さも知らないはずだ。

不安を感じてあとを追うと、案の定、又八はキップ売り場で騒ぎを起こしていた。

「絶対にウソだ！　なんでそんなに高いんだよ。東京行くのと変わらないじゃん。行ったり来たりしてたら破産するじゃん！　田舎者だと思ってバカにすんな！」

ふと受付のおじさんと目が合った。大丈夫だからとうなずいてみせると、おじさんは安心したように手にした資料を引っ込めた。

「フェリーって高いんだよ。ちょっと四国《しこく》に行くのに一万円超えちゃうくらい。だいたいあなた新宿生まれなんでしょ。田舎者ってどういう言い草よ」

諭すように言ってから、「どうする？　やめる？　車だけ置いていく？」と、私は又八に問いかけた。

又八はジッと私の目を見据え、「行くよ。行くに決まってるじゃん。サンダーボルト号は置いていかない。絶対にこいつとは離れない」と、飼い犬と離れまいとするようなセリフを吐く。

私たちの乗るフェリー〈こがね〉は、まばゆいライトを灯しながらゆっくりと港に停泊した。

又八は最後に車を入れると、仏頂面のまま階段を上がる。どうせ『タイタニック』のマネ事なんかしたがるのだろうと思っていたが、屋外デッキには目もくれない。客室シートに腰を下ろすと、腕を組んだまま寝始めた。

平日の早朝の船だ。百名以上入りそうな客室のシートに、他の乗客は十人ほどしかいない。みな一様に眠たそうに目をこすっていたけれど、私たちが入室すると一転、なぜか空気が凍りついた。

私はその変化を敏感に悟った。こちらを二度見する老人がいれば、母親らしき女を肘《ひじ》でつつくスクールジャージの女の子がいる。フェリーのエンジン音にかき消されているものの、耳をすませばざわめきが聞こえてきそうだ。

はじめ、私はそれを自分に向けられた視線と勘違いした。曲がりなりにも東京で芸能活動をしていた身だ。見知らぬ人たちの好奇の目にさらされることくらい経験している。そうでなくても、きついメイクをした朝である。

しかし、あきらかに雰囲気は違った。みんなの関心は私に向いていない。試しにトイレに立ってみると、案の定、追ってくる視線は一つもなかった。みんなの目は又八のいる座席に釘づけのままだ。

トイレから戻っても空気は同じだった。とくに前方に座る母娘の様子がおかしい。中学生くらいの少女の方は何度も私たちの方を振り返り、母親に何やら耳打ちした。すると母親も申し訳なさそうにこちらを向いて、毎回神妙そうな顔をするのだ。

定刻通り出航しても、船内の浮ついた感じは消えなかった。私は居心地の悪さを拭えなかったけれど、又八はおかまいなしに寝入っている。

仕方なく私はコートからスマートフォンを出し、周囲の視線をシャットアウトしようと努めてみた。が、今度は山のようなアプリが目に入って、前触れもなくフィアンセのことを突きつけられる。今後のことを思うと気が滅入る。

私は逃げるようにネットブラウザを立ち上げた。他にすることも見つからず、なんとなく黄金島について調べてみた。

【黄金島（こがねしま）

東西6・8㎞。南北6・1㎞。瀬戸内海に浮かぶ香川《かがわ》県の島。島の大半が国立公園に指定されている。

人口は八百名強。小中学校あわせて生徒は四十名ほどで、島に高校はなく、高松か小豆島の学校に進むのが一般的。

耐火性に富む「黄金石」の採掘で有名である。

七〇年代に起こった産業廃棄物不法投棄問題により、業者と行政、住民が入り乱れ長年にわたって衝突。

一九九九年に一応の決着は見たが、今も公害に苦しむ住民は多い。】

雑多な情報を拾い上げているだけでは、島の情景は浮かんでこない。ただ、むずがゆくなるような不思議な感情が胸に芽生えた。脳裏を過ぎったのは、小学校の社会の授業のことだ。

「僕も大人になったら島へ行って、困っている人たちを助けたいと思います！　悪徳業者を懲らしめます！」

そう言ってクラスメイトの喝采を浴びたのは、学年一お調子者の男の子だった。彼が先生から褒め称えられるのを、私は頰を染めながら見つめていた。そう、あれが私の初恋だった。あの子を好きになったのはいつだっただろう。どうしてあんなに胸を締めつけられたのか。

三十分ほどの短い航海を終え、目的地の杉原港《すぎはら》が近づくと、船内に到着を告げるインストゥルメンタルが流れた。

「ん、これってなんの曲だっけ？」

又八が大きく伸びをしながら尋ねてくる。なんとか平静を装おうとしているが、滲《にじ》み出る緊張は隠せていない。

「なんだっけね。聴いたことある気がするけど。なんか懐かしい感じだね」と、私も調子を合わせたが、声はしっかり震えている。又八に悟られていないか不安だった。

船を出ると、私たちは飲み物を買うために車から降りた。

「とりあえずどうしようか？」

ブラックコーヒーに顔をしかめながら、又八はまだ陽の昇る気配のない島を見渡す。

「お父さんがどこにいるのか知ってるの？」

「ううん、知らない」

「仕事は？」

「だから知らないって。俺の持ってる親父の情報なんて、愛さんのとそんなに変わらないもん。何も知らない」

「じゃあ、どうするつもりよ」

「どうしたもんかねぇ。まぁ、なんとかなるっしょ。そんな広い島じゃなさそうだし」

とにかく島を一周してみること、そして飛行機の時間には絶対に間に合わせること。それだけを早口に確認して、又八は「行こうか」と頬を張った。滞在時間は一時間ほど。その間に父親と会って、言葉を交わすことなどできるのだろうか。闇に包まれた目の前の風景に希望の匂いはまったくしない。

コーヒーの空き缶をゴミ箱に投げ入れ、私たちは車に戻ろうとした。そのとき、背後からか細い声が聞こえた。

「ほせさん」

最初に私が振り返り、遅れて又八が振り向く。チカチカと点滅する街灯の下に、船にいた女の子が立っていた。

又八は怪訝そうに首をかしげ、私の顔を覗き込む。

「ほせさんって何？」

「知らないよ」

「こっちの方言とかじゃないんだ？　特産品とか。ポンカン的な」

「違うんじゃない。聞いたことないし」

又八はもう一度女の子を振り返ったが、やはり首をかしげるだけで、そのまま〈サンダーボルト号〉に乗り込んだ。少女も首をひねってはいるが、それ以上のことは口にしない。私も小さく会釈だけして静かに車に乗り込んだ。

キップ売り場でもらってきた〈そうだ、黄金島へ行こう〉というマップによれば、島は周回道路で回れるらしい。一周しても三十分もあれば充分だ。

「せっかくだから何か見たいものある？」

「何があるの？」

「なんかいろいろあるみたいよ。黄金石の採掘場に、オリーブ園、旧石器時代の遺跡なんてのもあるみたい」

「でも真っ暗じゃん。どこに行ったって何も見えなくね？」

「そうだね。じゃあ、いっそ朝日でも拝みにいく？　なんか展望台ってのがあるみたい」

「おお、いいね。俺、海から昇る太陽なんて見たことないよ」

又八は顔をほころばせた。私の胸もきちんと弾んで、「じゃあ、その先の中学校を右に曲がって。あとは坂を上っていけば着くと思う」と指示を出す。

しかし、長旅直後の〈サンダーボルト号〉に展望台までの登り道は過酷すぎた。途中から悲鳴のような音を上げ、しまいには、ボフ、ボフと、絶対に鳴ってはいけない音まで鳴らし始める。

勢いをつけようとしたのだろう。又八が身体を激しく揺すった。

「行っちゃうよ！　もう俺このまま行っちゃうよ！」

その動き、言葉の卑猥《ひわい》さに、私は全然気づかない。それどころか悪のりしたように一緒に腰を振って、「いいよ、行っちゃって！　あと少しだけがんばって」などとおかしなことを言っている。

その甲斐あって〈サンダーボルト号〉は標高三百メートルほどの山を駆け上がった。命からがらという表現がふさわしい疾走劇に、私たちはどちらからともなく笑い出す。

近くの路肩に車を停めて、丸太でできた展望台に上った。伏せていた目をゆっくりと上げる。左手の空がかすかに白み、沖合に浮かぶいくつかの島を確認できる。

又八の頬がみるみる紅潮していった。「すげぇ」という声が出ていることに、たぶん本人は気づいていない。その神々しい風景そっちのけで、私の視線は又八の横顔に釘づけになる。とても尊い場面に立ち合っているような気がして、不思議な充足感に身を包まれた。

焦らすように、もったいぶるように。太陽はなかなか昇ろうとしなかった。だけど目の前の世界は少しずつ輝きを増していく。影となる沖合の島、山に折り重なるうすい雲、時間を忘れたような凪、何かを象徴するような静かな画《え》。

「あ、すげぇ。ここって母ちゃんの遺影の場所なんだ」

又八が海を見つめたままつぶやいた。母親が生きていることは知っている。またワケのわからないことを言い出したと思ったけれど、私は何も尋ねなかった。

どれくらいの時間が過ぎただろう。それ以降はいっさい口をきかず、私たちは東に拓けた景色に身を委ねていた。

だから背後から突然声をかけられたとき、私たちはそろって身体を震わせた。少なくとも私は叫び出しそうなほど驚いた。

「右手に見えてるのが鬼ヶ島《おにがしま》のモデルと言われている島ですよ。この時間のここからの景色は本当に美しいんです。我々の自慢です」

あわてて背後を向くと、四十代半ばの作業着を着た男が立っていた。彫りの深い顔立ちに、凛々しい眉毛。よく焼けた肌に、鍛えられた筋肉、見上げるほどの高い身長。そういった外見的な特徴を差し置いて、真っ先に気を取られたのは、男の口にするキレイな標準語だった。

手のひらにしっとりとした汗が滲んだ。又八は挑むように唇を嚙みしめ、上目遣いに男を見つめている。

ていた。

「あの、もしかして——」

部外者であるはずの私が真っ先に声を上げた。又八を守らなければと考えたらそうしていた。

男は受け流すように小さく笑い、小気味よく何度かうなずく。男の視線が、ゆっくりと又八のポンチョに向けられた。

「狭い島ですからね。どこにどの車が停まっているかだいたい把握することができるんです。驚かせて申し訳ない。ひょっとして君は又八くん？　北川又八くんじゃないのかな？」

「そうだけど」

又八は挑むように応じる。男は安堵したとも、苦々しげともいえない不思議な笑みを口もとに浮かべ、ゆっくりと振り返った。

「おつう、もういいよ。出てきなさい」

男に呼ばれ、公園内の樹木の陰から現れたのは、先ほどのスクールジャージを着た女の子だ。女の子は足早に駆け寄ってきたものの、照れくさそうに私を見上げ、男の背後に隠れてしまった。

そんなことより私は女の子の呼ばれ方が気になった。男はたしかに「おつう」と言った。やっぱり『宮本武蔵』ということか。女の子の彫りの深い目鼻立ちは男とそっくりだ。

二人が親子であることは疑いようがないけれど、問題はその先だ。背丈や身体つきにこそ違いはあれ、又八もまた人並み以上に濃い顔の作りをしている。

「山中正次郎《やまなかしょうじろう》と、娘の通世《みちよ》です――」

一瞬口ごもった男を手で制し、又八が大きくかぶりを振った。どうやら私と同じ疑問を抱いたようだ。

「あんたたちが俺の父親なのか、妹なのか。いいから先に言ってくれ。俺、今日高校の卒業式なんだ。あんまり時間がないからさ」

南からの風が目に染みた。又八のポンチョが強くはためいた。男は瞬きを忘れて又八を見下ろし、女の子はツバを飲み込んだ。この瞬間、何かが突き動くという予感がたしかにあった。

だから、しばらくして男が「へ？」と素っ頓狂な声を上げたとき、私は、そしておそらくは又八も、何を感じればいいかうまく把握できなかった。

男は弱ったように頭をかいた。通世もポカンと口を開いている。父と娘、耐えきれないように破顔したのは同時だった。

「いやぁ、すまない。それはまったく見当違いだよ。いや、申し訳ない。ええと、君はどこまで知っていてここへ来たんだい？」

笑うだけ笑って、山中という男は逆に又八に質問する。

「べつに。何も知らない。ただこの島に親父がいるってことだけ聞いてきた」

「そうか。いや、たしかにお父さんがここにいたのは間違いない。ただ、そうだな。どこから説明したらいいものか。この島で起こった公害問題については？」

又八はつまらなそうに首を振る。

「お父さんが学生時代に有名な活動家だったということは？」

「それも知らない」

「そう、じゃあ聞いてもらえるかな。ちょっと長くなるかもしれないけれど、君にとっても大切な問題だと思うから。うん、そうだね。スーパーマンのような人だったんだよ。この島の人にとって、君のお父さんは」

山中さんが大まじめな顔で切り出すと、又八も渋々といった感じでうなずいた。その口から次々と出てきたのは、社会の授業のような内容だった。七〇年代に島に県外から産廃業者が乗り込んできたこと。自治体が事業を認可してしまったこと。間もなくして本州から様々な有害物質が運び込まれ、島内で野焼きが行われたこと。多くの子どもたちが喘息《ぜんそく》を患《わずら》い、苦しんだこと。海の生態系が数多く失われていったこと……。

山中さんはよどみなく島の過去について説明する。又八は退屈そうに身体を揺すっていたが、私は懐かしさで胸を締めつけられた。そう、私はこの話をよく知っている。この授業が大好きだった。若い担任の先生が口にする島の話は、幼い私には冒険活劇のようだった。

その理由もよく覚えている。「これはマスコミだって知らない話なんだぞ」と自信満々に笑いながら、先生は〝リーダー〟についてよく語っていた。

背は低いけれど勇敢で、瞳はつぶらなのに芯は強く、口が悪い分、弁も立って、よそから来たのに誰よりも島のことを思っている。そんなスーパーマンのような男の話だ。「僕も大きくなったら――」という初恋相手の男の子の発言も、そういえば〝リーダー〟の話を受けてのものだった。

私は脈が速まっているのを自覚した。たまらず又八を横目で見る。勇敢で、芯が強く、弁が立つとは言い難いが、口は達者で、背が低く、瞳はつぶらだ。何よりもあの船の中のざわめきだ。きっと父と子はよく似ているのだ。この見立てにおそらく間違いはないだろう。でも……。

私は思わず首を振った。先生はおかしなことも言っていた。あの〝リーダー〟はよそから来たと。そう、たしか……。

唐突に「又八くんはないものねだりがすぎるから」というジャンボの声がよみがえる。

山中さんは何かを懐かしむように目を細めた。

「僕が東京の大学に通っている頃に、何度目かの抗争が起きてね。でも、なかなかこっちに戻ってくることができなくて、自分の無力さを呪うばっかりだったんだ。そんなときに偶然君のお父さんと知り合ったんだよ。場所は大学の近くの天ぷら屋さんで、たしか名前が――」

「八兵衛」

思わずといった感じで又八が言う。山中さんは驚いた表情を見せたものの、すぐに納得したようにうなずいた。

「そう、八兵衛だ。大将がすごく気のいい人でね。学生が遠慮なんかするなって、ビールをよくのませてもらったよ。ある日、その八兵衛でいつものようにのんでいたら、君のお父さんがふらりと入ってきたんだ。大昔にアジトとして使ってたとかで、そのとき大将から紹介された。気づけば一緒にのんでたよ。僕は島の現状について話した。べつに深い意味はなかったと思う。ただ、大将からかつては名の知れた闘士だったと聞かされたときは、何かの啓示だと感じたよ。だから、一緒に島へ来てもらえないかってお願いしたんだ。お父さんは『俺は足を洗った身だから』なんて言っていたけどね。僕が大学から島に戻って数年後のことだった。ひょっこりと顔を出してくれたんだ。うん、お腹の膨れた尚美《なおみ》さんと一緒にね」

山中さんは力なく微笑んだ。又八は唇を嚙みしめる。尚美さんとは母親のことだろう。しかも妊娠中だったという。たしか又八は一人っ子のはずだ。

「そしてそう、まさにこの場所に僕が二人を案内して差し上げた。やっぱりよく晴れた朝だった。二人はここから海を眺めてね。お父さんが『これが日本の景色だ』って言ったんだ。すると尚美さんも『この子に残してあげなきゃいけないもの』って。手を取り合った二人のうしろ姿が美しくて。僕は何かが始まることを勝手に感じたよ」

その後、二人の間でどういうやり取りがあったかわからない。たださらにその一年後、お父さんは再び島へやって来た。そこには尚美さんも、もちろん君もいなかった。お父さんは家族についてあまり語ろうとはしなかった。一息にそういったことを口にしたあと、山中さんの話は島の歴史に舞い戻った。

又八の父が先導して変わった運動の形について、弁護士と共闘した時期について、事実が明るみに出た産廃と公害の因果関係について、広がる支援者の輪について。ついに自治体から勝ち取った「謝罪」について。話は力強く運動の勝利に向かっていくが、なぜか山中さんの表情は曇っていく。

その顔色を見るだけで、私は又八の父の〝今〟を想像することができた。又八も同じに違いない。静かに空を仰ぐと、小声で一言「ふざけんな」とつぶやいた。

「お父さんはすごく手先の器用な人だったからね。公判が結審したあともここに残って、石工の仕事を続けたんだ。たくさんの石像を残したんだよ。だけど、今から三年ほど前のことだった。急にね。我々は誰も知らされていなかったんだ。みんな本当に悲しんだよ」

山中さんはそこで言葉を切ると、苦々しげに顔を伏せた。又八は何も口にしない。その毅然とした態度から心の内を読み取ることはできない。

山中さんは何かを断ち切るように顔を上げた。

「まだお墓のあるところには行ってないんだよね？」

「はい、行ってないです。場所も知りません」

「そうか。では、ぜひ見ておくといい。おつう、お前が案内して差し上げなさい。僕は一度家に戻る。お父さんから預かってるものがあるんだ。もしいつか君が訪ねてくるようならってね。本当にこんな日がくるとは正直思ってなかったよ」

山中さんは諭すように微笑み、先に公園をあとにした。又八はゆっくりと海の方に視線を戻す。夜はまだ明けきらない。ラジオで聞いた「予想日の出時刻」まで、まだ三十分近くある。私たちが島にいられるリミットだ。

「ええと、おつうちゃんでいいのかな。そのお墓には歩いていける？　車？」

なんとなく落ち着かなくて、私から通世に声をかけた。通世は「通世でいいです」とはにかんだ。そして又八の背中に目を向けて、意を決したように口にした。

「お父様につけていただいた名前です。おつうという呼び方も。島の人はみんなそう呼びます。ここの人はみんな、ぺど……、あ、いや、英治《ひでじ》さんのことを尊敬していますから」

何かを言い淀《よど》んだ通世に、又八はゆっくりと顔を向ける。

「英治っていうんだ。俺のクソ親父」

又八はすごく澄んだ顔をしていた。状況を受け入れようとしているのだろう。その又八の質問には答えず、通世は車を指さした。

「とりあえず行きましょう。行けばわかります。ここから五分もかかりません」

二人で話すこともあるだろうと、私は気を遣って後部座席に腰を下ろした。それなのに、通世も後部座席に乗り込んでくる。「横、いいですか？」と言われてしまえば、断ることはできない。又八も気にする様子を見せなかった。

又八に場所を伝えながら、通世はちらちらと私を見てきた。

「通世ちゃんはなんであんな早くに船に乗ってたの？　学校は？」

やはり居心地の悪さを覚えて、私は自分から口を開く。

「私、親戚のところから玉野《たまの》市の高校に通ってるんです。今日はおじいちゃんの具合が悪いからって母に連れ戻されたんですけど、さっき帰ったら普通にピンピンしてて。たぶん呼ばれたんだと思います。お二人に会うために」

気恥ずかしくなるようなことを通世は平然と言う。

「そうなんだ。今、何年生？」

「二年です。次、三年生」

「又八は三年生だよ。っていうか、もう卒業だね」

「はい。知っています。私の二つ上って、いつも英治さんから聞いてましたから」

なんとか又八の話題に戻そうと振ったけれど、通世の興味は私から離れない。「やっぱり東京の女の人ってキレイなんですね」「私もいつかそんな洋服着てみたい」と、あきらかに似合ってないギャル系の服をうっとりと見つめている。

「私、出身は倉敷だよ」

一生懸命標準語を使っている姿が、ふとかっての自分と重なって見えた。通世の頬がほんのりと染まる。「ホントですかぁ」と呆けた様子はとてもかわいらしかった。だからだろうか。一瞬、良からぬ考えが脳裏を過ぎった。乗りかかった船だ。洋服を交換してあげようか。でも、さすがにこのスクールジャージはどうだろう。いや、昨夜濡れた赤いドレスがそろそろ乾いている頃か。そういえば車のトランクに入れたままだ。

一人悶々と考えていると、又八の声が車内に響いた。

「ここでいいの？」

フロントガラスの前に緑が広がっている。とても気持ちのいい雰囲気で、お墓という感じではなかったけれど、通世は「はい」とうなずいた。又八は静かにエンジンを落とすと、何も言わずに車から降りる。私たちも無言であとに続く。

しかし、通世は突然「どうぞお二人で行ってきてください。私はここで父を待ちます」と言い出した。

私はなぜかひどく動揺して「え、いいよ。じゃあ、私も残る」と首を振ったが、又八が許してくれなかった。

「愛さんも一緒に来てよ」

私を一瞥もせず、又八は力強く繰り返す。

「一緒に来て見届けて」

満面の笑みの通世に手を振られ、私は渋々と又八を追った。草木をかき分ける音に気が急いた。枝を踏み抜く音に緊張が増す。二人きりにされたと同時に、小学校の先生の言葉が脳裏を過ぎった。〝リーダー〟が又八の父親であることは、ほとんど間違いないだろう。だとしたら、この子は事実を受け止めることができるのか。ジャンボの顔が胸をかすめる。「ないものねだり」がよみがえる。

二分ほど歩いた先に、手すりもない断崖が現れた。先ほどよりもさらに大きく拓けた海から、潮風が吹き上げる。陽はもう少しで昇りそうだ。目と鼻の先に小豆島が、南側には男木島《おぎじま》と女木島《めぎじま》がつがいのように並んでいる。

目に映る景色はほとんどの輪郭を伴った。キラキラとまぶしい光景に、私はしばらく我を忘れた。だから「は？　なんだよ、これ」という当惑した声を認識するのに、少し時間がかかった。

私は吸い寄せられるように振り返った。又八は蔑《さげす》んだ目を足もとに向けている。視線の先を追いかけて、私も「え……？」と声を漏らした。そこに高さ三十センチほどの小さな石像が置かれていた。

「お墓ってこれのこと？」

私にわかるはずのないことを、又八は真剣に尋ねてくる。

「知らないよ。でも、だとしたら斬新よね。っていうか、この女の人の胸に抱かれている赤ちゃん、あなたなんだろうね」

おそらく黄金石で作られた像は、家族三人の姿を模したものだった。パーマがうねっている父親はギリシャ神話の英雄のように弓を引く格好をしている。その父を優しい目で見つめる純日本風の女性が尚美さんか。

その胸に包まれ、赤ちゃんが激しく泣いている。きっと父から譲り受けたものだろう。又八も優雅なパーマをうねらせている。

「ざけんな。なんで俺だけガキのままなんだよ。ってか、なんだよ、この天パー」

そう言った又八の声はとても真摯《しんし》で、だからこそひどく間が抜けていた。本人もその滑稽さに気づいたのか。しばらくすると鼻がひくひくと動き出す。目が合って、次の瞬間、私たちは一緒に噴き出した。何かを吐き出すかのような又八の笑い声は、私の耳には物悲しく響いた。

又八は愛くるしい石像に目を戻す。

「あんたに悔い改めろって直接言うのが俺の夢だったんだぞ。何を呆気なく野垂れ死んでんだよ。っていうか、俺の名前の由来は何なんだよ。答えろよ、クソ親父」

そして膝をつき、胸の前で手を合わせる。その仕草はいくらか大仰で、芝居がかって見えもしたが、生き別れた父親との再会だ。私は静かに見守った。

又八はしばらく目を伏せていた。その間に山中さんと通世がやって来た。山中さんの手には茶色くくすんだ封筒が握られている。二人はひざまずく又八を意外そうに見やりつつ、やはり静かに見守った。

しかし又八がやっと目を開け、こんなことを言ったときだ。

「今度は母ちゃんも一緒に連れてくるよ。あらためてそのとき文句を言う。それまで安らかに眠っとけよ、親父」

又八が吐き捨てるように言ったとき、山中さんが「へ？」と、先ほどと同じ甲高い声を上げた。

私たちから顔を背けるように、山中さんは通世に問いかける。

「おい、まだ言ってないのか？」

通世はぶ然とした表情を浮かべた。

「知らないよ。そんな大切なことお父さんから言ってよ」

気まずい沈黙が立ち込めた。又八はただでさえつぶらな瞳を見開いている。カッコ良く決めゼリフを言った直後だ。どう対応すべきかわからないのだろう。

頭をかいたり、意味なく空を仰いだり、山中さんは見るからに挙動不審だった。その背中を通世が叩く。それでもしばらくは身体を揺すっていたけれど、山中さんはようやく覚悟を決めたように顔を上げた。

「ええと、じゃあ単刀直入に言わせてもらうね。君のお父さんはまだ生きている。おそらく普通に元気なはずだ。そのお墓は寿陵《じゅりょう》っていうのかな。生前墓。この島で生きた証《あかし》を残すんだって言って。お父さん自身の作品だよ。黄金石で彫られているんだ。見事だよね。本当に手先の器用な人だった」

山中さんは思い入れたっぷりに言い切ったが、又八は「は？」と、まったく腑に落ちていない様子だった。

「うん？」と、頰がひくつく山中さんの声も充分に調子がずれている。

「え、生きてるんですか？」

「うん、生きてるね」

「俺の親父？」

「そうだね」

「どこで？」

「どこでって、だからそれは――」

またしても言い淀んだ山中さんをしらじらと見上げ、このとき、通世がはじめて二人のやり取りに割り込んだ。

「ペルーですよ」

立ち込めそうになった静寂を拒むように、通世は怒ったように続ける。

「英治さん、っていうか、もうペドロさんでいいですかね。呼びにくいし。ペドロさんは三年前にペルーに行きました。生まれ故郷で、ボリビアとの国境のデサワデロという街にいるはずです。もういいですよね。隠してたってしょうがないし。そもそもそれを知りたくてこんなところまで来たんでしょうし。っていうか、早く手紙を渡してあげたらいいじゃない。そこに全部書いてあるんでしょ」

通世は顔を上気させていた。私は完全に「ほせさん」の意味を理解した。そうなのだ、小学校の担任の先生はこんなふうに言っていた。

「日系ペルー人と言ってな、厳密にいえば〝リーダー〟のペドロ氏は外国人だ。だけど彼は誰よりも日本という国のことを思い、愛した人だったんだぞ。お前らにはまだ難しいと思うけど、アイデンティティっていってな——」

山中さんは通世の言葉に深々とうなずいた。二人の顔に赤く鋭い陽が差した。又八もまぶしそうに目を細くした。

「ああ、夜明けだ」

山中さんは思わずといった感じでつぶやいた。みんなの視線が一斉に海を向く。東の沖合に浮かぶ島の向こうから、太陽が顔を出している。

「君のお父さんはこの太陽を〝希望の光〟って呼んでたよ。毎朝、この夜明けと向き合っては、さぁ、出発だって言ったんだ。君にとって今日がそういう日なんだと思う。新しい人生と対峙《たいじ》する覚悟があるなら読むといい」

山中さんは手紙と一緒に、名刺サイズのカードを手渡した。〈0879〉という番号がちらりと見える。連絡先が記されているようだ。

「僕は君のお父さんに本当に世話になった。だから何かあったらいつでも電話をくれ。金がないとか、腹が減ったとかなんでもいい。必ず僕が面倒を見る」

山中さんはこれまでになく熱っぽく言ったけれど、又八は「たぶん電話することはありません」と、小さく言った。

山中さんはかまわず又八を見つめ続けた。そしてこくりとうなずいた。

「あのペドロの息子ならきっとそう言うだろうと思っていたよ。それでも必ず電話をくれ。待ってるからな」

父娘はそのまま静かに立ち去った。林に入る直前、最後に振り返った通世が見せた名残惜しそうな表情が、すごく印象的だった。

又八はその後もしばらく海を眺めていたが、少しすると思い出したように封筒に視線を落とした。

「一緒に読む？」

又八は優しい口調で尋ねてくる。「いいの？」と、私はひどく間抜けなことを口走った。又八はそれを咎めるでも、笑うでもなく、一度だけうなずいた。

又八は手紙を私にも見えるように開いた。決して達筆とはいえない独特な文字。のっけから誤字と脱字のオンパレード。

手紙は横書きで記されていた。

『拝けい
始めに書いとくと俺はとんでもない嘘つきだ。結局誰の助けにもならなかったし、きれいな海を守れてない。まだ闘いは続いている。なんてうそぶいてはお前たちのとこにも戻らない。あげくの果てには石像だけ掘って何かやり遂げた気になってる。とんだ運動ジャンキーの気狂いピエロ。俺はやっぱり嘘つきだ。

そんな俺からお前に伝えることはいくつもない。今のお前が何才で、なんのためにここに来たか知らないけど、俺からお前への遺言と遺産はすでに尚美に宅してある。まだあのきれいな団地にいるなら、答えは押し入れの天袋だ。もう見たか？　見たから来たのか？　くわしくははぶくが、あの占星術用の木の人形は変金すれば数百万は下らない代物だ。売るなり焼くなり好きにしろ。

それよりも価値があるのがビクーニャでできたあのポンチョだ。ポンチョ自体もあれだが、問題はそこに隠してある地図で、あれはティワナクという遺跡の近くにある街の地図だ。お前から見た俺方のばあさん方に代々継がれてきたものだ。いつか〈☆〉印の刺繍された場所へ行って、同じマークの刻印されたマンホールを探し出せ。その地下80メートルのところにある泉に、我々マリア家とインカとのくそったれの因縁が隠されている。お前の出生の秘密もそこにある。一族がお前を日本へ逃がさなければならなかった唯一の理由だ。すべてのカギはお前の母の尚美が握っている。そして俺のかつての恋人、箱根で旅館を営んでいるはずの今日子《きょうこ》を訪ねてみろ。

Hey, Mr. Jose. お前が今まで逃げのびてくれたことを誇りに思う。俺は先に行っている。いつか必ず再開しよう。赤く燃える空の下で。コンドル舞う空の下、俺たちのルーツで。逃げ続けることだけが俺たちが課せられた宿命なのだからだ。

最後にもう一つ記しておく。俺たちはひょっとしたら十年後の世界から舞い戻ってきたのかもしれないぞ。俺はくそったれの嘘つき野郎だ。

to Jose Matahachi Maria Kitagawa from Pedro Hideji Maria 』

又八の手は震えていた。懸命に抗おうとする様子もうかがえる。よっぽど混乱している私に「もう平気？」と優しく問いかけ、静かに首を横に振った。

「俺、ジョゼっていうんだ。ああ、そうか。『ジョゼと虎《とら》と魚《さかな》たち』の……」

一人で言って、勝手に納得したような表情を見せる又八に、申し訳ないけれど私は小さな息を漏らした。

「違うよ、又八。ホセって読むの」

「ホセ？」

「うん」

「あ、そうか。さっきの、ほせさんの」

「そう、ホセさんの」

「そうなんだ。ホセと虎と魚たち。って、なんだか締まりが悪いね。俺っぽいよね。しょぼいなぁ、俺の秘密。っていうか、インカと因縁ってなんだよ。俺、ホセなのかぁ」

ぶつぶつとこぼしながら、結局又八は腰が抜けたように地べたに座り込んだ。体育座りをして、刻々と昇っていく太陽に目を向けている。影となったそのうしろ姿に、私は思わずハッとする。

私はこの背中に見覚えがある。初恋の男の子を好きになった理由だ。普段、教室で誰よりも騒々しかった彼が、ある日、河原でぽつんと夕日を眺めていた。陰気くさく、私が何よりも嫌っていた街の景色を、彼は愛《め》でるように見つめていた。垣間見た横顔はいつもより柔らかく、優しく、そしてずっと哀しげで、心が掻《か》きむしられるようだったのを今でも鮮明に覚えている。

私は息をひそめて又八に近づいた。その肩に手を伸ばそうとしたとき、又八が鼻歌を歌っているのに気がついた。

フン、フーン、フフフ、フン、フーン……。来るときの船で流れていたインストゥルメンタルだ。又八の口ずさむメロディが周囲の空気にさっと溶け込み、私の耳を優しく打つ。

私は一度又八から離れ、スマートフォンを取り出した。朝日の逆光となった又八の姿があまりにも凛として、美しく、写真に収めようと思ったのだ。

例によって、山のようなアプリが目に入った。その中からカメラのアプリを立ち上げようとして、私の視線はまったくべつのものに吸い寄せられた。ああ、そうだ。あの人はたしかこんなことを言っていた。

「このアプリはなかなかおもしろいぞ。曲はわかるのに曲名が出てこないことってよくあるだろ？　そういうときはこれを使って――」

私は焦りに似た思いに駆られた。はじめてそのアプリを立ち上げ、無意識に又八に背を向ける。そして同じメロディを口ずさんだ。スマホのマイクに向かって。フン、フーン、フフフ、フン、フーン……。

砂時計のアイコンが画面に出てきて、さらに三十秒ほど待った。焦らすように検索結果が示された瞬間、私はたしかに奇跡の存在を思い知った。そして腹の底から笑いの塊がこみ上げる。歌手名には〈ボビー・ヴィントン〉とある。曲名は『Mr. Lonely』。ひとりぼっちの男。

又八がお尻を叩きながら立ち上がる。私はあらためてカメラのアプリを立ち上げ、スマホを又八に向けて、呼びかけた。

「ヘイ、ミスター・ロンリー！」

意外そうに振り返った又八は、しっかりと自分の足で立っていた。希望の光を背中で受け止め、出発のときをずっと待っていたかのように。

そしてビクーニャのポンチョに優しい夜明けの風をはらませて、又八はたしかに父親と同じ場所に立っていた。

「ねぇ、つまらない話してもいい？」「うん？」「私、最後の仕事がドラマだったって言ったでしょ？」「うん。視聴率の低かった、二時間の」「あれね、私がもらったの〈ナゾの女〉っていう役柄だったんだけどね」「ナゾの女？」「そう。ドラマの後半に突然現れて、いきなりいろいろと謎を解いていくイヤな女」「え……？　うあ！」「なんかあれとよく似ててさぁ。今、自分の目の前で実際に起きたことが」「ちょ、ちょ、いや、ちょっと待ってよ。ええ、マジで？」「何が？」「っていうか、だからだ！　だから俺、昨日箱根で会ったときはじめてじゃないって言ったんだ！」「だから何がよ？」「だって、うえええええ！　愛さん、ドラマで赤いドレス着てたでしょ？」「なんで知ってんの？」「そ、それってつまり昨日箱根で着てたやつ？」「そうよ。仕事で使った服を着させるのが男の趣味って、私……」「っていうか、マジかよ！」「だからマジよ。っていうか、だから何がよ」「やばい、これはちょっとマジでやばい。ジンに言わなきゃ。早くジャンボに教えなくちゃ」……。

海を見渡せる断崖絶壁。

オレンジ色に染まる空。

優雅に舞う無数のトビ。

人生で大切なのはやっぱり〝出会い〟のようだ。私にそう教えてくれたのは、気品のあるポンチョをかぶった、彫りの深い男の子だ。

ペドロさんの生前墓に別れを告げて、私たちは〈サンダーボルト号〉に乗り込んだ。

又八はあいかわらず高揚した顔でキーをひねったが、悲しいことに車はうんともすんとも言ってくれない。

ボンネットを開いたり、フロント部分を叩いてみたりと、又八はそれっぽく格闘を続けていたが、しばらくすると諦めた。「ダメだ。今はさすがに力不足。ちゃんと勉強しなくちゃダメみたい」と、ずいぶんと殊勝《しゅしょう》なことを口にする。

又八は渋々とポケットからスマホと紙切れを取り出した。そして当然のように番号をプッシュする。ついさっき「たぶん電話することはありません」と宣言していた相手に、泣きの連絡を入れている。ふてぶてしくも「お金を貸してもらえませんか」などと言っている。

私は声を上げて笑った。しまいには「担保でポンチョを置いていきますから」と言い出した又八が、すごく頼もしくも感じられた。

このとき不意に脳裏を巡ったのは、去り際の通世の顔だ。もし今からあの子が山中さんと一緒に来てくれたら、服を交換してあげよう。いや、トランクにある赤いドレスをあげようか。現代のわらしべ長者的物語は、どんどん安物に化けていく。

電話を切った又八が何やら叫んだ。

「ってか、俺たちもうすぐ卒業式なんすけど！　やばくね！」

太陽はみるみる昇っていく。

黄金島の草木が踊るように揺れている。

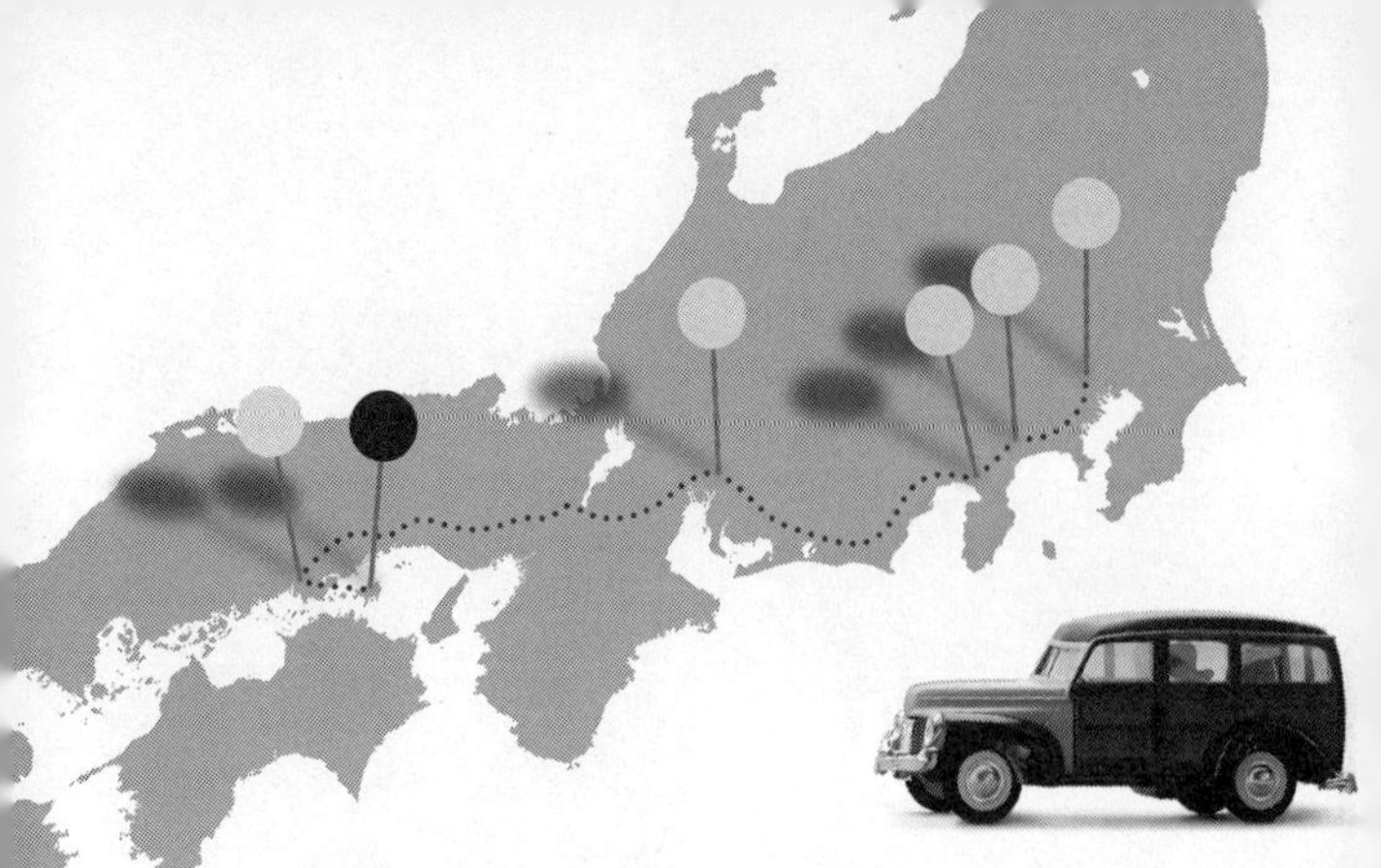

サンダーボルト号
総走行距離＝212879 km

北川又八＝香川県小豆《しょうず》郡土庄《とのしょう》町

白川愛　＝　　　　〃

森田公平＝岡山県倉敷市

神山仁　＝　　　〃

大貫カンナ＝　　〃

衣笠翔子＝　　　〃

田中優一＝東京都杉並区

3月14日7時――

都立夏目高校卒業式まで＝ 7 時間

7.「ねぇ、この物語の主人公は俺なんだって知ってた？」

ジャンボからの最初のメールを確認した、今から三十八時間前。俺は人生の〝無常〟を突きつけられた。

『ねずみくん、ごめん。突然だけど旅に出ます。又八くんも一緒です。58年振りの寒波に巻き込まれたジンくんを迎えにいきます。なんとか卒業式までには戻ります♪』

はじめて持った中二の日以来、ほとんど肌身離さなかった携帯電話を、俺はめずらしく家に置き忘れてきた。だから学校でのバンド練習もほとんど集中できなかったし、終わってからも二人と一緒に〈八兵衛〉には向かわなかった。

でも、急いで戻った家で携帯は見つからなかった。制服のポケットの中にも、スクールカバンにも入っていない。持っていったつもりはなかったけれど、逆に学校に忘れてきたということだろうか。

一度は諦め、熱めの半身浴と大好きなフレーバーティーで気を鎮《しず》めようとしてみたが、効果はなかった。

ベッドに入ると、いよいよ身体が震え出した。この間に誰かから魅惑的なお誘いがかかるかもしれない。自分の知らない間にみんなが楽しい思い出を作っているかもしれない。そう思ったときには、俺はダウンの上からマルイで購入したお気に入りのポンチョをまとって、愛車のビーノにまたがっていた。

それこそ何十年振りという極寒の夜だ。忍び込んだ校舎の中でも吐く息は白く、深夜の学校というありがちな恐怖もあいまって、奥歯が面白いように音を立てた。

闇に包まれた教室で、緑色のランプが居場所を知らしめるように点滅していた。携帯が見つかったことより先に、誰かからメールが届いていることに俺は安堵する。

机に走り寄って、携帯電話を握りしめた。そしてジャンボからのメールを確認し、その受信時刻が目に入って、俺は本気で落胆した。やはりお誘いはあったのだ。

俺はすぐに折り返しの電話をかけたが、二人とも電波がつながらない。時刻は零時を回っている。メールの受信からすでに四時間。逸《はや》る気持ちをなんとか抑え、俺は祈りを込めてメールを綴った。

『絶対に俺も一緒に行く！　お前ら今どこにいる？』

途中までなら原付で向かう。頼むからまだ近くにいてくれ――。そう願いながら送信ボタンをプッシュしたとき、閃光《せんこう》が視界を覆った。

「田中優一《たなかゆういち》くんね。A組の」

教室の蛍光灯が無慈悲に灯る。

懐中電灯を片手に立っていたのは、大岩春子《おおいわはるこ》。

いつも同じベージュのスーツを着た国語の教師。

三十歳という年齢以上に老けて見えて、融通が利かないことで生徒間での評判はイマイチだ。だけど、いつか聞いた『銀河鉄道《ぎんがてつどう》の夜《よる》』の音読がとても素晴らしかったのを覚えていて、俺の印象は悪くない。

「盗みね」

大岩は決めつけるように口にした。

「違いますよ。携帯を置き忘れちゃって」

「だったら夜中に学校に侵入してもいいの？」

「べつにいいとは思ってませんけど」

「今、何時？」

「だから、それは……」

「何時なの？」

大岩は大きく肩で息を吐いた。実は一番弱みを見せてはいけない教師であると、いつかクラスメイトが言っていた。決まっている大学の推薦のことを思い、一瞬怯《ひる》みそうになったが、それよりも今は旅の方だ。自分の人生を決定づけるのは進路ではなく、友人たちだという確信が俺にはある。

「まぁ、今日はもういいわ。明日、進路指導相談室に来なさい。来なかったらどうなるかわかってるわね？」

大岩が脅《おど》すように口にしたとき、右手にあった携帯が震え出した。校門をくぐってすぐに開いて、俺は人生でおそらくはじめての地団駄を踏んだ。街灯がさみしく灯る国道らしき写真が添付されている。

『ごめんね、ねずみくん。もう箱根峠だよ。一緒に行くことはできないけれど、ボクたちの無事を祈っててください。大丈夫、魂は新宿に置いてきたから』

魂なんていらねぇよ！　そう叫びたくなるのをグッと堪え、何をどう返信したらいいかわからないまま、俺は感情に任せて文章を作る。

『やばいからな。今夜の箱根なんて凍結でえらいことになってるからな！』

そのメールに対する返信を確認したのは、ほとんど寝られなかった翌朝になってのことだった。

『すごかったよ。ねずみくんの言うとおりだった。道路が凍結してました』

そして貼りつけられた二枚の写真。一枚目は『曽我兄弟の墓』などと書かれたバス停のもの。二枚目にはびしょびしょに濡れたナゾの女のうしろ姿。メールにはそれが何なのかという説明がない。

電話をかけても、やっぱり二人とも圏外だった。九時を過ぎ、大岩に会うために家を出ようとしたとき、次のメールがやって来た。

同様に写真が添付されている。今度は又八からだった。

『お前の夢を叶えてやったぞ』

なぜか恩着せがましいメールに貼られた、見知らぬ繁華街の写真。〈ピンク・キャンティ〉と〈ピンク・キャンディ〉というそろって品のない看板が並んでいる。心当たりがまるでないし、夢見たことなどあるはずがない。

俺はいい加減頭にきて、返信するのをやめた。すると一転、今度は奴らからのメールが立て続けに入ってきた。

学校に到着したとき、進路指導相談室で大岩から説教を受けているとき、そして命じられた反省文に向き合おうとしたとき、それぞれバイブが震えたのだ。

『ジャンボが拉致《らち》られたかもしれない。助けにいった方が良いのかな』

そのメールは又八から。添付された写真は〈ピンク・キャンティ〉の方のけばけばしいピンクの看板。

説教中に受け取ったのはジャンボから。例によって『拉致』についての説明は何もないまま『また一人増えました』と、四人が並んだ影の写真。シルエットから両サイドに立つのがジャンボと又八であることは理解できた。間に挟まれた二人にかんしてはさっぱりだ。

俺は苛立ちをコントロールして、携帯を畳んだ。どうせ質問しても返ってこないという諦めが理由の一つ。もう一つは、今は穏やかに目の前の課題と向き合いたいという不思議な欲求からだった。

大岩から与えられた反省文のテーマは『夏高で見た希望』というものだった。「なんか線香のCMみたいですね」とイヤミをぶつけてみたけれど、いざ空き教室に閉じ込められ、ブラバンの奏でる音と野球部の規則的な掛け声を遠くに聞きながら取り組んでみると、これが自分でも驚くほどのテーマ性を孕《はら》んでいた。

夏目高校での三年間を振り返ると、まず入学当初のことを思い出した。すると、今度は夏高を目指そうとした中学時代のことに至り、次に小学生の頃のことに、最後は幼稚園の入園式にまで記憶は遡《さかのぼ》った。

『自分の人生を振り返ったとき、何か一つキーワードを当てはめるとしたら「孤独」だった気がします。自分で言うのは図々しいかもしれないけれど、そう思います。』

そんな一文から書き始めた。両親は健在だし、仲の良い兄もいる。家族に対する不満はないし、だから「孤独」などと宣《のたま》うことがおこがましいのはわかっている。

でも、一行目を綴った瞬間、俺は謎を一つ解いたような気持ちになった。そして記憶はどんどん過去へと潜っていって、ある一つの場面にぶち当たった。あれが人生の原体験。幼稚園のおばあちゃん先生が口にした一言がすべてを決定づけたとは思わない。しかし、結果として縛られていたとしても不思議じゃない。

いつの間にか、俺は作文に夢中になっていた。いくら書いても足りない。本当にパッとしない人生を突きつけるほどに、もっと自分自身を知りたいという意味不明の衝動に駆られていく。

すでにブラバンの楽器の音も野球部の掛け声も聞こえなかった。大岩に声をかけられたとき、俺は一瞬自分がどこにいて、何をしているのか把握できなかった。

直前に書いていたのは去年の夏休みのことだ。大雨煙る箱根の旅館から、強引に今にタイムスリップさせられた気持ちだった。

「ええ、マジかぁ」

俺は夕暮れに染まる教室の中を放心したまま見渡したあと、独りごちた。大岩は不思議そうに首をひねる。

「どうかした?」

「先生、ごめん。悪いんだけど、これ読んでもらえない?」

「何よ、急に。最初からそのつもりよ。だいたいあなたね、教師に対してその言葉遣いはないでしょう」

「いやいや、ごめん。っていうか、すみません。あの、貴重なお時間取らせちゃって大変申し訳ないとは思うんですけれど、これを読んでいただけないでしょうか。なんか俺……、っていうか僕、今なんか分厚い皮みたいのがめくれそうな予感があります」

「変な比喩。というか、あなたね、その言葉遣いは逆に慇懃無礼っていうものよ」

大岩はまだ不満そうだったが、原稿は受け取ってくれた。でも、すぐに「は?」と素っ頓狂な声を発した。かくいう俺も驚いた。手渡した原稿用紙の枚数だ。自分がこれほどの量を書いていたことに、この瞬間まで気づいていなかった。

大岩は銀行員のようにパチパチと音を立ててそれを数えた。締めて、四百字詰めの原稿用紙が三十二枚。それがどの程度の分量なのか見当もつかなかった。大岩に「凡百の小説家がひぃひぃ言いながら書く短編くらい」と言われてもピンとこない。

大岩は静かに椅子を引き、少しだけ襟《えり》のよれたコートを脱いだ。彼女は集中して作文を読んでくれた。そう認識した瞬間、俺は軽い疲れを自覚した。鼻先にはまだ朝の香りが残っている。なのに気づけば夕闇が迫っている。いつ日が暮れたのか、朝買ったフリスクはいつなくなったのか、トイレには行ったのか。記憶にない。

大岩は三十分ほどかけて読んでくれた。俺は異様に緊張した。魂を込めて書いたものが他人にどう読まれるのか。自分という人間が問われている気分だった。

でも大岩が見せたアクションは、俺の想像していたものとは違っていた。面倒くさそうにするでも、声を上げるでもなく、当然のように頭から読み返し始めたのだ。呆気に取られる俺を置き去りにして、二度目はさらに時間をかけて読み込んでいく。

そしてしばらくすると、大岩は目頭を指で押さえた。ギョッとした次の瞬間には、はばかりもせずに泣き出した。シクシクといったレベルではなく、ウヘン、ウヘンと、激しい嗚咽《おえつ》を漏らし始めたから度肝を抜かれた。

大岩は俺のことなど眼中になかった。背後に回り、静かに原稿を覗き込む。まさに問われたかったページに涙の跡がついている。大岩は願いに応《こた》えてくれた。

今度は一時間ほどかけて、大岩は二度目の『夏高で見た希望』を読み終えた。時刻は十八時を回っている。

「ど、ど、どうでした？」

ただ沈黙を恐れた俺に、大岩は何かを振りほどくようにかぶりを振る。

「大丈夫。とりあえずあなたは一人じゃない。それにもし一人だったとしても、悲観しなくて大丈夫。絶対に誰かが見ていてくれてる。いつか必ず巡り会う。それは明日かもしれないし、来年かもしれないし、死ぬ間際なのかもしれないけど、いつか必ず誰かと出会う。だから、あなたは大丈夫」

大岩は諭すように「大丈夫」と繰り返した。ずっと昔から抱いていた俺の潜在的な恐怖、何に対するものかもわからない強烈な孤独感の正体は何か？

問い詰めたとき、ぶち当たったのはたった一つの光景だった。

「あの日、園長先生もそんなふうに言ってくれていたら、俺の人間性ってもう少し違っていたんですかね？」

笑って同意を求めたけれど、大岩は毅然と首を振った。

「それはあまり変わらなかったと思う。同じようにお調子者で、同じようにパッとしない人生だったのよ。それを誰かのせいにするのはお門が違う」

俺は小さく息を吸った。心が軽くなっていく。否定されているはずなのに「ありがとうございます」と自然と口をついて出た。

それぞれ自転車と原付を引いて、俺たちはかすかに春の匂いのする外へ出た。

「あなたたち、明日は何かやるんだっけ？」

大岩が唐突に尋ねてくる。

「卒業式ですか？　はい、バンドやります。卒業式実行委員の四人で」

「バンドか。代表挨拶は誰がやるの？」

「ジンですね。B組の神山仁。やっぱりあいつが一番しっかりしてるから」

「でも、神山くんがどれだけしっかり者だったとしても、あなたよりいいスピーチができるとは思えない」

「なんすか、それ。俺の挨拶なんて誰が――」

「あなたが読むことはできないの？」

「はい？　だから、なんで」

「今日の作文をそのまま読むだけでいいと思う。救われる子はいるはずよ。あなたが読むことに意味はある。絶対に読むべきよ」

あいかわらずの決めつけるような口調に飲み込まれそうにもなったが、俺はなんとか受け流した。

「あり得ないですって。ああいうものは意外と格が必要なんです。卒業生の代表ですよ。俺でいいわけないじゃないですか」

そう言いつつも、しっかりと充ちた気持ちにさせてくれた。大岩は作文を読んだ上で言ってくれている。さらけ出した自分の弱さを認めてもらえたような、不思議な安心感に包まれた。

最後まで不満げだった大岩とは学校を出たところで別れた。彼女に手を振り、携帯を開いて、ジャンボからのメールを確認し、小さく息をのみ込んだ。

ウンザリする気持ちが心の半分を、まぁ、それならそれでかまわないという覚悟めいた思いが、もう半分を支配した。

今から十九時間前に、そんな前に送られてきていたのか、ジャンボから来ていたメールはこんな内容だ。

『さっき京都を出ました。5人で倉敷に向かっています。ねずみくん、申し訳ない。又八くんはほとんど限界だし、車も変な音を立てています。正直、これからは何がどう転ぶかわかりません。最悪のケースも想定していてください』

あいかわらず律儀に写真が添付されている。今度は運転する又八と、助手席に座るジャンボの後頭部。だったら誰が撮ってんだ！　その前に五人って誰だよ！　また一人増えたな！　とも意外なほど感じない。とはもう思わない。

それが誰かは知らないが、ジャンボと又八は箱根峠で雨に濡れた誰かと出会い、どこかの繁華街で誰かを拾って、おそらくは京都で五人目の誰かと遭遇した。そして仲良くみんなでジンを迎えにいっている。わからないことが多すぎる。返信しても解決してもらえる気はしない。だから、とりあえず見て見ぬフリを決め込んだ。

それよりも直面する問題は「最悪のケース」の方だ。ジャンボが何を指して言っているのかは定かじゃないが、万が一でも俺の思う「最悪のケース」と合致するのなら、これは大変なことになる。

一人で体育館のステージに立つ自分を想像する。足が震えた。布団にくるまってもなかなか眠ることができなかった。

その異常なほどの昂ぶりは、起き抜けに又八からの長文メールを目にしたときに最高潮に達した。

『岡山を飛び越え、瀬戸内海の島に到着した。っていうか、今こんなとこにいて本当に昼までに戻れんのか？　ハッキリいって自信がない。というわけで、おい、ねずみ。そうなったらお前ひとりで大変だな（チューチュー）（ゲラゲラ）』

添えられていたのは、水平線から半分ほど昇った太陽の写真だ。もう驚かないし、ムカつきもしない。今やるべきことは心を鎮めることであって、デリカシーのない友人の他人事のようなメールに食ってかかることじゃない。

俺は大きく深呼吸をして、もう二度と乱されまいと心に決めた。すると見事なもので、再び連中からのメールがすり寄るように鳴り始めた。

十時のメールはジンから。

『十二時、岡山空港《おかやまくうこう》発の飛行機に乗ります。ギリギリだろうな。耐えろ、ねずみ』

十一時三十分のメールはジャンボから。

『又八くんがまだ着かない。どうしよう。とりあえずギリギリまで待ってみます。本当にごめんね、ねずみくん！』

そして今から二時間前、十二時のメールは又八から。

『どひゃー、危ねぇー！　ギリギリセーフ！　でも、どうなんだ、これ。卒業式間に合うのか？　まぁ、最悪の場合は頼んだぜ。チューチュー』

今から四十五分前、十三時十五分。以降のメールはすべてジャンボから。

『羽田に着きました。タクシーで向かいます！』

三十五分前のメール。

『タクシーには6人乗れないということで、ダメ元でヒッチハイクをしたら、信じられないことに成功してしまいました。トラックの運転手さんが愛さんのファンだったんです。ウソみたい』

愛さんって誰だ？　ファンってなんだ？　いやいや、無視しろ。今は耐えろ。

三十分前のメール。

『順調に首都高速《しゅとこうそく》を通過中。行けそうだよ』

二十五分前。

『うーん、渋滞？』

二十分前。

『まずい。もう半分は来たと思うんだけど。完全に渋滞だ』

十五分前。

『会議しています』

十分前。

五分前。

『厳しい』

『ごめん、ねずみくん。心の準備はしておいて』

そして卒業式が始まる十四時の、二分前。三月十四日金曜日、十三時五十八分。

「間もなく、第九十六回都立夏目高等学校、卒業式を始めます。卒業生、在校生、並びにご列席の保護者の皆様は携帯の電源をお切りください」という司会を務める下級生のアナウンスが響いたタイミングで、六件ものメールが一斉に携帯に飛び込んだ。

ジン、ジャンボ、又八は、上から順に『耐えろ』『ごめんね』『まぁ、がんばれ』と。知らない三つのアドレスからはそろって『ファイト！』と。

俺は静かに携帯の電源を落とした。ここからは一人だと腹を決めた。それでもまだ少し余裕があった。式次第によれば俺たちの出番はまだ先だ。名ばかりの「卒業式実行委員」による〈卒業ライブ〉は、式の後半に予定されている。

しかし、連中はいつまで待っても現れない。〝昭和が産み落とした最後の歪み〟と呼ばれる校長が、この晴れの日に「東大合格者が今年は0」と嘆いても、一転、人情派として名高い三年生の学年主任が「お前ら、東大がすべてじゃねぇぞ。なんでもいいから胸張って生きてけや」と、いきなりのべらんめぇ調で校長にケンカを売り、体育館を嵐のようにどよめかせてもやって来ない。

ざわめきは立ち消えぬまま、各クラスの代表者への卒業証書の授与、在校生による別れの挨拶、そして『仰《あお》げば尊《とうと》し』斉唱へと式は順調に進んだ。

そしてあっという間に十五時を回り、はたと思い出して携帯の電源をつけようとしたときだった。

卒業式を仕切る二年生の男子が、俺のもとへと寄ってきた。

「田中さん、そろそろいいですか？　他の先輩たちって来てます？　楽器も田中さんのベースしかないし、なんか空気が不穏なんですよね。大丈夫ですか？」

来年の生徒会会長候補の後輩の声は、ほとんど耳に届かなかった。「あ、ああ。そうなんだな」と生返事をしつつ、このとき胸の奥底を駆け巡ったのは、あの大雨煙る箱根の夜。麻雀をしている最中に発せられた、又八の不用意な一言だ。

「卒業式で派手にデビューするんだ。俺たちが高校デビューを果たす日だ！」

手のひらに爪《つめ》が食い込んだ。だからイヤだって言ったのだ。口の中で鉄っぽい味がする。俺はイヤって言ったのに。

恨み言を口にしても、むろん誰の耳にも響かない。気づいたときには、俺は後輩に首根っこをつかまれて連行され、舞台袖に立たされていた。

他の後輩たちの焦った様子が目に入る。先生たちまで不安そうな目を向けてくる。そうした視線をすべて無視し、俺は心を整えようと努めてみた。でも、何がどうなれば整っているのかがわからない。とんでもない寒気が身体を包み込み、ガタガタと震えが止まらない。

「それでは、三年生卒業式実行委員のみなさまによる卒業ライブです。みなさま、盛大な拍手でお迎えください」

後輩の紹介アナウンスをはるか遠くに聞きながら、俺はステージに上がった。「ねずみじゃん！」という誰かの小馬鹿にした声が耳を打つ。

俺は声の方を向いて、「えへへへへ」と、一つもおもしろくないのに声を上げた。笑いは一向に引っ込んでくれず、はじめはやいの、やいのと騒ぎ立てていたクラスメイトたちも、次第に異変に気づいたようだ。緊張が前列の生徒から伝播《でんぱ》していき、体育館はまたたく間に張りつめた静けさに覆われた。

たった一人で、ステージの上で、びしょびしょに濡れた手でベースを握りしめ、一分以上無意味に笑い続けた頃には、みんなはひどく怪訝そうな表情を浮かべていた。ある日突然不良に化けた学年のリーダーも、ギャルっ気のあるカワイイ女子も、東大に落ちた秀才も、いじめられっ子からいじめっ子に華々しく転向した女の子も、一人残らず同じ顔をしている。不気味そうに俺を凝視する。

「あの、田中さん？」

困惑した後輩の声が聞こえたとき、ようやく俺は瞬きをした。後方の保護者用の席で、誰かがすっくと立ち上がった。

「おい！　がんばれ！　がんばれよ、ねずみ！　負けるな！」

頬を真っ赤に染めて叫んだのは、ジャンボの親父だ。生徒たちは一斉に振り返り、そのでっぷりとした外見に対してか、それとも口にした大げさな言葉に対してか、笑い声を上げた。

その嘲笑を断ち切ろうとするように、さらに立ち上がる者がいた。

「ごめんね、ねずみくん！　又八たちがバカでホントにごめんね。今度一人でうちにのみにいらっしゃい。あんたにはご馳走《ちそう》してあげる。一緒に歌おう！」

藤色の派手な着物で叫んだのは、又八のオフクロさん。その言葉にもみんなは腹を抱えて笑ったけれど、俺は放心し、息をのんだ。

このとき視界を捉えたのは、立ち上がったジャンボの親父でも、又八のオフクロさんでもない。二人に挟まれた、見知らぬ中年の男である。見たことはないはずなのに、どこかで会ったこともあるような気がしてならなかった。

いや、そんなことはどうでもいい。祈るように手を組む大岩と目が合って、俺はようやく覚悟を決める。そうだ、今は卒業式の真っ最中だ。そして俺はステージの上。ようやく冷静さを得られた気がした。大岩に小さくうなずいて、再びみんなの方に向き直る。全身の震えが不思議なくらい消えていた。

「ええと、あらためましてこんにちは。三年A組の田中優一です。今から少し話をします。思ってることを話します。聞いてくれたらうれしいです」

静まり返っていた体育館に、意外にも拍手の音がパラパラと鳴った。俺は数回咳払いをした。呼応するように再び静寂が訪れる。

大岩の作文の反応を思えば、成功するイメージしか描けなかった。何を話しても、きっと大歓声に包まれる。そんな自信にあふれていた。それなのに軽く息を吸い、胸を張って、いざ口を開こうとした、そのときだった。

「待たせたな、ねずみ！　チューチューだよ！」

牧瀬里穂《まきせりほ》という女優のマネをするオフクロさん、のマネをして俺をバカにする又八の声とともに、後方の扉が派手な音を立てて開いた。

みんなが一斉に振り返る。逆光の影となるようにしてそこに三人の友人が、それぞれの脇に見知らぬシルエットを携え、立っていた。

「ちょっと、お前らさぁ。遅ぇんだよ」

俺は膝から崩れ落ちそうなのを必死に堪え、マイク越しにつぶやいた。他の生徒たちのざわめきを認識した瞬間、生温かい涙が頬を伝った。

なぜ泣く必要があるのだろう――？　感じたのはたしかに安堵だ。そもそも望んでさえいなかった大役を一人で担わずに済んだのだから。全身の筋肉が溶けるように緊張から解放され、安心したのは間違いない。

けれど、もう半分はまったく違う感情からだった。俺は同時に落胆もしたのだ。自分がヒーローになれる状況が突然やって来た。その瞬間に対する期待が少しはあった。

俺は無意識のまま大岩を見つめた。彼女もまた失望したように天井を仰ぎ、肩で小さく息を吐いた。

彼女の期待に応えられなかったことを、俺はなぜか申し訳なく感じた。

卒業式が始まって一時間十五分が経過した、三月十四日十五時十五分。三人の仲間たちが各々の楽器を手にステージに上がった。箱根の夜に想像した俺たちの卒業式が、鮮烈な高校デビューを果たすライブが、ようやく始まる。

「ごめんねぇ、ねずみくん。制服に着替えたり、楽器を取りにいったりしてたら、また時間かかっちゃったよ。ホントにごめんよ」

ジャンボは神妙そうに頭を下げたが、又八は小馬鹿にしたように鼻で笑う。

「ダセェ。泣いてやんの」

ギターをチューニングしながら言った又八の横顔が、どういうわけかいつもより大人びて見えた。

まさか旅のせいとでもいうつもりか。そんなバカなと自分を奮わせ、「うるせぇ、本位田」と、俺はいつものイヤミを口にする。

俺のことを唯一無視して、ボーカルのジンがそれまでの流れを分断するように生徒たちに語りかける。

「ええと、こんにちは。『ザ・ワンダース』です。おつかれさまです。あ、あ、マイクテスト、マイクテスト」

俺は自分が「ザ・ワンダース」の一員であることさえ知らなかった。それは他の二人も同様のようで、目を丸く見開いている。

早稲田受験に失敗したのが嘘のように、ジンは本番に強いところを見せつける。さすがはリーダーだ。やっぱり俺がスピーチするよりもずっとサマになる。そう納得しようとしたときだった。

「ええと、じゃあ準備ができたのでボチボチ始めます。とりあえず最初に挨拶をと思ってたんですけど、僕が考えていることとくらい全部ねずみが代弁してくれそうなので、彼に託そうと思います。というわけで、ねずみ。邪魔して悪かったな。お前が話し終えるタイミングで演奏始めるからさ。骨は拾うから前向いて倒れていいよ」

ジンは当たり前のようにスタンドマイクを譲ろうとする。俺は射貫かれたように仲間たちの顔を見た。ドラムのジャンボは満面の笑みを浮かべてうなずき、又八は下手くそなギターをそれっぽくペケペケ鳴らす。

俺が再びマイクの前に立ったとき、誰の計らいか、体育館の照明が落とされた。どこからともなくスポットライトが降り注ぎ、俺だけを照らす。

再び頭の中が真っ白になった。又八のオフクロさんの声に応える余裕はない。気づいたときには何かを話し始めていたけれど、自分が何を話しているのかもわからない。

ただ、みんなが静かに聞き入ってくれていることはなんとなく把握できた。次第に余裕を取り戻し、少しずつ言葉をコントロールできた。背後に友人たちの熱を感じた。だから、俺は言ったのだ。

『夏高で見た希望』で問いたかったことを、大岩に問うたことを、俺はあらためて口にした。

「俺の抱く不安の正体って何なんだろうってずっと考えてました。そしたら幼稚園の入園式を思い出しました。たまたま園長先生の見た目が魔女みたいで恐かったのが悪かったのかもしれないけど、先生の言った『ねぇ、みんな。友だち百人できるかな』って言葉は、なんか今でも鮮烈に残っています。ああ、友だちって百人も作らなきゃいけないんだって、友だちって多くいることが正しいんだって、最初に思った瞬間でした。そんなことないかもしれないのに。実は群れないことの方が偉いのかもしれないのに、なんか植えつけられたんです。すごく焦ったのを覚えてます――」

なんとなく話が脱線していく感じが自分でもわかった。退屈したのか、少しずつみんなの身体が揺れ始める。背後にいる友人たちの居心地の悪さも伝わってきた。

だから俺は少し焦れて、エピソードを端折《はしょ》った。友だちが欲しいと焦っていた小学生時代のことを。懸命に道化を演じ、リーダーに取り入ろうとした中一のことを。でも根暗を見透かされ、迎合することに失敗し、いじめ抜かれた中二のことを。頼れる存在がなく、死ぬことまで考えた中三の日々を。

困惑する両親に号泣しながら懇願し、杉並に住んでいた祖父を頼りに、知人のいない夏目高校へ進学させてもらった日のことを。覚悟を持って福井《ふくい》から出てきて、無我夢中で標準語を勉強し、一からスタートを切らせてもらった当時のことを。それなのに、またリーダーグループに取り入ろうとして、また失敗した夏高での出来事を。

自分の成長のなさを痛感した一年生の最後の日、俺はなんとなく学校の屋上から新宿の街並みを眺めていた。

そこに、たまたま又八がやって来た。きっと何か勘違いしたのだと思う。又八からはじめて声をかけられた。

「俺たちの人生なんてまだ始まったばっかりなんだからな。今苦しいことなんて、今から五分後の世界の価値観ではクソみたいなことかもしれないんだからな。そんな価値観に殺されるな。いいか。俺たちの人生だけはな、誰がなんて言おうと俺たちが主人公なんだからな」

そういった雑多で、でも大切なエピソードを俺は丸々端折ってしまった。みんなの退屈した様子に、どうにも耐えられなくなったのだ。

「ねぇ、みんな。実はこの物語の主人公は俺なんだって知ってた？　俺でもあるし、みんなでもあるし、ここにいない誰かが主役なのかもしれなくて、だけどそれは逆に言えば、俺でもないし、みんなでもないってことでもあると思うんだ。ええと、つまり何を言ってるのか俺もよくわかってないんだけど、だから胸張って生きていかなきゃならないわけで……」

どこかのタイミングで俺は完全に迷走した。名言を残そうとすればするほど口がもつれて、今にもブーイングが飛んできそうな気配を感じた。

だから、助けてくれたのだろう。あの屋上の日と同じように。前触れもなくギターが鳴った。時間をかけて練習してきた映画『卒業』のテーマソング、『サウンド・オブ・サイレンス』の前奏だ。

俺はふっと意識を引き戻される錯覚を抱いた。振り向くと、いつになく真剣な又八がギターを鳴らし、ジャンボがスティックを振っていた。ジンが俺の方に歩み寄り、大人びた笑みを浮かべて肩に手を置いた。

三人に引っぱられて、俺もベースを強く握った。そしてそれから起きた出来事は、すべてが夢のようだった――。

見慣れた新宿副都心《しんじゅくふくとしん》が西日の影になっている。あの日、又八に声をかけられた夏目高校の屋上で、知らない女がいつまでも笑っている。

「いやぁ、それにしても笑ったわ。『サイモン&ガーファンクル』ってさ。いくら『卒業』だからって。あんたらいくつよって話よ。そりゃブーイングも出るわ」

そう悪態を吐くのは愛という一人だけ歳のいった女だ。歳といっても二十五歳くらいだろうか。驚くほどキレイで、はじめは口をきくのも緊張したが、こう悪口を言われ続ければいい加減腹が立つ。

「あれはたしかにちょっと寒かったですねぇ。でも、ドラムを叩く公平くんだけはカッコ良かった」

ジャンボのことを「公平くん」と呼び、頬を染めるのはカンナとかいうギャルで、もう一人の翔子という真面目《まじめ》そうな女もジンと腕を組みながら微笑んだ。

「さぁ、高校を卒業するぞっていう未来ある若者がねぇ。そりゃあいくらなんでもちょっと古いし、暗すぎますよねぇ」

勝手にアルペジオでギターを奏で、目を真っ赤に潤ませて『サウンド・オブ・サイレンス』の一節を口ずさんだのは又八だった。ドラムのジャンボがあとに続き、俺も涙を拭ってベースを鳴らした。最後にメインボーカルのジンがマイクスタンドに歩み寄り、又八に合わせてハモり始めた。

細々とでも一年間練習してきた成果はあったと思う。俺たち「ザ・ワンダース」は、もちろん「サイモン&ガーファンクル」のようにとは言わないけれど、今までの練習にはなかった抜群のハーモニーを奏でたはずだ。みっともないものではなかったと自負している。

でも、残念ながらオーディエンスには刺さらなかった。一番を歌い上げる直前、何人かの同級生が怒りに駆られたようにステージに上がってきた。止めようとする教師たちを押しのけて壇に上ってきたのは、鄭成一をはじめとする夏高きってのイケてるグループ。彼らはまるで権威に立ち向かう映画の主人公のようにカッコ良かった。

大きな歓声と悲鳴が交錯する中、連中はあっという間にステージを制圧した。そして俺たちがなけなしのバイト代で買った楽器を強奪し、最初から決められていたかのようにフォーメーションを組んで、今風のパンク調の曲を演奏し始めた。悔しいけれど、見た目はもとより楽器の技術も俺たちより格段に上だった。

俺たちが得るはずだった歓声を連中は独り占めにした。その勇姿を俺たちは舞台袖で正座しながら、俺と又八に至っては涙まで流しながら見つめていた。将来のトラウマになってもおかしくない、あまりにも屈辱的な出来事だった。

「ああ、なんかもうすっごい不完全燃焼。なんかすっげぇ負けた気分」

夕日が目に染みる。騒ぐ又八を一瞥し、愛が微笑んだ。

「でしょうね。高校デビューするはずがとんだ敵役になっちゃったんだもんね。いつの時代もスター集団はイケてるわ」

その言葉は俺に対する侮辱《ぶじょく》でもあった。

「っていうか、だからあんたたち誰なんだよ！　なんで当たり前のようにいて、そんなに意地悪なことばっかり言うんだよ。ワケわかんねぇよ。ちょっと岡山に行ったくらいでさ。東海道《とうかいどう》はいったいどういうことになってるんだよ！」

四人そろって女っ気がなかったのは、つい三日前のことである。それがちょっと旅に出ただけでこんなことになってしまった。人生はやっぱり無常だ。

又八が面倒くさそうに頭をかいた。

「それは、まぁいろいろとな。ほら、話すと長くなっちゃうから」

「何が、ほら、だよ。知らねぇよ。っていうか、じゃあ一つだけ教えろよ。さすがに賭けは成立してないんだろうな？」

俺は単刀直入に切り出した。この際、女たちが誰でもいい。どこで知り合ったかも関係ない。連中の自信に満ちた表情の理由を先に知らなければならなかった。

「賭け？」と、又八がおどけたように首をひねる。

「童貞レースだよ。それだって箱根でお前が言い出したことだろ。一人十万の総取りとかいうやつだ」

「あ、あれか。それは、まぁ大丈夫。安心しろ。さすがにそんな時間はなかったよ。残念ながら結局みんなチェリーのままだ」

又八の言葉にジンは当然というふうにうなずいた。愛も「べつに時間の問題とかじゃないけどね」と、悪態を吐きながらも同調する。

俺は安堵の息を吐きかけたが、一人だけ違った反応を見せる者がいた。ジャンボにしなだれ、幸せそうに頬を赤らめていたカンナとかいう女だ。

「ん？　何それ。童貞レース？」

「いいから！　カンナちゃんは黙ってて！」と、ジャンボは顔を上気させ、あわててカンナの口に手を当てた。

誰の目にもその挙動は普通じゃない。カンナはジャンボの手を払いのける。

「だって、十万ずつもらえるんでしょ？　全部で三十万円？　すごいじゃん。サンダーボルト号の修理代になるじゃん」

「わかったから。もうわかったから黙ってて。お願いだから」

懇願するジャンボを無視して、カンナは「ハイ、ハイ、ハーイ！」と、人を食ったように手を挙げる。

「は、はい。じゃあカンナさん」と、又八も調子を合わせて指名した。カンナはことなげに言い放った。

「公平くん、ウソついてまーす！　この人、チェリーボーイじゃありませーん！」

一瞬の間のあと、又八の口から「げばらっ！」という謎の言葉が飛び出した。「げばらって何よ？」と爆笑するのは三人の女子だけで、俺も、ジンも、ついでにジャンボも笑っていない。

又八がカンナに突っかかる。

「ぜ、絶対ウソだよ。そんな時間なかったもん」

「全然あったよ。お店だよ。公平くん、延長してくれたじゃない」

「でも、話してただけなんだろ？」

「誰がそんなこと言ったのよ」

「誰って、それは」

又八は救いを求めるようにジャンボを見やった。ジャンボは忍ぶようにうつむいている。

その時点で勝負はあった。なのに、又八は尚も果敢に挑んでいった。自ら傷つきにいったのだ。

「ウソだって。ジャンボはそんな器用じゃないよ。セックスした直後に知らんぷりして俺としゃべってたってことだろ？　そんなの絶対にありえない」

「だからありえるんだって。あなたの知ってる公平くんがすべてだと思わないで。あたししか知らない公平くんだっているんだから」

「だったら証明しろよ」

「証明って何よ？」

「だからぁ！　お前らがやったっていう証拠を見せろよ！」

「ああ、それなら簡単。あだ名の由来」

カンナが呆気なく口にした瞬間、諦めにも似た空気が漂った。俺たちはそれだけで理解したが、他の女子たちは興味深そうに瞳を輝かせる。

「ジャンボの由来？　何なの？」

翔子の質問に、カンナは照れくさそうにうつむいた。うつむきつつも、視線はしっかりとジャンボの下腹部に向けられていた。

「あんなすごいのはじめて見た。ジャンボって、なるほどなぁって、うまいこと言うなぁって思ったの」

いきなり乙女のように身体をもじもじさせ始めたカンナに、今にも気を失いそうな又八。さすがに驚いた様子のジンに、高笑いする愛。意外そうな顔の翔子。いつになく冷静な目でみんなを観察している俺。

カオスともいえそうな状況で、ジャンボは一人憤慨する。

「もうみんなこっち見ないでよ！　恥ずかしいよ！　ボクが一番損してるよ！」

男女七人の長い影が夏高の屋上に伸びている。天から宝物を授かった友人は、その空に拳を突き上げた。


学校から〈八兵衛〉に向かう間、俺たちの会話はほとんど弾まなかった。ジャンボが空気を変えようと奮闘するも、乗り切れない。「めちゃくちゃな一日だ」という又八の言葉が、なんとなくそれぞれの思いを代弁していた。

すっかり夕闇の押し迫った十八時半過ぎ。俺たちは〈八兵衛〉の戸を引いた。貸し切りと聞いていたのに、なぜか先客がいてうんざりする。年輩の男女の酔っぱらっている姿が目に入る。

最初に口を開いたのはジンだった。

「え、なんで？　お父さん？」

みんなの視線が店内の一人の男に向けられる。たしかに前に一度だけ会ったことのあるジンの父親が、カウンターに腰かけている。

しかし受ける印象はあの日とまったく違った。以前は見るからに陰鬱《いんうつ》な高校教師といった感じだったのに、今は鼻先を赤く染め、髪の毛もずいぶん乱れていて、陽気な酔っぱらいといった雰囲気だ。

「おう、ジン。卒業おめでとうな。俺は『サウンド・オブ・サイレンス』の方がずっと良かったよ。最近の若者の曲はうるさくてかなわない」

ジンの父は好々爺《こうこうや》のように目尻を下げる。隣に座るのがきっと母親なのだろう。「お父さん、飲みすぎですよ」と、幼子をあやすように眉間にしわを寄せる。又八たちから聞いていた神山家の様相とはずいぶん違う。

「よう、ワンダース！　お前らカッコ良かったなぁ。ジンのボーカルも良かったぞ。又八のギターもなかなかだった。でも一番はねずみのスピーチだ」

そう叫んだジャンボの親父を無視して、今度は又八が「え……？」と漏らした。先ほどのジンと同じ言葉ではあったけれど、はるかに悲壮感を孕んでいる。店内の空気が敏感に変わる。

しばらくの静寂のあと、「あっ」と声を上げたのは愛だった。愛は「ウソ？　え、どうして？」と独りごちて、手を口もとにあてがった。

みんなを押しのけるようにして、又八が一歩前に踏み出した。

「ちょっと待てよ。なんであんたが――」

又八が誰に語りかけているのか、俺はようやく理解した。体育館にいたあの男だ。ジャンボの父と、又八の母に挟まれていた、天然パーマの男である。

彫りの深い男の顔に、たしかに見覚えがある気がした。見比べてみれば、なんてことはない。ただ又八と似ているだけだ。ん……？　又八と似てる？　どうして？　なんでだ？

「な、なんでだよ。なんであんたがここにいる？　あんた、ペルーかどっかにいるんじゃねぇのかよ。今朝聞いたばっかりだぞ」

又八が男ににじり寄った。そして、畳みかけるようにこう言った。

「なんであんたがいるんだよ。親父」

疲労や違和感、疑問に困惑。そういった様々な思いや感情が、弾けて、混ざった。次の瞬間、子ども世代の側からは怒号のような声が上がった。

「オ、オヤジィィ！」と、ジンがめずらしく奇声を上げれば、「ウソだよ。ハハハハ。そんなのウソに決まってる」と、ジャンボは妙に澄んだ笑みを浮かべながらも、そのまま地面にへたり込んだ。

又八の言葉を受け流すように、パーマの男はせせら笑った。

「先週ママンから連絡があってな。お前の卒業式だから見てやれって。もう大人になっちまうぞって。たまたま金もあったから昨日戻った」

「そんなの知るかよ。っていうか、そんなことはべつにどうでも良くて、俺は今朝はじめて行ってきたんだぞ。今朝行って、さっき帰ってきたんだ」

「どこにだ？」

「黄金島にだ！　ザ・ゴールデンアイランドだよ！　島の人から散々あんたの思い出話聞かされて、なんか墓まで拝んできたんだ。なのに、なんで普通にいるんだよ。手紙だって朝読んだばかりだぞ」

「手紙？」

「ああ。俺に宛てて書いただろ。ホセに宛てて書いただろうが。こっちはあんたがペドロだって知ってんだぞ」

「知らん。忘れた。それ俺か？　そんなもん書いたかな」

「ちょ、ちょっと待てって。忘れた？　っていうか、はぁ？」

少なくとも俺にはなんのことかわからなかった。ペドロって何？　ホセって誰のことだ？　ジンもジャンボも同様に呆けた顔をしているが、一人だけ、なぜか愛だけが「うげぇぇぇぇ」と激しく嘔吐《えず》き、他の女子たちをギョッとさせる。

混沌とも呼べるそうした状況で、又八は必死にかぶりを振った。

「じゃ、じゃあもう一つ教えろよ。あんたの言う十年後の理屈って何なんだ？　十年後から戻ってきたらなんだっていうんだよ。悔いを残さないよう立ち向かえとか、そういうことなのか？」

その言葉にジンが「あ、それ俺も知りたい」と身を乗り出し、ジャンボも「ボ、ボクも」と声を震わせた。なぜか翔子まで「わたしもです」などと言うものだから、どさくさに紛れて俺も「俺も」と言っておいた。

ヒリヒリとした時間が少し流れた。みんなの視線を受け流すようにして、ペドロと名乗る又八の父親は力なく首をかしげた。

「ああ、それはよく覚えてるよ。俺の座右の銘だったからな。どうせ十年後まで生きてられるんだから今は適当に逃げてようぜって、たしかその程度のことだったと思うけど。とりあえず立ち向かえなんて思わない」

今度はジャンボの親父が「え、そうだったの！」と声を上げ、ジンの父親まで「はぁ、そうでしたかぁ」などと感心したようにつぶやいた。

一瞬ざわつきそうになったものの、又八が「ええい、うるさい！」と、みんなにしゃべることを許さない。父親という男の目をきつく見据え、「最後にもう一個だ！」と、声を荒らげた。

「俺の名前だ！　又八っていう名前は何なんだ！」

店内がシンと静まりかえる。又八の父親はニヤリと微笑んだ。そして、いっさいためらわず口にした。

「俺の理想だ。憧れだ」

立ち込めた多くの疑問に答えるように、最後もきっぱりと言い放った。

「逃げることの天才だ」

又八は尚も一人でぶつくさと言い続けていたものの、見かねたようにジャンボの父親が口を挟んだ。

「お前はピーピーピーピーピーうるせぇな。久しぶりの再会だろうが。もっと他にあるんじゃねぇのかよ。抱きついたり、泣いたり、わめいたりよ。もう、パパのバカ！　とか叫んだっていいんだぜ」

「叫ぶか、バカ」

「テメー、ガキ。大人に向かってバカとはなんだ！」

「あんたが言えって言ったんだろうが。ハゲ」

「こいつ。マジでかわいくねぇ。だいたいテメーら、俺の車はどうしたんだよ？　奇跡のセルシオはどこにある？」

　ああ、それは俺も気になっていたことだ。お前ら車で出かけたんじゃなかったのかよ？　なんで飛行機なんかで帰ってきた？

　ジャンボが途端に泣き出しそうな顔をした。

「あの、ごめん、お父さん。車は向こうに置いてきたんだ。でなきゃ卒業式に間に合わなかったから。春休み中に必ず取ってくるからさ」

「いや、それはダメだ」

「ダメって言ってもしょうがねぇだろうが。じゃあ、どうすりゃいいんだよ」

　又八が目をつり上げて突っかかるが、ジャンボの父は聞く耳を持とうとしない。

「明後日の朝からみんなで旅行にいくことになったんだよ。山代温泉《やましろおんせん》。それまでに車が必要だ」

「みんなって誰だよ？　ここにいるジジババ全部か？」

「ううん、私たちは行かないわ。女性陣は演舞場《えんぶじょう》で歌舞伎《かぶき》なの。神山さんが友の会の会員でね。ガールズ歌舞伎よ」

又八の母が当然のように言うと、ジャンボの母も楽しそうに手を叩く。突っ込みたいことはいろいろとありそうだが、ひとまず無視して又八は言った。

「じゃあ、なんだよ。また飛行機乗って取ってこいって言うのかよ。明後日までに？」

それに答えたのは又八の父親だ。又八の父は古びたキーホルダーを頭上に掲げ、恩に着せるように口を開いた。

「俺の貸してやるよ。これでみんなで取ってこい」

「みんなって、七人もいるんだぞ。そんなに乗れるかよ」

「俺のはハイエースだ。十人乗りだ」

「だったら、それ乗ってあんたら旅行に行きゃいいじゃねぇか！」

又八はもっともなことを口にするが、ジャンボの父がきかん坊のように身体を揺すった。

「イヤだ。俺のセルシオで行くんだ。それはもう決めてるんだ」

「え、お父さんも行くの？」と、ジンが流れを断って自分の父に質問する。

「うん、そうさせてもらおうと思って。森田さんが何度も誘ってくださったから。北川さんとも、まぁ知らない間柄ではないもんだから。ほら、いつかお前に話したことがあったたろ。修学旅行の引率で行った島で出会った人のこと。驚いたことに、実はそれこそが北川さんで——」

ジンの父親は高校の教師らしく長々と説明した。ジンは今にも飛び出しそうなほど目をむいた。

それからしばらくして、それぞれの彼女、親も一緒に、みんなそろって表へ出た。いったい何年落ちなのだろう。〈八兵衛〉の駐車場に、驚くほど錆《さ》びついたハイエースが置かれている。

そもそも長く海外に住んでいたのではないのか。だとすれば、この車はいったい誰のものなのか。銃撃戦をくぐってきたかのようにへこみまくったボディに、ちょっとやそっとのことでは落ちそうにない年季ものの泥の跡、そして〈革命〉というステッカー。見れば見るほど謎は深まる。

又八が神妙そうに車を見つめ、何か思い出したように口をすぼめた。

「そうだ、母ちゃん。俺、専門行くのやめていい？　浪人して大学行きたいんだ。車の設計がしたくてさ。お金は自分でなんとかするから認めてくれない？　どうしても今が人生の分岐点な気がしちゃって」

又八の母は一瞬にして瞳を潤ませる。

「だから私は前から行けって言ってるじゃない。お金なんてなんとでもなるよ。最悪、あの不気味な人形を売ればいいんだ」

又八の父親はこのやり取りに興味がないようだ。

「こんな車だ。いくらぶつけてもかまわない。なんなら向こうで捨ててこい」

ノリがいいのか、バカなのか。しばらくボンヤリと父の顔を見つめていたが、又八はペロリと舌なめずりをする。

「おい、ジャンボ。というわけで、名前決めろ。俺たちの車だ」

ジャンボも平然としたものだ。

「ええ。じゃあ、レッドモンスター号」

「ハハハ。あいかわらず超ダセェ」

又八が肩を揺らすと、ジンもおどけたように首をすくめる。

「ダサいかどうかはともかく、赤くはないよな。間違いなく」

俺はボンヤリとみんなの顔を見渡した。友人だけでなく、それぞれの彼女もしっかりと見つめた。

「じゃあ、行くなら行こうか。あまり遅くなってもあれだしさ」

意外にも女たちの方が盛り上がった。みんなそんなに暇なのだろうか。結局、彼女たちが何者なのか、俺はいまだに聞けていない。

「眠いだろ？　先に運転するよ」

俺は気を遣って申し出たが、又八は首を振り、運転席のドアノブに手をかける。

「いや、行けるところまで俺が行く。っていうか、一度寝たらもう起きられそうにない

から、ジャンボとジンが、最後尾に

からさ。限界までがんばるわ」

「そうか。まぁ、ムリはするな」

いつでも代われるようにと俺が助手席に座り、二列目にジャンボとジンが、最後尾には三人の女子が腰を下ろした。

車内には緊張感と倦怠感《けんたいかん》が入り乱れている。疲労と高揚とがせめぎ合う中、後部座席からジャンボのはつらつとした声が飛んでくる。

「じゃあ、行こう。レッドモンスター号、発進！」

女子たちの歓声の合間を縫うようにして、ジンの突っ込みがあとに続く。

「だから赤くはないけどな！」

年代物のハイエースが爆音を奏でて動き出した。又八は早速車の側面をガードレールにこすりつける。車内に不快な金属音が鳴り響き、笑い半分の悲鳴が轟《とどろ》く中、〈レッドモンスター号〉は奇跡的に夏目坂へ合流する。

一号線をひたすら西へ進む、香川までの旅。どんな出来事が起きるのか。いや、どんな出会いが待っているのか。俺はカバンからマルイで買ったお気に入りのポンチョを取り出し、寒くもないのに頭からかぶる。これを着ていれば絶対にモテるという確信がある。

「悪い、ねずみ。限界だ」

スタートしてわずか二分後のことだった。又八は顔面蒼白《そうはく》で切り出した。

俺は「オーケー」とうなずいた。もとより運転する気マンマンだ。ここから一人で黄金島まで行ってやる。この道のどこかで絶世の美女をつかまえて。トリンドル系の、ダレノガレ系の、ハーフ系のモデルを絶対に見つけ出す。

窓を開けると優しい夜風に俺のポンチョがはためいた。俺が主役の旅の物語が今、ようやく幕を開けたのだ。

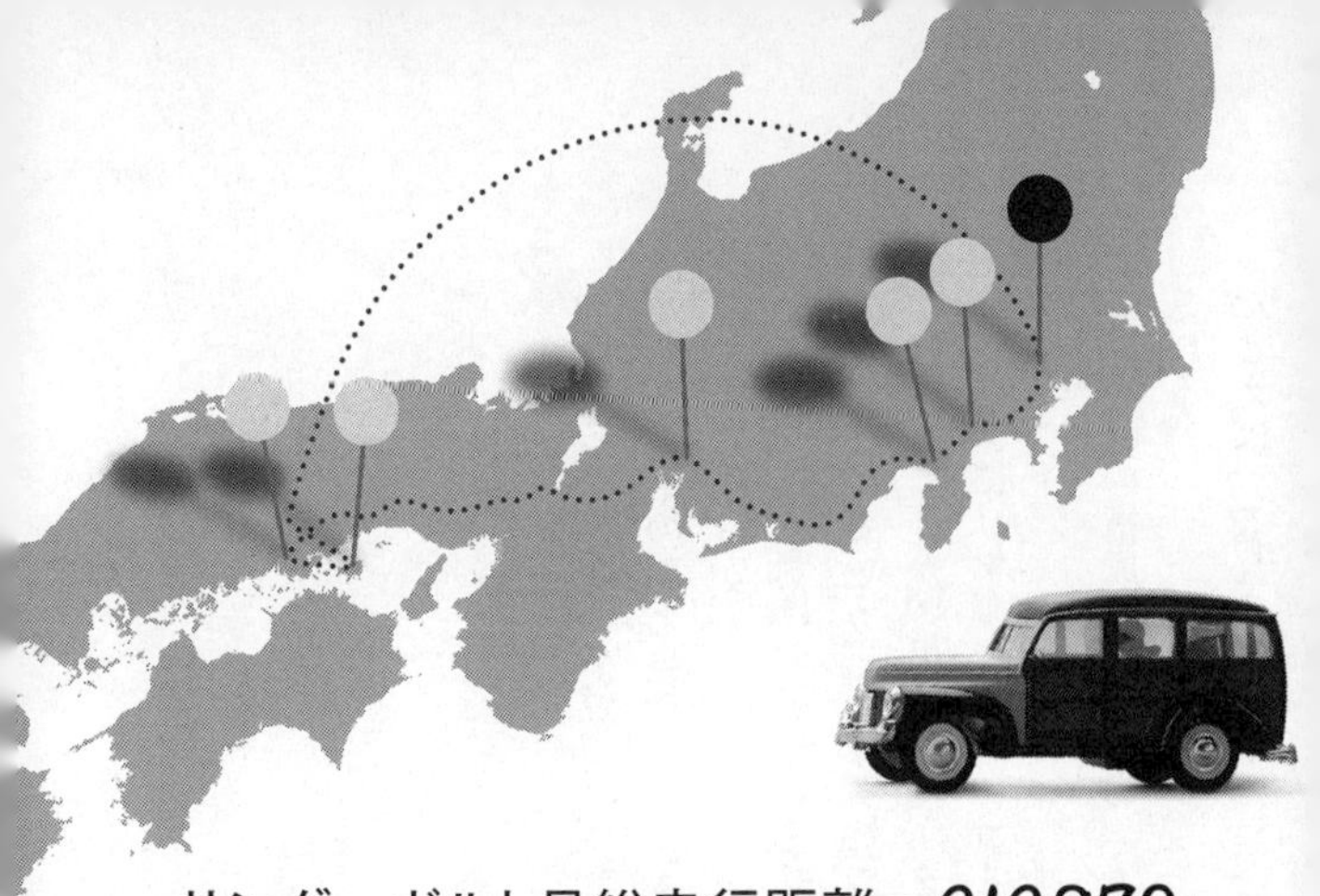

サンダーボルト号総走行距離＝212879km
レッドモンスター号総走行距離＝278729km

田中優一＝東京都新宿区
北川又八＝　〃
森田公平＝　〃
神山仁　＝　〃
白川愛　＝　〃
大貫カンナ＝　〃
衣笠翔子＝　〃
夢子アッヘンバッハ＝三重県亀山《かめやま》市
サンダーボルト号＝香川県小豆郡土庄町

3月14日19時——
父親たちの旅行まで＝39時間

解説

岩城けい

読書の楽しみの一つとして、ページをめくるのをやめられない本に稀《まれ》に出会うことがある。

その多くは、推理小説やロマンス小説、歴史や人物を題材としたフィクションやエンタテイメントの類と見受けられるが、本作の場合は、「青春ロード小説」と呼ぶのがふさわしいだろうか。

『ポンチョに夜明けの風はらませて』では、一台の車が四つのタイヤの回転で動くように、高校生活という、一車線のラストスパートを四人の仲間が走り抜ける。この数十時間かけての猛進が、男の子たちを男性へと変身させる。それは、大胆で急激であるがゆえに、ときにリアルでときにコミカルな、人生の道標ともなる。

この小説の構成は、冒頭の「人生で大切なのは〝伏線〟と〝回収〟だ」との言葉に集約される。

たとえば、それぞれの章に異なった語り手を配し、彼または彼女の行動や気性のヒントとなる生い立ちや家庭環境などをさり気なく織り込む。脈々と流れ出すストーリーの中で、語り手と場面を繋ぎ、立ち寄った場所での出来事や出会いを、車体のキズやヘコミ、走行距離（チャプターごとに人物それぞれの現在位置を挿入）などで推し量れるようにして、その心の有様までも際立たせる。

このような網目にも似た「伏線」を読み手にくぐらせながら、ファンタジックな世界に連れて行ってくれるところは、書き手自身が、書くことを純粋に楽しんで書いたことが十分に伝わってくる幸せな作品、だからではないだろうか。

物語の終わり近くでは、一気に多くの人を結び付け、読後の爽やかさを存分に味わわせてくれる。そういった「回収」部分も含め、読書の楽しみを奪わないためにも、そのプロットの面白さについては、現代の若者らしい軽快な語りとともに、読み手に直に確かめていただくのが良いと思う。

よって、以降はこの作品の大きな特徴であり、魅力でもある人物像について、私なりに少し触れてみたい。なぜなら、物語の中心、卒業式でバンドデビューを企む四人の男子たちについては、再読のたび、彼ら一人一人が、わが家の十七歳の高校生男子に重なって見えてしまったのだ。

小説には、それがどのジャンルであれ、音楽でいうところの「キー」つまり「調」があるような気がする。本作は、途中、同乗することになった女性の影に押されて、マイナー・キーに傾くことはあれど、青春小説の王道、ハ長調が基調であるようだ。

その明快なハ長調で最初から最後まで爆走してくれるのは、仲間のリーダー格、又八だ。生後間もなく蒸発した父親はナゾに包まれていて、彼の手がかりは、木彫りの人形と中南米風のポンチョ、そして、旧知の天ぷら屋に貼られた色紙のみ。母親がスナックを経営して、女手一つで彼を育ててくれた。顔の彫りが深く、手先が器用で、美容師になろうとしている。奇跡を信じていて、「運命的な出会いにしか惹かれないんだ。……血で血を洗うような運命に翻弄されまくった方のやつ」などと曰《のたま》う、アイディアリスト兼ロマンチストでもある。一方、行動力は抜群で、東京から岡山への旅をとつぜん思い立ち、仲間を巻き込んで飛び出していくような猪突猛進タイプ。「高校生活に痕跡を残す」「俺たちってホントにいつの日か童貞卒業できるのかな?」「ホントに何者なんだろうね。俺は」と、猛スピードの中で一瞬立ち止まるかのような彼のセリフは、この年齢の人たち特有の焦燥感を見事に体現しているように思う。終盤近くになって、次々に明かされる衝撃の事実にヘコむことなく、次の旅でも真っ先に彼がハンドルを握るところは、この満たされない焦燥感が、路上の旅を通じて、限りない向上心に変化したことの表れであろう。

そんなフル回転の又八に搦《から》めとられるようにして、車に同乗するのがジャンボである。大柄でも立ち居振る舞いは機敏。そのうえ心優しいとなると、人を見る目のある女の子なら、すぐに好きになってしまうはずだ。彼がどのように心優しいかということは、又八の出生の秘密を知って以来、「ボクは又八くんに一つ優しくなった気がする」という態度を鑑みれば、一目瞭然《りょうぜん》である。相手の秘密——その多くは人の弱みを握ったときに、相手に優しくなれる人は、意外とそう多くはない。そのように情け深いジャンボだけれど、万が一の時のためにと、靴下に一万円を忍び込ませるような慎重なところもある。その一万円札の使い道というのが、いかにも彼らしい。プロの料理人になるには、その場面と材料にふさわしい、正しい判断と正しい備えが必要なのだ。四人の中では、この時点で自分のリズムを持っているジャンボだけが、すでに一皮剝けていると思う。

大人の男性により近いジャンボが、丁寧にメールで連絡を取るのが、大学受験のために出向いた岡山で足止めされそうになっているジン。頭もいいし顔もいい。しかし、その家庭は以前は寒々しかった。その上、座右の銘や名言などに感化されやすく、「どうせ今の俺の悩みなんて、いつかの俺にとってはたいした意味は持たないんだ」「俺はがっかりされてはないか？」「つらくなったら今いる世界を見下しちゃえばいいからね」と、自分自身までもを俯瞰《ふかん》しているところが哀しくもある。そのせいか、思い続けた女の子（彼女もジンを一途に思い続けてきた、マジメで良い子なのだ）に告白されても、友情を優先して、いや、もしかしたら自分自身を変える勇気がなくて断ってしまう。一見クールだが、その胸中が一番騒がしいのはこのタイプの人たちかもしれない。現代は、何事につけても「空気を読む」ことが大前提で、様々な引っ掛かりを抱えつつ、かといって、ある種のリスクや危機感に迫られることもなく、なんとか周囲の旋律についていこうと必死な若い人たちが一番多いのではないだろうか。そのような意味で、故郷から遠く離れた大学を受験したことは、彼にとっては、進路や恋愛も含めて啓示であるように思われて、嬉しくなった。ソロ演奏の楽しさを覚えたジンなら、この先もきっと、地に自分の足をつけて、彼なりのテンポを揺らさず走り続けることができるはずだ。

そして、このジンが一念発起して受験した「未来創造学部」と「ヒューマン創設学部」を、残酷な一笑でぶった斬ったのがねずみである。他の三人と違って、ねずみは高校から仲間に加わった。又八とジャンボには置いてきぼりを食わせられるし、たったひとりで「高校デビュー」のステージに立たなければならないかもしれない非常事態にも迫られる。仲間に軽んじられているわけではなさそうだが、彼はメンバーとしての歴史が浅い。新参者は何を奏でても不協和音に聞こえてしまう所以《ゆえん》である。

しかし、新参者はその耳障りさを以て、アイスブレイカー的な存在となることもできる。又八たちに麻雀を教えたのも彼なら、「孤独」を最も掌握しているのも彼である。友達は百人も作れないし、百人もいらないことも彼だけが知っている。ねずみがいなければ、あとの三人はいつまでたっても、今の自分たちに満足して、これからも自分に多くを望まず、自分の能力以上のことをやろうとして苦しみもがくこともない、ぬるま湯のような「仲良し三人組」として終わっていたに違いない。だから、ねずみが最後の場面で自分のポンチョを取り出したとき、やっとキミの出番だねぇ、と、思わず声援を送りたくなった。

　こうして、卒業式に間に合った又八、ジャンボ、ジン、ねずみのバンド「ザ・ワンダース」は高校デビューするのだが、「抜群のハーモニーを奏でたはず」が、中途半端なままで途切れてしまう。曲は「サイモン&ガーファンクル」の『サウンド・オブ・サイレンス』。選曲が間違っていたせいかと問うと、又八たちにとってはそうだったかもしれないが、小説としては成功していると思う。なぜかというと、私はその曲を思い出してつい可笑《おか》しくなり、クスリとしてしまったのである。劇画でもなく映像でもなく演劇でもなく、文章という散文のみの小説で、笑いのイメージを作り出すことは至難の業なのである。活字であるがゆえ、その場でやり直しをすることも、追って補塡《ほてん》することも不可能。書き手にとって、これほど危険で恐ろしいことがあるだろうか。

　クスリとすると同時に懐かしくなり、「Spotify」で例の曲『サウンド・オブ・サイレンス』を検索してみた。視聴中、スマホの画面に、歌詞に関するこぼれ話（BEHIND THE LYRICS）が現れたので、目で追った。そこにポール・サイモンが語る、「ザ・ワンダース」のメンバーにぴったりな言葉を見つけたので、ここに引いて、彼らへ餞《はなむけ》の言葉として贈りたい。

「あれは自分が深遠なレベルで経験したものではない……思春期のあとの寄る辺なさだ。しかし、あるレベルではそこに真実があったからこそ、何百万もの人が共鳴しあったのだろう」。

(“It wasn't something that I was experiencing at some deep, profound level…it was a post-adolescent angst.” “But it had some level of truth to it and it resonated with millions of people.”)

先に、私はこの曲を選んだことは、小説としては成功しているけれど、又八たちにとってはそうではないと書いた。しかし、これを読むと、又八たちにとっても最良の選曲だったのではないだろうか。

人生のうちで、自分自身に没頭していられる時間は限られている。何のために生きるのか、自分は何者なのか、そして自分はどこへ行こうとしているのか。この万人の命題については、この時期以外には思い悩めない。そして、生きるとは、この小説のように、真っ暗闇の中、スピードを落とさずに走る車のようなものかもしれない。漆黒の路上では、曲がり角から何が飛び出してくるかわからないし、ぬかるみに突っ込むかもしれないし、倒木にぶつかるかもしれない。それでも、「今だ、さあ、行くぞ」と自分に念じて走り出す若者たちにならば、前進することは唯一、暗闇を乗り越える力ともなる。その姿がどうであれ、傍目には滑稽に見えても、本人たちはマジなのだ。しかし、作中にも見られるように、生きることに熱中している男の子には必ず、常に味方になってくれる周囲の大人や女性、そして母親がいる。だから、笑うやつには笑わせておけばいい。泣きたかったら泣けばいい。逃げたかったら逃げればいい。……気になるのは仕方ないが、童貞は無理になくさなくてもいい、かもしれない。本当に好きな相手があらわれるまで、とっておくのもいい。なぜなら、男性が懐かしく思い出すのは、いつのときも少年時代なのだから。

又八、ジャンボ、ジン、そして、ねずみ。どの子もカッコ悪い。どの子も危なっかしい。そして、どの子もピュア。だからこそ、彼らは誰もが愛すべき人たち、すなわち、みんな私の息子である。

（いわき・けい　作家）

本書は、二〇一六年九月、祥伝社文庫として刊行されました。
初出　「小説NON」二〇一二年八月号～二〇一三年四月号
単行本　二〇一三年七月　祥伝社

本書はフィクションであり、登場する人物、および団体名は、
実在するものといっさい関係ありません。

本文デザイン　ｂｏｏｋｗａｌｌ

早見和真の本

ひゃくはち

「あの頃の友達はどうしてる?」恋人の言葉で甦る、封印したはずの高校時代の記憶。甲子園の名門校の補欠野球部員が、夢にすがり、破れ、そして一番大事なものを知る。鮮烈デビュー作。

早見和真の本

6 シックス

東京六大学野球。甲子園の優勝投手が選んだのは早稲田大学野球部。時は、四年の秋のリーグ戦。野球に関わった人たちの選択や葛藤、不安などを見事に描いたリアルで切ない青春小説！

集英社文庫

早見和真・かのうかりんの本

かなしきデブ猫ちゃん

吾輩も〝ネコ〟である。愛媛の捨てネコカフェでアンナと出会ったマルだったが、ひょんなきっかけから家を飛び出し——。出会いと旅が、デブ猫マルを成長させる。感動の絵本文庫。

集英社文庫

集英社文庫

ポンチョに夜《よ》明《あ》けの風《かぜ》はらませて

2021年11月25日　第1刷　　定価はカバーに表示してあります。

著　者　早見和真《はやみかずまさ》
発行者　徳永　真
発行所　株式会社　集英社
東京都千代田区一ツ橋2-5-10　〒101-8050
電話　【編集部】03-3230-6095
【読者係】03-3230-6080
【販売部】03-3230-6393（書店専用）
印　刷　中央精版印刷株式会社　株式会社美松堂
製　本　中央精版印刷株式会社

フォーマットデザイン　アリヤマデザインストア　　マークデザイン　居山浩二

ISBN978-4-08-744319-6 C0193